电工技术

主　编　包中婷
副主编　范　钧　孙玉芳　雷　婷
主　审　杨新明

重庆大学出版社

内容提要

本书是为高职高专类学校的机电一体化专业编写的专业基础教材,是根据高职高专层次的机电一体化专业的教学大纲要求并结合本专业多年的教学改革实践而编写的,比较系统而又简明清晰地介绍了电工技术的基础内容,着力使理论教学和实践训练有机地融合为一体,使能力的培养贯穿于教学时间的全过程。

本书主要介绍电路的基本概念与基本定律、直流电路的分析与计算、正弦交流电路、谐振电路、三相交流电路、一阶动态电路的分析、安全用电常识等。每小节后附有"思考与分析";每章后附有"本章小结和习题";在全书后面的附录中还附有"本章要点""学习目的""考核要求"以及"部分习题参考答案"。既便于老师备课、讲授,又能够引导和帮助学生自学、总结、提高和自查。

本书为高职高专类院校机电一体化专业的"电工技术"或"电工基础"课程的教材,既可作为机电、机械、计算机、化工类专业的电类课程的基础教材,也可作为基层工程技术人员的参考资料。

图书在版编目(CIP)数据

电工技术/包中婷主编. 一重庆:重庆大学出版社,2011.2
高职高专机电一体化专业系列教材
ISBN 978-7-5624-5777-0

Ⅰ.①电… Ⅱ.①包… Ⅲ.①电工技术—高等学校:技术学校—教材 Ⅳ.①TM

中国版本图书馆 CIP 数据核字(2011)第 008079 号

电工技术

主 编 包中婷
副主编 范 钧 孙玉芳 雷 婷
主 审 杨新明

策划编辑:曾显跃

责任编辑:文 鹏 杨跃芬 版式设计:曾显跃
责任校对:谢 芳 责任印制:赵 晟

*

重庆大学出版社出版发行

出版人:邓晓益

社址:重庆市沙坪坝正街 174 号重庆大学(A 区)内

邮编:400030

电话:(023) 65102378 65105781

传真:(023) 65103686 65105565

网址:http://www.cqup.com.cn

邮箱:fxk@ cqup.com.cn(营销中心)

全国新华书店经销

自贡新华印刷厂印刷

*

开本:787×1092 1/16 印张:11 字数:275 千
2011 年 2 月第 1 版 2011 年 2 月第 1 次印刷
印数:1—3 000
ISBN 978-7-5624-5777-0 定价:19.50 元

前 言

随着高职高专教育教学改革的逐步深入,高等职业教育的应用性、针对性、专业性以及职业性的特点已越来越明显。因此在"以市场需求为导向,以职业能力为本位,以培养应用型高技能人才为中心"的原则指导下,对高职高专机电类《电工技术》规划教材的内容进行及时调整,使较为系统科学的基础理论认知结构成为专业能力结构稳固支撑,增强培养对象对职业岗位的适应能力和迁延能力,这既是一个迫切的任务,也是本书编写的指导思想。

本书针对社会职业技能、岗位群知识广度以及复合型岗位的综合需要,内容覆盖了机电类专业所需的电工技术的基本内容。

考虑到高职高专类学校学制内的有效教学实践时间已明显缩短的实际情况,本书以"必须、够用"为原则,在尽量保持基础知识架构的逻辑性和系统性的前提下,对教学内容进行了审慎的缩减和调整,力求结构紧凑、内容简明、脉络清晰。

本书在陈述、论证过程中力求准确严谨、简明通俗、不生歧义,同时注重实例,强化理论与实际的结合。

全书共分 7 章及 1 个附录,正文内容有:电路的基本概念与基本定律,直流电路的分析与计算,正弦交流电路,谐振电路,三相交流电路,一阶动态电路的分析、安全用电常识等。每小节后附有"思考与分析";每章后附有"本章小结和习题";在全书后面的附录中还附有"本章要点、学习目的、考核要求"以及"部分习题参考答案"。既便于老师备课、讲授,又能够引导和帮助学生自学、总结、提高和自查。

本书教学参考学时为 48~64 学时,可作为高职高专机电类(机电一体化、数控等)专业的教材,也可供相关专业的师生作教学参考书。

本书由包中婷任主编,并负责全书的统稿,范钧、孙玉芳、雷婷为副主编。其中,第 1 章和第 2 章由包中婷编写,第 3 章和第 7 章由范钧编写,第 4 章由孙玉芳编写,第 5 章和第 6 章由雷婷编写。

本书由成都电子机械高等专科学校的杨新明老师主审,并在审阅的过程中提出了许多宝贵意见。谨在此表示诚挚的感谢。

限于编者的水平,书中的缺点和错误在所难免,敬请读者批评指正。反馈意见请寄:My1708@126.com

编　者
2010 年 12 月

目录

第 **1** 章
电路的基本概念和基本定律

1.1　电路和电路模型

1.1.1　电路的组成和作用

电路就是电流流经的路径。日常生活、生产和科学研究工作中所看到的各种各样的电路，是为了实现某种功能而将所需的电器设备和元器件按照一定方式连接起来的总体。由于复杂的电路常呈网状，所以也将电路称为网络。在电路分析中，电路与网络这两个名词并无明显区别，一般可以通用。

1) 电路的组成

实际电路的种类繁多，特性功能各不相同，但不论是简单电路还是复杂电路，一个完整的电路主要由电源、负载和中间环节三大基本部分组成。

图 1.1.1 是我们熟知的手电筒电路，它是一个最简单的直流照明电路，由干电池（电源）、灯泡（负载）、开关和连接导线（中间环节）组成。

电源是提供电能的元件，它的功能是将其他形式的能量转换为电能。例如干电池、发电机等。

负载是取用电能的元件，它的功能是将电能转换为其他形式的能量。例如灯泡、电动机等。

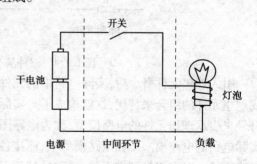

图 1.1.1　手电筒电路示意图

中间环节用来连接电源和负载，起传输电能、控制电路的工作状态、保护电路的正常工作等作用。例如导线、开关、保险丝等。

2) 电路的作用

根据功能的不同，电路一般可分为电力电路和电子电路两大类。

电力电路主要用来实现电能的传输和转换，例如发电输电系统、电力拖动系统、电气照明系统等。此类电路一般要求尽可能减少能量损耗,提高电能的传输和转换效率。

图1.1.2　电力电路结构框图

电子电路主要用于实现信号的传输、处理和储存,例如放大电路、运算电路、变频电路、检测电路等。此类电路要求稳定、准确、灵敏、反应快速和失真度小。

图1.1.3　电子电路结构框图

1.1.2　电路模型

对于组成电路的实际元件的电磁性能,如果从严格准确的理论角度上讲都比较复杂,常常是几种电磁现象交织在一起。例如,日光灯电路中的镇流器除了具有磁场性能外,由于它是由导线绕制而成,因而还具有一定的内阻,当有电流通过时,会对电流呈现阻碍作用并消耗电能;同时,在各匝线圈间存在分布电容,会储存电场能。这三种电磁现象同时存在于镇流器上,使得对实际电路进行详尽分析变得非常复杂。为了简化分析,必须采用近似的方法将实际电路元件理想化,即按照实际电路元件在电路中表现出来的电磁性能,用足以表征其主要电磁特性的理想化模型——理想元件或理想元件的组合来表示这个实际元件。图1.1.4是三种基本理想元件的图形符号,图(a)表示消耗电能的理想电阻元件;图(b)表示储存磁场能的理想电感元件;图(c)表示储存电场能的理想电容元件。

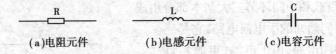

(a)电阻元件　　　　(b)电感元件　　　　(c)电容元件

图1.1.4　三种基本理想元件的图形符号

引入理想元件概念后,实际电路中的元件都可以用能够反映其主要电磁特性的理想元件或理想元件的组合来替代,这就构成了与实际电路相对应的电路模型。而用统一规定的图形符号来表示理想元件的电路模型,称为电路图。我们在电路分析中讨论、计算的电路其实就是实际电路的电路模型。在电路模型中,连接各元件的导线也是被理想化了的理想导体,其电阻忽略不计。对电路模型进行的分析、计算所得的结果虽然与实际电路的性能并不完全一致,但在一定条件下,在工程所允许的近似范围内,有着广泛的实际意义。

[思考与分析]

1.1.1　什么是电路?电路由哪几个基本部分组成?各部分的作用是什么?

1.1.2　什么是电路模型?电路模型与电路图这两个名词之间有什么关系?

1.2　电流、电压、电位及其参考方向

在电路理论中,电路的特性是由电路中的电流、电压、电位和电功率等物理量来描述的,所以,电路分析的基本任务就是根据给定的参数和条件计算电路中的电流、电压、电位和电功率。本节先讨论电流、电压、电位及其参考方向。

1.2.1　电流

1)电流的定义

带电粒子(电子、离子)的定向移动形成电流。不同的导电材料中,能够自由移动的带电粒子的种类和多少不尽相同:在金属导体中,是自由电子在外电场作用下定向移动而形成电流;在电解液和气态导体中,是正、负离子在外电场作用下定向移动而形成电流;在半导体材料中,是电子和空穴在外电场作用下定向移动而形成电流。可见,产生电流必须具备两个条件:第一,导体内有能够自由移动的带电粒子;第二,有能够使带电粒子做定向移动的电场。

电流的大小用电流强度来表示,把单位时间内通过导体某一横截面的电荷量定义为流过该导体的电流强度。电流强度通常又简称为电流,此名词已被广为使用,因而在电工标准中一般不再采用"电流强度"这一名词。

大小和方向都不随时间变化的电流,称为稳恒电流,简称为直流(dc 或 DC),一般用符号 I 表示;大小和方向随时间变化的电流,称为时变电流,一般用符号 i 表示其瞬时值;大小和方向随时间作周期性变化且在一个周期内平均值为零的时变电流,称为交流电流,简称为交流(ac 或 AC)。

电流的数学表达式的一般形式为

$$i = \frac{\mathrm{d}q}{\mathrm{d}t} \tag{1.2.1}$$

直流电在任意瞬间通过导体横截面的电荷量 Q 是恒定不变的,直流电流 I 的表达式为

$$I = \frac{Q}{t} \tag{1.2.2}$$

在国际单位制(SI)中,电流的单位是安[培](A)。电流的辅助单位有毫安(mA)和微安(μA),它们之间的换算关系是

$$1 \text{ A} = 10^3 \text{ mA}$$
$$1 \text{ mA} = 10^3 \text{ μA}$$

2)电流的参考方向

习惯上把带正电的粒子(正电荷)定向移动的方向规定为电流的正方向(实际方向)。

电流的实际方向是客观存在的,但在分析较为复杂的电路时,往往难于事先判定某段电路中电流的实际方向,而且在交流电路中,电流的实际方向还会随时间不断变化。为了解决这样的困难,引入"参考方向"这一概念。

电流的参考方向就是预先任意假设的一个电流方向,在电路图中用箭头标出。虽然电流的参考方向可以任意选定,但一经选定,在电路分析和计算过程中就不能随意更改。当电流的

实际方向与参考方向一致时,电流取正值($I>0$),如图 1.2.1(a)所示;当电流的参考方向与实际方向相反时,电流取负值($I<0$),如图 1.2.1(b)所示。这样,根据电流的参考方向以及电流量值的正、负,就能确定电流的实际方向。应当注意,只有在选定参考方向之后,电流值的正、负才有意义,本书电路图上所标注的电流方向都是指参考方向。

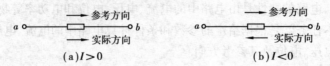

图 1.2.1 电流的参考方向与实际方向的关系

【例 1.2.1】 在图 1.2.2 所示电路中,电流参考方向如图所示。已知 $I_1 = -1$ A,$I_2 = 2$ A,$I_3 = -3$ A,试判断电流的实际方向。

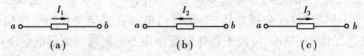

图 1.2.2 例 1.2.1 图

解 图 1.2.2(a)中 $I_1 = -1$ A,说明 I_1 的实际方向与参考方向相反,则 I_1 的实际方向是由 b 流向 a,大小为 1 A。

图 1.2.2(b)中 $I_2 = 2$ A,说明 I_2 的实际方向与参考方向相同,则电流 I_2 的实际方向是由 b 流向 a,大小为 2 A。

图 1.2.2(c)中 $I_3 = -3$ A,说明 I_3 的实际方向与参考方向相反,则电流 I_3 的实际方向是由 b 流向 a,大小为 3 A。

1.2.2 电压和电位

1)电压

在图 1.1.1 所示的手电筒电路中,开关闭合时灯泡发光是因为电路中有电流流过。电流的形成是电荷在电场力作用下产生了定向移动,电场力移动电荷做功,将电能转化为光能。这种电场力做功的本领常用电压来度量。

(1)电压的定义

由基础物理学可知,电场力将单位正电荷从电路中的 a 点移动到 b 点所做的功,称为 a,b 两点间的电压,一般表示为

$$u = \frac{\mathrm{d}w_{ab}}{\mathrm{d}q} \tag{1.2.3}$$

直流电压则表示为

$$U_{ab} = \frac{w_{ab}}{Q} \tag{1.2.4}$$

在国际单位制中,电压的单位是伏[特](V)。电压的单位还有千伏(kV)、毫伏(mV)和微伏(μV)等,它们之间的换算关系是

$$1 \text{ kV} = 10^3 \text{ V}$$

$$1 \text{ V} = 10^3 \text{ mV}$$

$$1 \text{ mV} = 10^3 \text{ } \mu\text{V}$$

（2）电压的参考方向

电压的实际方向规定为正电荷受电场力作用而移动的方向，即从正极指向负极，正极用"+"号表示，负极用"–"号表示。

与电流类似，电路中任意两点之间电压的实际方向往往不能预先确定，同样需要选取电压的参考方向，并以此为依据进行电路的分析和计算。当电压的实际方向与参考方向一致时，该电压值为正值（$U > 0$），如图 1.2.3（a）所示；当电压的实际方向与参考方向相反时，该电压值为负值（$U < 0$），如图 1.2.3（b）所示。同样地，只有在选定参考方向之后，电压的正负才有意义。如无特殊说明，电路图中所标注的电压方向都是指参考方向。

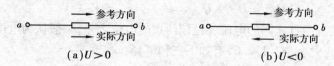

图 1.2.3　电压的参考方向与实际方向的关系

电压的参考方向通常有三种表示方法，如图 1.2.4 所示，这三种表示方式意义相同，可以互相代用。

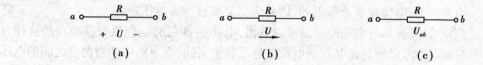

图 1.2.4　电压参考方向的三种表示方法

（3）关联参考方向

从电流和电压参考方向的设定过程可以看出，在分析和计算电路时，对于给定的支路或元件，其电流参考方向和电压参考方向可以分别独立地设定。但为了分析方便，常采用电压、电流的关联参考方向，也就是将给定支路或元件的电流参考方向和电压参考方向选成一致。所谓一致，就是将该支路或元件的电流参考方向选定为从其电压参考方向的正（"+"）极性端指向负（"–"）极性端，如图 1.2.5（a）所示，称该支路或元件上电流的参考方向与电压的参考方向互为关联参考方向；反之，则为非关联参考方向，如图 1.2.5（b）所示。

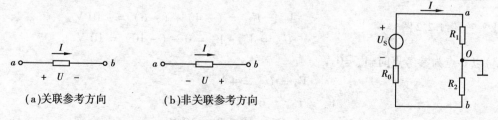

（a）关联参考方向　　（b）非关联参考方向

图 1.2.5　关联参考方向与非关联参考方向

图 1.2.6　电位示意图

2）电位

在电路分析中，特别是在电子电路中，经常要应用"电位"这个物理量。在电路中任选一点作为参考点，电路中某点到参考点的电压即定义为该点的电位。参考点是计算电位的基准，电路中各点电位都是相对于参考点而言的。通常规定参考点的电位为零，因此参考点又称为零电位点，在电路图中用符号"⏚"表示，如图 1.2.6 所示。理论上参考点的选择是任意的，通常人们以大地作为参考点,而在电子设备中常以公共线、金属底板、机壳等作为参考点。应当注意的是,在一个连通的电路系统中,只能选择一个参考点。

对照电位与电压的定义可见,电位从物理本质上讲就是一个特殊的电压,是电路中某点与参考点之间的电压。普通电压是指电路中任意两点之间,而电位则是特指电路中某点与参考点之间。认识到这一关系的重要性在于我们因此获得了借助两点之间的电压计算电路中任意一点电位的具体方法。

电位用符号 V 表示,如 a 点电位记作 V_a。当选择 O 点为参考点,则

$$V_a = U_{ao} \tag{1.2.5}$$

若 a,b 两点的电位分别为 V_a,V_b,则

$$U_{ab} = U_{ao} + U_{ob} = U_{ao} - U_{bo} = V_a - V_b \tag{1.2.6}$$

所以,电路中任意两点之间的电压就是该两点的电位之差,一般认为电压和电位差意义相同。根据 V_a 和 V_b 的大小,式(1.2.6)有如下三种解释:

当 $U_{ab} > 0$ 时,说明 a 点电位高于 b 点电位;

当 $U_{ab} < 0$ 时,说明 a 点电位低于 b 点电位;

当 $U_{ab} = 0$ 时,说明 a 点电位等于 b 点电位。

引入电位的概念后,电压的实际方向就是由高电位点(即" + "极)指向低电位点(即" – "极)。在电压的方向上,电位是逐点降低的,因此电压又常被称为电压降。

从电位的物理意义及其与电压的区别可以看出,电路中各点的电位值与参考点的选择有关,在电路中不指定参考点而讨论某点的电位值是没有意义的;而电路中任意两点之间的电压值与参考点的选择无关。

【例1.2.2】 图1.2.7所示电路中,分别以 o 点、a 点和 b 点为参考点时,试求:(1)V_o,V_a,V_b;(2)U_{ab}。

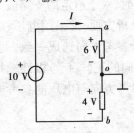

图 1.2.7 例 1.2.2 图

解 (1)以 o 点为参考点时,$V_o = U_{oo} = 0$ V

$$V_a = U_{ao} = 6 \text{ V}$$
$$V_b = U_{bo} = -4 \text{ V}$$
$$U_{ab} = V_a - V_b = 6 - (-4) = 10 \text{ V}$$

(2)以 a 点为参考点时,$V_a = 0$ V

$$V_o = U_{oa} = -6 \text{ V}$$
$$V_b = U_{ba} = (-4) + (-6) = -10 \text{ V}$$
$$U_{ab} = V_a - V_b = 0 - (-10) = 10 \text{ V}$$

(3)以 b 点为参考点时,$V_b = 0$ V

$$V_o = U_{ob} = 4 \text{ V}$$
$$V_a = U_{ab} = 6 + 4 = 10 \text{ V}$$
$$U_{ab} = V_a - V_b = 10 - 0 = 10 \text{ V}$$

由以上计算可以验证,选择不同的参考点,电路中各点的电位值也会随之不同,但任意两点间的电压值不变。即电位是相对值,会随参考点的变化而变化;电压是绝对值,不随参考点的变化而变化。

[思考与分析]

1.2.1 为什么要在电路中规定电流的参考方向?参考方向的选择与电流的正、负有什么

关系?

1.2.2　请描述电压、电位二者之间的异同。

1.2.3　在图1.2.8所示电路中,已知 $U = -10\ V$,试问 a,b 两点中哪点电位高?

1.2.4　在图1.2.9电路中,电流、电压的参考方向已标明,且 $U_1 = 3\ V,U_2 = 2\ V,U_3 = -4\ V$, $U_4 = -1\ V,U_5 = 6\ V,I_1 = 4\ A,I_2 = -2\ A,I_3 = 2\ A$。试在图中标出各电压的实际极性和各电流的实际方向。

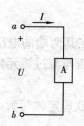

图1.2.8　思考题1.2.3图

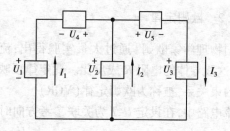

图1.2.9　思考题1.2.4图

1.3　电阻元件及欧姆定律

1.3.1　电阻元件

1)电阻

自然界中的物质按其导电性能的不同,可分为导体、半导体、绝缘体三大类。导电性能良好的物质叫导体,导体中含有大量可自由移动的带电粒子(自由电荷)。

(1)电阻的定义

导体中的自由电荷在电场力的作用下定向运动时,除了会不断地相互碰撞外,还要和组成导体的分子和原子相互碰撞。这些碰撞表现为导体对电流的阻碍作用,这种阻碍作用最明显的特征是导体消耗电能而发热(发光)。一般地,我们将导体对电流的阻碍作用称为导体的电阻,用符号 R 表示。白炽灯、电炉、电阻器等实际元件可以用电阻元件来模拟。

在国际单位制中,电阻的单位是欧[姆](Ω)。在实际使用时,还会用到千欧(kΩ)和兆欧(MΩ)等较大的辅助单位。它们之间的换算关系如下:

$$1\ M\Omega = 10^3\ k\Omega$$

$$1\ k\Omega = 10^3\ \Omega$$

(2)金属导体的电阻

应当注意的是,导体的电阻是客观存在的,即使导体两端没有电压,导体中没有电流流过,导体仍然有电阻。实验证明,金属导体的电阻与其本身的材料性质、几何尺寸以及所处的环境(如温度甚至光照等)有关。当温度一定时,金属导体的电阻由式(1.3.1)决定,即

$$R = \rho\ \frac{l}{S} \tag{1.3.1}$$

式中　ρ——材料的电阻率,单位为欧姆·米(Ω·m);

　　　L——导体的长度,单位为米(m);

S——导体的横截面积,单位为平方米(m^2)

2)电导

电阻的倒数称为电导,是表征导体导电能力的一个物理量,用符号"G"表示,即

$$G = \frac{1}{R} \tag{1.3.2}$$

电导的单位是西[门子](S),简称西。

1.3.2 欧姆定律

德国物理学家欧姆[①]通过大量实验得出:流过导体的电流 i 与加在其两端的电压 u 成正比,而与这段导体的电阻 R 成反比。此定律反映了电阻元件两端的电压与流过该元件的电流之间的约束关系,被称为欧姆定律(VCR)。

直流电路中,在设定 U,I 为关联参考方向时,如图 1.3.1(a)所示,欧姆定律写为

$$U = IR \tag{1.3.3}$$

交流电路中的欧姆定律可写为

$$u = iR \tag{1.3.4}$$

(a)关联参考方向 　　　(b)非关联参考方向

图 1.3.1　欧姆定律(VCR)

在 U,I 为非关联参考方向时,如图 1.3.1(b)所示,欧姆定律写为

$$U = -IR \tag{1.3.5}$$

交流电路中的欧姆定律可写为

$$u = -Ri \tag{1.3.6}$$

[思考与分析]

1.3.1　某段电阻值为 10 Ω 的导体,现把它拉长为原来的两倍,其阻值变为多少?若把它对折后使用,其阻值又变为多少?

1.3.2　图 1.3.2 电路中已给定电压和电流的参考方向,试求电流 I 的值。

1.3.3　根据电压、电流参考方向的不同,欧姆定律有哪两种表达形式? 如何选用?

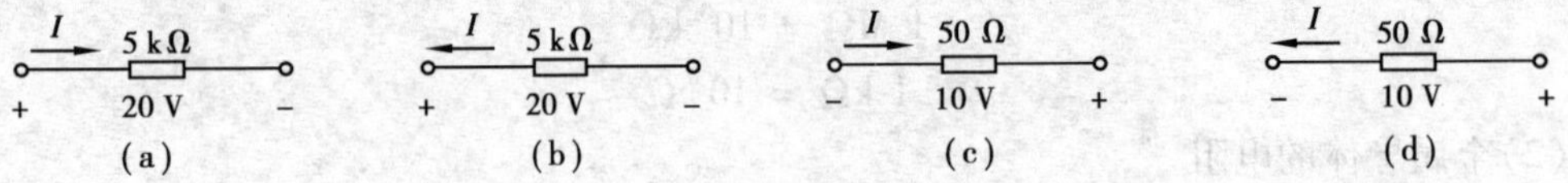

(a)　　　　　　　(b)　　　　　　　(c)　　　　　　　(d)

图 1.3.2　思考题 1.3.2 图

---

① 乔治·西蒙·欧姆(Georg Simon Ohm,1787—1854),德国物理学家,生于巴伐利亚埃尔兰根城。他最主要的贡献是通过实验发现了电流公式。欧姆在 1827 年出版的《动力电路的数学研究》一书中,从理论上推导了欧姆定律。为了纪念欧姆对电磁学的贡献,物理学界将电阻的单位命名为欧姆,以符号 Ω 表示。

1.4　电能与电功率

1.4.1　电能

电荷在电场力作用下定向移动形成电流,并将电能转化为其他形式的能量。电能转化为其他形式能量的过程,就是电流做功的过程。因此,消耗多少电能,可以用电流所做的功来度量。当电压、电流采用关联参考方向时,二端元件电能的计算公式为

$$W = UIt \tag{1.4.1}$$

式中　W——电路所消耗的电能,单位为焦[耳](J);

$\quad\quad U$——电路两端的电压,单位为伏[特](V);

$\quad\quad I$——通过电路的电流,单位为安[培](A);

$\quad\quad t$——通电时间,单位为秒(s)。

在实际应用中,电能的另一个常用单位是千瓦时(kW·h),1 千瓦时就是常说的 1 度电。

$$1 \text{ 度} = 1 \text{ kW} \cdot \text{h} = 3.6 \times 10^6 \text{ J}$$

【例 1.4.1】　某直流电动机正常工作时,所加电源电压为 220 V,流过其线圈的电流为 5 A,该电动机工作 8 小时消耗多少度电能?

解　$W = UIt = 220 \times 5 \times 8 = 8\,800 \text{ W} \cdot \text{h} = 8.8 \text{ kW} \cdot \text{h} = 8.8 \text{ 度}$

1.4.2　电功率

电功率是衡量电能转化为其他形式能量速度快慢的物理量,定义为单位时间内电流所做的功,在直流电路中用符号 P 表示,即

$$P = \frac{W}{t} = \frac{UIt}{t} = UI \tag{1.4.2}$$

式中,P 的单位为瓦[特](W),U 的单位为伏[特](V),I 的单位为安[培](A),t 的单位为秒(s)。

电功率常用的辅助单位还有千瓦(kW)、毫瓦(mW)等,它们之间的换算关系为

$$1 \text{ kW} = 10^3 \text{ W}$$

$$1 \text{ W} = 10^3 \text{ mW}$$

进行功率计算时必须注意:当电压、电流的参考方向关联时,功率计算式为

$$P = UI \tag{1.4.3}$$

当电压、电流的参考方向为非关联时,功率计算式为

$$P = -UI \tag{1.4.4}$$

若计算结果得出 $P > 0$,表示该部分电路吸收或消耗功率,相当于负载;若计算结果得出 $P < 0$,表示该部分电路发出或提供功率,相当于电源。

【例 1.4.2】　在图 1.4.1 所示的电路中,已知 $U = 30$ V,$I = -1$ A,参考方向如图所示。试分别求各元件的功率,并说明电路元件是吸收功率还是发出功率。

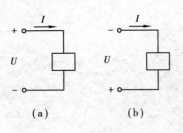

图 1.4.1 例 1.4.2 图

解 图 1.4.1(a) 中,因为电压与电流为关联参考方向,所以有

$$P = UI = 30 \times (-1) = -30 \text{ W}$$

$P < 0$,该元件发出功率,相当于电源。

图 1.4.1(b) 中,因为电压与电流为非关联参考方向,所以有

$$P = -UI = -30 \times (-1) = 30 \text{ W}$$

$P > 0$,该元件吸收功率,相当于负载。

1.4.3 电阻元件上的功率

无论电阻元件上电压与电流的参考方向是关联还是非关联,电阻元件上的电功率为

$$P = I^2 R = \frac{U^2}{R} \tag{1.4.5}$$

由式(1.4.5)可以看出,对于电阻元件,总有 $P > 0$,这说明电阻元件总是吸收(消耗)电能。当电流通过电阻元件时,电能转换为热能并向周围空间散去,因此电阻消耗电能是不可逆的,它是耗能元件。

[思考与分析]

1.4.1 在分析电路中,若计算出某电阻两端的电压为负,则该电阻是发出功率还是吸收功率?

1.4.2 在图 1.4.2 所示电路中,三个电阻吸收的功率之和等于多少?

1.4.3 在图 1.4.3 所示电路中,已知 $U = -10$ V,$I = 2$ A,试问元件 A 是电源还是负载?

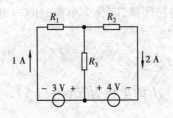

图 1.4.2 思考题 1.4.2 图   图 1.4.3 思考题 1.4.3 图

1.4.4 一个额定值为"220 V,60 W"的灯泡正常使用多长时间消耗 1 度电?

1.5 电气设备的额定值及电路的工作状态

1.5.1 电气设备的额定值

理想的电路元件是没有额定值限制的,但实际电气设备的使用寿命总是与其绝缘材料的耐热性与绝缘强度有关。当流过电气设备的电流过大时,绝缘材料会因过热而损坏;当电压过高时,绝缘也会因高压而击穿。

为了使电气设备在工作中的温度不超过最高工作温度,通过它的最大允许电流就必须有

一个极限值。通常把电气设备正常工作所能允许的最大电流值称为该电气设备的额定电流,用 I_N 表示。为了限制绝缘材料所承受的电压,允许加在电气设备上的电压也有一个极限值,通常把这个限定的电压值称为该电气设备的额定电压,用 U_N 表示。额定电压与额定电流的乘积称为额定功率,用 P_N 表示,即 $P_N = I_N U_N$。

电气设备的额定值通常标注在设备的铭牌上,所以又称为铭牌值。

电气设备在额定值状态下运行是最经济合理的,称为满载。低于额定值的工作状态称为轻载,轻载会使设备工作不正常。如"220 V,40 W"的白炽灯,在供电线路负荷过大,线路电压降为 180 V 时,会明显感觉到灯光昏暗;而"220 V,1 214 W"的家用空调器此时就会起动困难,甚至不能工作。高于额定值的工作状态称为过载,过载会使电气设备或电路元件的温度过高、绝缘材料老化、寿命缩短甚至可能造成设备和人身事故。

【例 1.5.1】 有一标有"100 Ω,4 W"字样的电阻器,求其额定电压和额定电流。

解 由式(1.4.5)可得

$$U_N = \sqrt{P_N R} = \sqrt{4 \times 100} = 20 \text{ V}$$

$$I_N = \frac{U_N}{R} = \frac{20}{100} = 0.2 \text{ A}$$

1.5.2 电路的工作状态

电路一般有三种工作状态,即负载状态、短路状态、开路状态,下面以图 1.5.1 所示最简单的直流电路为例分别给予说明。

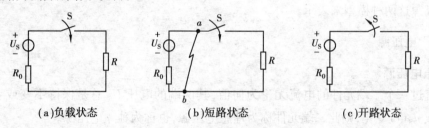

(a)负载状态　　　　　(b)短路状态　　　　　(c)开路状态

图 1.5.1　电路的三种工作状态

1)负载状态

在图 1.5.1(a)所示的电路中,当开关 S 闭合后,电源与负载构成闭合回路,电源处于有载工作状态,也称负载状态或通路状态,电路中有电流流过。

2)短路状态

在图 1.5.1(b)所示的电路中,当电位不同的 a,b 两点间被导线相连时,电阻(负载)R 被短路,a,b 间导线称为短路线,短路线中的电流叫短路电流。

短路可分为有用短路和故障短路。有时为了满足电路工作的某种需要,可以将局部电路(如某一电路元件或某一仪表等)短路(称为短接),或按技术要求对电源设备进行短路试验,这些都属于有用短路;而故障短路则往往是意外的原因导致的短路,此类短路会造成电路中电流过大,使电路无法正常工作,严重时会产生事故,应尽力防止。

3)开路状态

在图 1.5.1(c)所示的电路中,开关 S 断开或电路中某处断开,电路就被切断,电路中没有电流流过,此时的电路状态称为开路。开路又叫断路,断开的两点间的电压称为开路电压。

开路也分为正常开路和故障开路。如不需要电路工作时,把电源开关断开为正常开路;而灯丝烧断、导线断裂等产生的开路为故障开路,它使电路不能正常工作。

[思考与分析]

1.5.1　电路的工作状态通常有哪三种?

1.5.2　一只量程为 100 μA,内阻为 100 kΩ 的电流表能否直接接到 24 V 电源的两端?为什么?

1.5.3　额定值分别为"110 V,60 W"和"110 V,40 W"的两个灯泡,可否把它们串联起来后接到 220 V 的电源上工作? 为什么?

1.5.4　某电阻标称"510 Ω,$\frac{1}{2}$ W",其允许通过的电流是多少?

1.5.5　某供电线路中保险丝的熔断电流为 5 A,现将额定值为"220 V,100 W"的用电器接入线路,试问保险丝是否会熔断? 若接入额定值为"220 V,1 500 W"的空调,结果如何?

1.6　电压源和电流源

实际电路中使用着各种各样的电源,常用的直流电源有干电池、蓄电池、直流发电机、直流稳压电源和直流稳流电源等。常用的交流电源有电力系统提供的正弦交流电源、交流稳压电源和能够产生多种波形的各种信号发生器等。在电路理论中,任何一个实际电源都可以用电压源或电流源这两种模型来表示。

1.6.1　电压源

1)理想电压源

假设流过一个二端元件的电流无论为何值,其两端的电压 U_S 总是保持不变或者按给定的时间函数 $u_S(t)$ 变化,则此二端元件称为理想电压源,也称为独立电压源。

电压保持常量的电压源,称为恒定电压源或直流电压源;电压随时间变化的电压源,称为时变电压源。电压随时间周期性变化且平均值为零的时变电压源,称为交流电压源。

图 1.6.1(a)所示为理想直流电压源的一般表示符号;理想直流电压源的伏安特性曲线如图 1.6.1(b)所示,它是一条与横轴平行的直线,表明其端电压与电流的大小及方向无关。

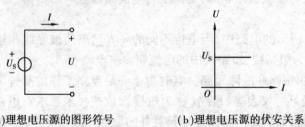

(a)理想电压源的图形符号　　　　　(b)理想电压源的伏安关系

图 1.6.1　理想直流电压源及其伏安关系

理想电压源具有如下几个性质:

①理想电压源的端电压是常数 U_S 或按给定的时间函数 $u_S(t)$ 变化,与流过该电源的电流

无关。

②理想电压源的输出电流和输出功率取决于外电路,由其端电压和外电路共同确定。

③将端电压不相等的理想电压源并联或将端电压不为零的理想电压源短路,都是没有意义的,如图1.6.2所示。

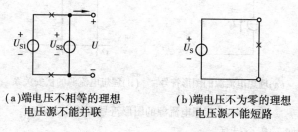

（a）端电压不相等的理想　　　　　（b）端电压不为零的理想
　　　电压源不能并联　　　　　　　　　　电压源不能短路

图1.6.2　理想电压源的性质

2）实际电压源模型

理想电压源是从实际电源中抽象出来的理想化元件,在实际中是不存在的。因为任何实际电源总是存在内阻,像发电机、干电池、直流发电机等实际电源,内部必然存在着功率损耗。当一个实际的电压源在其内部功率损耗不能忽略时,可以用一个理想电压源和一个电阻的串联组合来近似模拟,此模型称为实际电压源模型。图1.6.3(a)所示就是实际直流电压源的电路模型,R_0称为实际电压源的内阻。实际电压源的内阻越小,就越接近理想电压源,理想电压源的内阻为零。

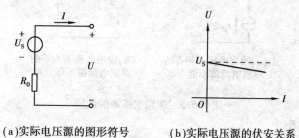

（a）实际电压源的图形符号　　　　　（b）实际电压源的伏安关系

图1.6.3　实际直流电压源模型及其伏安关系

实际电压源的伏安关系为

$$U = U_S - IR_0 \tag{1.6.1}$$

式(1.6.1)中,电压U也成为实际电压源的端电压。实际电压源的伏安关系曲线如图1.6.3(b)所示,不难看出,流过实际电压源的电流(亦即输出电流)越大,电源的端电压(即提供给外电路的电压)就越小。

1.6.2　电流源

1）理想电流源

如果一个二端元件的电压无论为何值,其输出电流保持常量I_S或按给定时间函数$i_S(t)$变化,则此二端元件称为理想电流源,也称独立电流源。

电流保持常量的电流源,称为恒定电流源或直流电流源;电流随时间变化的电流源,称为时变电流源。电流随时间周期变化且平均值为零的时变电流源,称为交流电流源。

图1.6.4(a)是理想直流电流源的一般表示符号,箭头表示理想电流源的参考方向。理想

直流电流源的伏安关系曲线如图 1.6.4(b)所示,它是一条平行于纵轴的直线,表明其输出电流与端电压的大小无关。

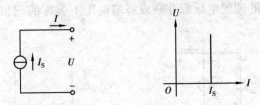

(a)理想电流源的图形符号　　(b)理想电流源的伏安关系

图 1.6.4　理想电流源的图形符号及其伏安关系

理想电流源具有如下几个性质:

①理想电流源的输出电流是常数 I_S 或按给定时间函数 $i_S(t)$ 变化,与端电压无关。

②理想电流源的端电压和输出功率取决于外电路,电压是可以改变的,由其电流和外电路共同确定。

③将输出电流不相等的理想电流源串联或将输出电流不为零的理想电流源开路,都是没有意义的,如图 1.6.5 所示。

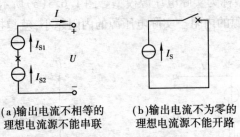

(a)输出电流不相等的　　　　(b)输出电流不为零的
　　理想电流源不能串联　　　　　理想电流源不能开路

图 1.6.5　理想电流源的性质

2)实际电流源模型

理想电流源也是从实际电源中抽象出来的理想化元件,在实际中是不存在的,像光电池这类实际电源,其内部总会存在一定的功率损耗。实际电流源可以用一个理想电流源和一个电阻的并联组合来近似模拟,此模型称为实际电流源模型,如图 1.6.6(a)所示,R_0' 称为电源内阻。实际电流源内阻越大,越接近理想电流源,理想电流源的内阻为无穷大。

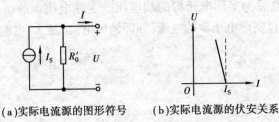

(a)实际电流源的图形符号　　(b)实际电流源的伏安关系

图 1.6.6　实际电流源模型及其伏安关系

实际电流源的伏安关系为

$$I = I_S - \frac{U}{R_0'} \tag{1.6.2}$$

其伏安特性曲线,如图1.6.6(b)所示。

【例1.6.1】 利用理想电压源和理想电流源的特性,试将图1.6.7(a)、(b)简化为单一电源支路。

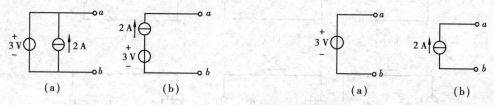

图1.6.7 例1.6.1图   图1.6.8 例1.6.1图

解 在1.6.7(a)图中,从a,b两点看,电路对外提供的电压恒定为3 V,而对外提供的电流取决于负载,与2 A的电流源没有关系。因此1.6.7(a)图电路可以等效为一个电压为3 V的直流理想电压源,如图1.6.8(a)所示。

在1.6.7(b)图中,从a,b两点看,电路对外提供的电流恒定为2 A,而对外提供的电压则取决于负载,与3 V的理想电压源没有关系,因此1.6.7(b)图电路可以等效为一个电流为2 A的直流理想电流源,如图1.6.8(b)所示。

【例1.6.2】 试求图1.6.9(a)中流过电压源的电流I和图1.6.9(b)中电流源两端的电压U。

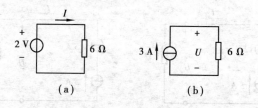

图1.6.9 例1.6.2图

解 (1)图1.6.9(a)中流过电压源的电流也是流过6 Ω电阻的电流,所以流过电压源的电流为

$$I = \frac{U_s}{R} = \frac{2}{6} = \frac{1}{3} \text{ A}$$

(2)图1.6.9(b)中电流源两端的电压也是加在6 Ω电阻两端的电压,所以电流源的电压为

$$U = I_s R = 3 \times 6 = 18 \text{ V}$$

[思考与分析]

1.6.1 如图1.6.10所示的各电路中,电压U和电流I各为多少?根据结果能得出什么规律性的结论吗?

1.6.2 如图1.6.11所示各电路中的电压U和电流I各是多少?

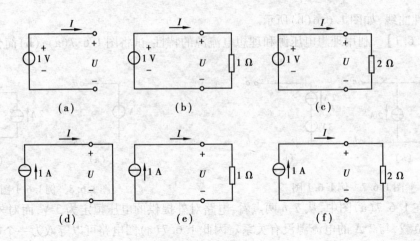

图 1.6.10　思考题 1.6.1 图

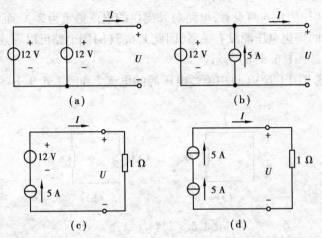

图 1.6.11　思考题 1.6.2 图

1.7　基尔霍夫[①]定律

　　电路分析的任务就是根据电路模型,在已知电路结构及元件参数的条件下,列写电路中各部分电压与电流之间的关系式,求解出各段电路的电压和电流。电路分析的基本依据是两类约束关系:一类是元件特性的约束关系(即元件的伏安关系),另一类是与电路的连接方式有关的约束关系(即基尔霍夫定律)。根据电路的结构和参数以及预先假设的支路电压、电流的名称和参考方向,列出反映这两类约束关系的 KCL、KVL 和 VCR 方程(电路方程),然后求解

---

　　① 基尔霍夫(Kirchhoff Gustav Robert ,1824—1887),德国物理学家。生于普鲁士的柯尼斯堡(今为俄罗斯加里宁格勒)。基尔霍夫在柯尼斯堡大学读物理,1847 年毕业后去柏林大学任教,3 年后去布雷斯劳做临时教授。1854 年由 R. W. E. 本生推荐任海德堡大学教授。1875 年因健康不佳不能做实验,到柏林大学做理论物理教授,直到逝世。
　　1845 年,21 岁的基尔霍夫发表了第一篇论文,提出了稳恒电路网络中电流、电压、电阻关系的两条电路定律,即著名的基尔霍夫第一定律和基尔霍夫第二定律,解决了电路分析和电路计算的难题。直到现在,基尔霍夫定律仍是解决复杂电路问题的重要工具,基尔霍夫被称为“电路求解大师”。

这些方程就能求出各支路电压和电流的解答。简单说来,电路分析的关键就在于根据基尔霍夫定律和电路元件的伏安关系列出电路方程。

1.7.1 电路结构中的几个专业术语

1) 支路

电路中一段没有分支的电路叫做一条支路。如图1.7.1电路中,*bcde*,*be*,*bafe* 都是支路。含有电源的支路叫含源支路,不含电源的支路叫无源支路。每条支路至少由一个电路元件构成,同一条支路中有且只有一个电流流过。

2) 节点

三条或三条以上支路的连接点叫节点。如图1.7.1电路中,*b* 点和 *e* 点是节点,而 *a*,*c*,*d*,*f* 点都不是节点。

3) 回路

电路中任意一个闭合的路径都是一个回路。如图1.7.1电路中,*bcdeb*,*abefa*,*abcdefa* 都是回路。

4) 网孔

内部不含有支路的回路(即没有被支路穿过的回路)叫网孔。如图1.7.1电路中,回路 *bcdeb*,*abefa* 是网孔,而回路 *abcdefa* 不是网孔。

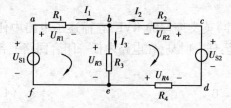
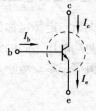

图1.7.1 电路名词定义示意图 　　　　图1.7.2 基尔霍夫电流定律(KCL)的推广

1.7.2 基尔霍夫电流定律

基尔霍夫第一定律也称为基尔霍夫电流定律,英文缩写为 KCL,它描述了电路中任一节点上各支路电流之间的约束关系。其内容是:任一时刻,流入电路中任一节点的电流之和等于流出该节点的电流之和。数学表达式为

$$\sum I_\text{入} = \sum I_\text{出} \tag{1.7.1}$$

以图1.7.1为例,节点 *b* 的电流方程为

$$I_1 + I_2 = I_3$$

值得注意的是,KCL 中所提到的电流的"流入"与"流出",均以电流的参考方向为准,而不论其实际方向如何。

若将式(1.7.1)右边部分移至左边,KCL 可改写为

$$\sum I = 0 \tag{1.7.2}$$

也就是说,如果当流入节点的电流取"+",流出节点的电流取"−",在任一时刻,对电路中任一节点而言,其电流的代数和恒等于零。式(1.7.1)和式(1.7.2)是同一定律的两种表达形式。

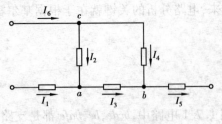

图 1.7.3 例 1.7.1 图

【例 1.7.1】 在图 1.7.3 电路中,若已知 $I_1 = 2$ A, $I_2 = 3$ A, $I_5 = 6$ A,试求该电路中的未知电流。

解 由 KCL 定律可知

对节点 a 有: $I_3 = I_1 + I_2 = 2 + 3 = 5$ A

对节点 b 有: $I_5 = I_3 + I_4$

$$I_4 = I_5 - I_3 = 6 - 5 = 1 \text{ A}$$

对节点 c 有: $I_6 = I_2 + I_4 = 3 + 1 = 4$ A

在应用 KCL 时,应当注意以下几点:

①KCL 具有普遍意义,它不仅适用于电路中的节点,还可推广应用于电路中任意假想的闭合曲面所包围的部分电路(广义节点)。图 1.7.2 为一常见的三极管放大电路,其中 e,b,c 分别为三极管的发射极、基极、集电极,其电流分别为 I_e,I_b,I_c,若用一家乡的闭合曲面将三极管包围起来(如图中虚线所示),则在图示电流参考方向情况下,应用 KCL 可得

$$I_e = I_b + I_c$$

②KCL 适用于电路中的任一节点,若电路中有 n 个节点,即可列出 n 个节点电流方程,但其中只有 $(n-1)$ 个方程是独立的。

③KCL 不但适用于直流电路,交流电路照样适用。

1.7.3 基尔霍夫电压定律

基尔霍夫第二定律也称为基尔霍夫电压定律,英文缩写为 KVL,它描述了电路中任一回路上各元件两端电压之间的约束关系。其内容是:任一时刻,在电路中任一闭合回路上各段电压的代数和恒等于零。数学表达式为

$$\sum U = 0 \tag{1.7.3}$$

在应用 KVL 时,需要注意以下几点:

①应用 KVL 列回路电压方程时会涉及两种方向:一是电路各元件上电压的参考方向,电阻元件常选择关联参考方向,电压源以"＋"极指向"－"极为其参考方向;二是回路的绕行方向,可选顺时针绕行或逆时针绕行。凡某个元件两端电压的参考方向与回路绕行方向一致时,该电压取正;而当电压参考方向与回路绕行方向相反时,该电压取负。

以图 1.7.1 为例,回路 $abefa$ 的电压方程为

$$-U_{S1} + U_{R1} + U_{R3} = 0$$

②KVL 不仅适用于闭合回路,还可推广应用于电路中的任意未闭合回路,但列写回路电压方程时,必须将开路处电压列入方程。如图 1.7.4 为某电路的一部分,a,b 两点间没有闭合,设回路绕行方向为顺时针,由 KVL 可得

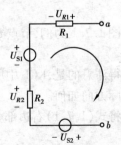

图 1.7.4 基尔霍夫电压定律的推广

$$U_{ab} + U_{S2} - U_{R2} - U_{S1} - U_{R1} = 0$$

$$U_{ab} = -U_{S2} + U_{R2} + U_{S1} + U_{R1} = \sum_i U_i \tag{1.7.4}$$

由式(1.7.4)可见,a,b 两点间电压等于从其正极 a 出发到其负极 b 路径上的各元件电压 U_i 按照遇正取正、遇负取负的规则所得到的代数和。利用式(1.7.4),可以很方便地计算电路中任意两点之间的

电压。

③KVL 不但适用于直流电路,同样适用于交流电路。

【例1.7.2】 图1.7.5 所示的电路中,已知 $U_{S1} = 100\text{ V}, U_{S2} = 150\text{ V}, R_1 = 20\ \Omega, R_2 = 40$ $\Omega, R_3 = 25\ \Omega, R_4 = 15\ \Omega$,试求电路中的电流 I 及 a,b 两点间的电压 U_{ab}。

解 设回路绕行方向与回路电流参考方向一致,由 KVL 定律,列回路电压方程如下:

$$-U_{S1} + U_{R1} + U_{S2} + U_{R2} + U_{R3} + U_{R4} = 0$$

即
$$-U_{S1} + IR_1 + U_{S2} + IR_2 + IR_3 + IR_4 = 0$$

那么

$$I = \frac{U_{S1} - U_{S2}}{R_1 + R_2 + R_3 + R_4} = \frac{100 - 150}{20 + 40 + 25 + 15} = -0.5\text{ A}$$

$$U_{ab} = U_{S2} + U_{R2} + U_{R3} = U_{S2} + IR_2 + IR_3$$
$$= 150 + (-0.5) \times 40 + (-0.5) \times 25 = 117.5\text{V}$$

或

$$U_{ab} = -U_{R1} + U_{S1} - U_{R4} = -IR_1 + U_{S1} - IR_4$$
$$= -(-0.5) \times 20 + 100 - (-0.5) \times 15 = 117.5\text{ V}$$

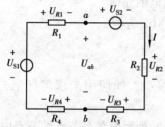
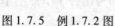

图1.7.5 例1.7.2图

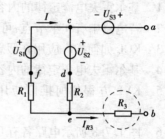

图1.7.6 例1.7.3图

【例1.7.3】 图1.7.6 所示的电路中,若已知 $U_{S1} = 3\text{ V}, U_{S2} = 18\text{ V}, U_{S3} = 6\text{ V}, R_1 = 1\ \Omega,$ $R_2 = 4\ \Omega, R_3 = 3\ \Omega$,试求 a,b 两点间的电压 U_{ab}。

解 围绕 R_3 画一假想的封闭曲面,如图1.7.6 所示。由 KCL 定律可知,流过电阻 R_3 的电流 I_{R3} 为零,因此,只有回路 $cdefc$ 中有电流流过,设该电流参考方向与回路绕行方向一致,均为顺时针方向。由 KVL 可得

$$U_{S2} + IR_2 + IR_1 - U_{S1} = 0$$

所以
$$I = \frac{U_{S1} - U_{S2}}{R_1 + R_2} = \frac{3 - 18}{1 + 4} = -3\text{ A}$$

$$U_{ab} = U_{S3} + U_{S2} + IR_2 + I_{R3}R_3 = 6 + 18 + (-3) \times 4 + 0 = 12\text{ V}$$

或
$$U_{ab} = U_{S3} + U_{S1} - IR_1 + I_{R3}R_3 = 6 + 3 - (-3) \times 1 + 0 = 12\text{ V}$$

由上面两例可以看出,求任意两点之间的电压与所选择的路径无关。

【例1.7.4】 电路如图1.7.7 所示,已知 $U_{S1} = 10\text{ V}, I_{S1} = 1\text{ A}, I_{S2} = 3\text{ A}, R_1 = 2\ \Omega, R_2 = 1\ \Omega$。求电压源和各电流源的功率。

解 由 KCL 得

$$I_1 = I_{S2} - I_{S1} = 3 - 1 = 2\text{ A}$$

根据 KVL 和 VCR 求得

$$U_{bd} = -R_1 I_1 + U_{S1} = -2 \times 2 + 10 = 6\text{ V}$$

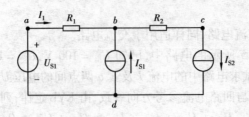

图 1.7.7 例 1.7.4 图

$$U_{cd} = -R_2 I_{S2} + U_{bd} = -1 \times 3 + 6 = 3 \text{ V}$$

因为流过电压源 U_{S1} 的电流 I_1 的参考方向与电压源两端电压的参考方向为非关联参考方向,所以电压源 U_{S1} 功率为

$$P = -U_{S1}I_1 = -10 \times 2 = -20 \text{ W}(发出 20 \text{ W})$$

同理,电流源 I_{S1} 和 I_{S2} 的功率分别为

$$P_1 = -U_{bd}I_{S1} = -6 \times 1 = -6 \text{ W}(发出 6 \text{ W})$$

$$P_2 = U_{cd}I_{S2} = 3 \times 3 = 9 \text{ W}(吸收 9 \text{ W})$$

[思考与分析]

1.7.1 基尔霍夫电流定律的内容是什么? 它的适用范围如何?

1.7.2 若电路中有 n 个节点,可以列出几个有效的 KCL 方程?

1.7.3 KCL 如何推广应用在假想的节点上?

1.7.4 基尔霍夫电压定律的内容是什么?

1.7.5 KVL 方程如何推广应用在没有闭合的电路中? 如何用来求解任意二点间的电压?

1.7.6 图 1.7.8 所示电路各有几个节点? 几个网孔? 列写出各个节点的节点电流方程,以及各个网孔的回路电压方程。

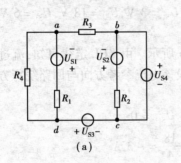
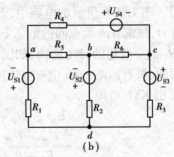

图 1.7.8 思考题 1.7.6 图

1.8 受控源

1.5 节介绍的电压源和电流源都是独立源,即电源参数是一定的。在电子线路中还会遇到另一类电源,它们的电源参数受电路中其他部分电压或电流的控制,称为受控源。

独立源与受控源在电路中的作用不同。独立源作为电路的输入,反映了外界因素对电路的作用;受控源表示电路中某一器件所发生的物理现象,它反映了电路中某处电压或电流对另一处电压或电流的控制情况。

与独立源类似,受控源也有电压源与电流源之分,再根据控制量是电压还是电流,受控源可分为四种类型:电压控制电压源(VCVS)、电压控制电流源(VCCS)、电流控制电压源(CCVS)、电流控制电流源(CCCS)。

为了区别于独立源,受控源采用菱形符号,四种受控源的电路模型如图 1.8.1 所示。

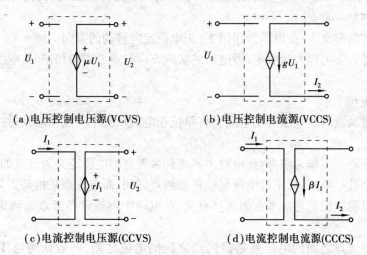

(a)电压控制电压源(VCVS)　　　　　(b)电压控制电流源(VCCS)

(c)电流控制电压源(CCVS)　　　　　(d)电流控制电流源(CCCS)

图 1.8.1　受控源的四种模型

在受控源模型中,μ,g,r,β 称为控制系数,它们反映了控制量对受控源的控制能力,其定义分别为:

$\mu = \dfrac{U_2}{U_1}$ 称为电压控制电压源的转移电压比或电压放大系数,无量纲;

$g = \dfrac{I_2}{U_1}$ 称为电压控制电流源的转移电导,具有电导的量纲;

$r = \dfrac{U_2}{I_1}$ 称为电流控制电压源的转移电阻,具有电阻的量纲;

$\beta = \dfrac{I_2}{I_1}$ 称为电流控制电流源的转移电流比或电流放大系数,无量纲。

值得注意的是:受控源主要用来在电子线路中模拟电子器件的信号传输关系,它与独立源有完全不同的电路特性。独立源是电路的输入,为电路提供电压和电流;受控源虽然有电源的形式,但本质上不同于独立源,一旦控制量消失,受控源的电压或电流也就不存在了。

本章小结

1. 电路组成、电路模型及电路图

实际电路种类繁多,功能不同,但不管是简单还是复杂的电路,一个完整的电路主要由电源、负载和中间环节三大部分组成。

实际电路中的元件都可以用能够反映其主要电磁特性的理想元件来替代,这就构成了与实际电路相对应的电路模型。而用统一规定的图形符号来表示理想元件的电路模型,称为电路图。

2. 基本物理量

1)电流

带电粒子(电荷)的定向移动形成电流。电流的大小用电流强度来表示,简称为电流。

电流的基本单位是安[培](A)。

电流实际方向定义为:在电场力作用下,正电荷定向移动的方向。

电流的参考方向可以人为假定,当电流的实际方向与参考方向相同时,电流取正值;反之,取负值。

2)电压和电位

电路中任意两点间的电压等于电场力将单位正电荷从其中一点移动到另一点电场力所做的功。

在电路中任选一点作为参考点,电路中某点到参考点的电压定义为该点的电位。

电位实际上就是电压,只不过电压是指任意两点之间,而电位则是指某点与参考点之间。

电路中各点的电位值与参考点的选择有关,在电路中不指定参考点而谈论各点的电位值是没有意义的。

电路中任意两点之间的电压就是该两点之间的电位之差,一般认为电压和电位差意义相同。

引入电位的概念后,电压的实际方向是由高电位点指向低电位点。在电压的方向上,电位是逐点降低的,因此电压又称为电压降。

电压是绝对的,与参考点无关;电位是相对的,其大小随参考点的不同而不同。

电压的参考方向可以人为假定,当电压的实际方向与参考方向相同时,电压取正值;反之,取负值。

电压和电位的基本单位都是伏[特](V)。

3)电压与电流的关联参考方向

原则上,电流参考方向和电压参考方向可以分别独立地选定。当电流从电压的正极性端流入某元件而从它的负极性端流出,称为关联参考方向。反之,则为非关联参考方向。

4)电能与电功率

电路中消耗的电能可以用电场力所做的功来度量,即

$$W = UIt$$

电能的基本单位是焦[耳](J)。常用的电能单位还有千瓦时(1 kW·h),1 千瓦时就是常说的 1 度电,1 度 = 1 kW·h = 3.6×10^6 J。

电功率是衡量电能转化为其他形式能量速度快慢的物理量。

当电压和电流的参考方向是关联时,功率计算式为

$$P = UI$$

当电压和电流的参考方向为非关联时,功率计算式为

$$P = -UI$$

若计算结果得出 $P > 0$,表示该部分电路吸收或消耗功率,相当于负载;若计算结果得出 $P < 0$,表示该部分电路发出或提供功率,相当于电源。

电功率的基本单位是瓦［特］（W）。

3. 电阻元件与欧姆定律

电流通过导体时会受到阻碍作用，消耗电能并转化为热能、光能等，导体对电流的这种阻碍作用，称为该导体的电阻。

电阻的基本单位是欧［姆］（Ω）。

欧姆定律是反映电阻元件上电压与电流之间约束关系的基本定律。

在 U,I 为关联参考方向时，欧姆定律写为

$$U = IR$$

在 U,I 为非关联参考方向时，欧姆定律写为

$$U = -IR$$

无论电阻元件上电压与电流的参考方向是关联还是非关联，电阻元件上的电功率为

$$P = I^2R = \frac{U^2}{R}$$

电阻元件上的功率 $P>0$，说明电阻元件吸收电能。当电流通过电阻元件时，将电能转换为热能并向周围空间散去，因此电阻消耗的电能是不可逆的，是耗能元件。

4. 电压源与电流源

理想电压源是从实际电源中抽象出来的理想化元件，它的端电压固定不变，与外电路无关；而其通过电流的大小随外电路不同而改变。

理想电流源也是从实际电源中抽象出来的理想化元件，它的输出电流固定不变，与端电压无关；理想电流源的端电压随外电路不同而不同。

实际电源可以用实际电压源和实际电流源两种模型来模拟。实际电压源由一个理想电压源和一个电阻的串联构成。实际电流源由一个理想电流源和一个电阻的并联构成。

5. 基尔霍夫定律

基尔霍夫定律是电路的基本定律，是电路分析的依据。

1）基尔霍夫电流定律（KCL）

任意时刻，电路中任一节点上电流的代数和恒等于零，即

$$\sum I = 0$$

2）基尔霍夫电压定律（KVL）

任意时刻，沿任一闭合回路上各段电压的代数和恒等于零，即

$$\sum U = 0$$

6. 电路的状态及电气设备的额定值

电路有负载、空载、短路三种状态。

电气设备的额定值通常标注在设备的铭牌上，故又称为铭牌值。使用电器元件必须注意其额定值，电气设备在额定状态下运行是最经济合理的。

7. 受控源

与独立源类似，受控源也有电压源与电流源之分，再根据控制量是电压还是电流，受控源可分为四种类型：电压控制电压源（VCVS）、电压控制电流源（VCCS）、电流控制电压源（CCVS）、电流控制电流源（CCCS）。

习 题 1

1.1 直流电流通过一段导线,已知 1 s 内从该导线 a 端到 b 端通过横截面的电荷为 1C。(1)如果通过导线的电荷为正电荷,试求 I_{ab} 和 I_{ba};(2)如果通过导线的电荷为负电荷,试求 I_{ab} 和 I_{ba}。

1.2 图 1.1 所示电路中,求 U_{ab}。

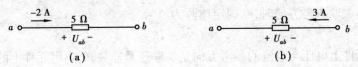

图 1.1 题 1.2 图

1.3 某电路中有 a,b,c 三点,若 $U_{ab} = -8$ V,$U_{ca} = 3$ V,(1)试比较 a,b,c 三点电位的高低;(2)设 $V_a = 0$ V,求 V_b 和 V_c。

1.4 图 1.2 电路中,已知:$V_a = 15$ V,$V_b = -10$ V,$V_c = 20$ V,以 d 点为参考点,试求 U_{ab},U_{bc},U_{ac}。

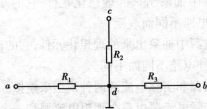

图 1.2 题 1.4 图

1.5 如图 1.3 所示电路,计算开关 S 打开及闭合时:(1)a 点的电位;(2)b 点的电位;(3)a,b 两点间的电压 U_{ab}。

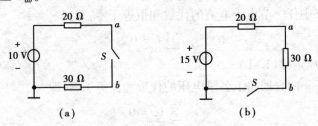

图 1.3 题 1.5 图

1.6 试计算图 1.4 电路中各元件的功率,该元件是吸收功率(负载)还是发出功率(电源)?

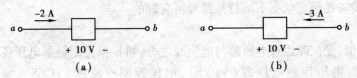

图 1.4 题 1.6 图

1.7 试计算图1.5电路中各元件的功率,说明各元件是吸收功率还是发出功率,并核算电路的功率平衡。

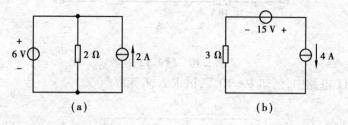

图1.5 题1.7图

1.8 化简图1.6所示电路为等效电压源或电流源。

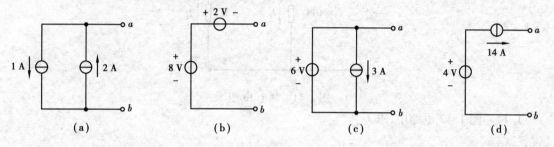

图1.6 题1.8图

1.9 图1.7(a)为一个二端元件,当它的端口电压、电流分别具有图1.7(b)、(c)所示伏安特性曲线时,它们分别等效为一个什么元件?

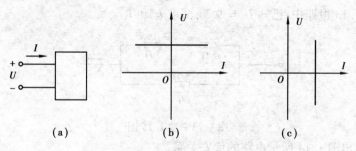

图1.7 题1.9图

1.10 电路如图1.8所示,有4条支路在节点a处相连,求电流i_4。

1.11 如图1.9所示电路中,求电压U。

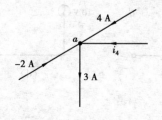

图1.8 题1.10图

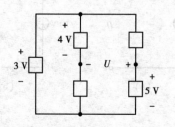

图1.9 题1.11图

1.12　图 1.10 电路中,求 U_2 和 U。

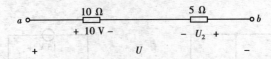

图 1.10　题 1.12 图

1.13　图 1.11 电路中,已知 $U = 10$ V,试求 I_1,I_2 和 I。

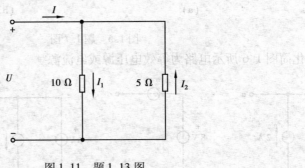

图 1.11　题 1.13 图

1.14　图 1.12 电路中,求 U_{ab}。

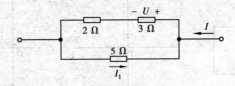

图 1.12　题 1.14 图

1.15　图 1.13 电路中,已知 $U = 9$ V,试求 I_1 和 I。

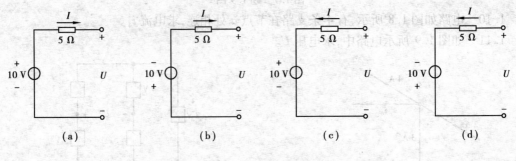

图 1.13　题 1.15 图

1.16　试写出图 1.14 所示电路的伏安关系。

图 1.14　题 1.16 图

1.17　如图 1.15 所示电路中,当 I 为 1 A 时,试求各电路 a,b 两端的电压 U_{ab}。

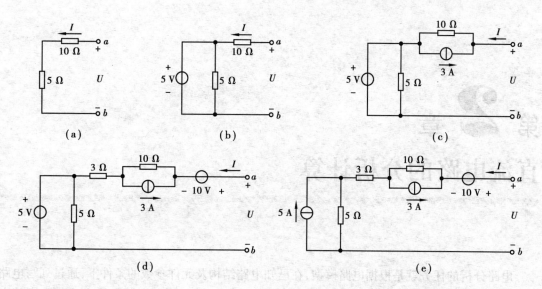

图 1.15　题 1.17 图

1.18　图 1.16 所示电路中,若 15 Ω 电阻上的电压为 30 V,试求电阻 R 及电压 U_{ab}。

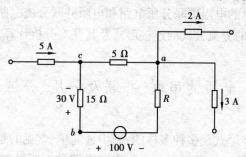

图 1.16　题 1.18 图

1.19　如图 1.17 所示电路中,若 R_1 选用额定值为"100 Ω,1.96 W"的电阻器,R_2 选用额定值为"1 kΩ,1 W"的电阻器,试判断这两个电阻器在电路中能否正常工作。

1.20　图 1.18 所示电路中,已知:$U_{CC} = 12$ V,$R_b = 200$ kΩ,$R_c = 5$ kΩ,$U_{be} = 0.6$ V,$I_c = 50 I_b$,试求电流 I_b,I_c 和 I_e。

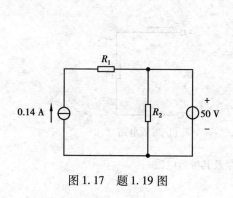

图 1.17　题 1.19 图

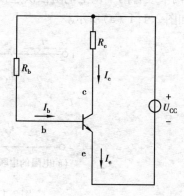

图 1.18　题 1.20 图

第**2**章
直流电路的分析计算

电路分析的任务就是根据电路模型,在已知电路结构及元件参数的条件下,通过列写电路的 KVL 方程、KCL 方程和各元件的伏安关系来求解电路中各支路上的电压和电流。本章从电路的等效化简方法入手,逐步介绍直流电路的基本分析方法,建立对较复杂的线性电阻电路的通用分析方法;通过对简单的电阻串联分压电路和电阻并联分流电路的讨论,介绍直流电阻串联的分压公式和电阻并联的分流公式的连接形式及其基本分析计算方法。

2.1 电阻的串联、并联及分压、分流公式

在电路中,电阻的连接形式是多种多样的,其中最简单、常见的是电阻的串联连接、电阻的并联连接和电阻的混联连接。本节通过对电阻串联电路和电阻并联电路特点的讨论,导出电阻串联的分压公式和电阻并联的分流公式,并举例说明它在电路化简和分析中的作用。

2.1.1 电阻的串联及分压公式

1)电阻的串联
两个或者两个以上电阻依次连接成的一段没有分支的电路,这种连接方式称为电阻的串联,如图 2.1.1 (a)所示。

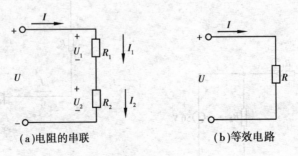

(a)电阻的串联   (b)等效电路

图 2.1.1 电阻的串联及其等效电路

2) 串联电阻电路的特点

（1）根据 KCL 可知，各串联电阻中流过的电流相同，即

$$I = I_1 = I_2 \tag{2.1.1}$$

（2）根据 KVL 可知，串联电阻电路两端的总电压等于各电阻两端的电压之和，即

$$U = U_1 + U_2 \tag{2.1.2}$$

（3）串联电阻电路的总电阻（即串联等效电阻）R 等于各串联电阻的阻值之和，这一特点常用于电路的等效化简。图 2.1.1（b）所示电路就是图 2.1.1（a）所示电路的等效电路。因为

$$U = U_1 + U_2$$

即

$$IR = I_1R_1 + I_2R_2$$

利用式（2.1.1），可得

$$R = R_1 + R_2 \tag{2.1.3}$$

可见，电阻串联的总阻值总是越串越大。

（4）分压公式：串联电阻电路能够将一个较大的电压分成为若干个较小的电压之和，每个串联电阻两端的电压与其阻值的大小成正比，阻值越大的电阻分得的电压也越高，就是说大电阻会分得高电压，即

$$U_1 = I_1R_1 = IR_1 = \frac{R_1}{R_1 + R_2}U$$

$$\tag{2.1.4}$$

$$U_2 = I_2R_2 = IR_2 = \frac{R_2}{R_1 + R_2}U$$

串联电阻电路的这一特性，称为串联电阻电路的分压特性。分压特性在实际电路中得到了广泛应用，比如在万用表中常用来扩大电压表的量程。

（5）串联电阻电路消耗的总功率等于各个被串联的电阻消耗的功率之和。因为

$$P = I^2R = I^2(R_1 + R_2) = I_1^2R_1 + I_2^2R_2$$

所以

$$P = P_1 + P_2 \tag{2.1.5}$$

【例 2.1.1】　图 2.1.2 为某万用表直流电压挡等效电路，其表头内阻 $R_g = 2\,500\ \Omega$，满偏电流 $I_g = 100\ \mu A$，现要将表头量程扩大为 $U_1 = 2.5\ V$，$U_2 = 50\ V$，$U_3 = 250\ V$，$U_4 = 500\ V$，试求所需串联的分压电阻 R_1，R_2，R_3，R_4 的阻值。

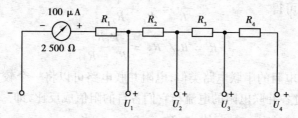

图 2.1.2　例 2.1.1 图

解　由于 $U_{R1} = U_1 - U_g = U_1 - I_gR_g$，　　　$I_{R1} = I_g = I$

所以　　　$R_1 = \dfrac{U_{R1}}{I_{R1}} = \dfrac{U_1 - I_gR_g}{I_g} = \dfrac{2.5 - 100 \times 10^{-6} \times 2\,500}{100 \times 10^{-6}}\ \Omega = 2.25 \times 10^4\ \Omega$

同理可得 $\qquad R_2 = \dfrac{U_{R2}}{I_{R2}} = \dfrac{U_2 - U_1}{I_g} = \dfrac{50 - 2.5}{100 \times 10^{-6}}\,\Omega = 4.75 \times 10^5\,\Omega$

$$R_3 = \dfrac{U_{R3}}{I_{R3}} = \dfrac{U_3 - U_2}{I_g} = \dfrac{250 - 50}{100 \times 10^{-6}}\,\Omega = 2 \times 10^6\,\Omega$$

$$R_4 = \dfrac{U_{R4}}{I_{R4}} = \dfrac{U_4 - U_3}{I_g} = \dfrac{500 - 250}{100 \times 10^{-6}}\,\Omega = 2.5 \times 10^6\,\Omega$$

2.1.2 电阻的并联及分流公式

1)电阻的并联

电路中,若将两个或两个以上电阻的两端分别连接在两个公共节点之间,这种连接方式称为电阻的并联,如图2.1.3(a)所示。

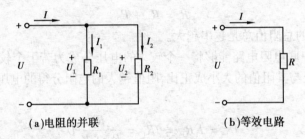

(a)电阻的并联　　　　　(b)等效电路

图2.1.3　电阻的并联及其等效电路

2)并联电阻电路的特点

(1)每个并联电阻两端的电压相等,即

$$U = U_1 = U_2 \qquad (2.1.6)$$

(2)由 KCL 可知,流过并联电阻电路的总电流等于流过每个并联电阻的电流之和,即

$$I = I_1 + I_2 \qquad (2.1.7)$$

(3)并联电路的等效电阻(总电阻)阻值的倒数等于每个并联电阻阻值的倒数之和。

因为

$$I = I_1 + I_2$$

即

$$\dfrac{U}{R} = \dfrac{U_1}{R_1} + \dfrac{U_2}{R_2}$$

利用式(2.1.6),可得 $\qquad \dfrac{1}{R} = \dfrac{1}{R_1} + \dfrac{1}{R_2} \qquad (2.1.8)$

或 $\qquad R = R_1 /\!/ R_2 = \dfrac{R_1 R_2}{R_1 + R_2} \qquad (2.1.9)$

(4)分流公式:与电阻的串联电路类似,电阻并联电路可以将一个较大的电流分成若干个较小的电流之和,流过各并联电阻的电流与它们各自的阻值成反比,即

$$I_1 = \dfrac{U_1}{R_1} = \dfrac{U}{R_1} = \dfrac{R}{R_1}I = \dfrac{R_2}{R_1 + R_2}I$$

$$\qquad (2.1.10)$$

$$I_2 = \dfrac{U_2}{R_2} = \dfrac{U}{R_2} = \dfrac{R}{R_2}I = \dfrac{R_1}{R_1 + R_2}I$$

并联电阻的这一特性,称为并联电阻电路的分流特性。分流特性在实际电路中也得到了

广泛应用,比如在万用表中常用来扩大电流表的量程。

（5）并联电阻电路消耗的总功率等于各个并联电阻消耗的功率之和。

因为

$$P = \frac{U^2}{R} = \frac{U^2}{R_1} + \frac{U^2}{R_2}$$

所以

$$P = P_1 + P_2 \tag{2.1.11}$$

【例 2.1.2】　现有一内阻 $R_g = 2\ 500\ \Omega$,满偏电流 $I_g = 100\ \mu A$ 的表头,如图 2.1.4 所示,欲将表头量程扩大为 $I_1 = 1\ A$, $I_2 = 10\ mA$, $I_3 = 1\ mA$ 三挡,求所需并联的分流电阻 R_1, R_2, R_3 的阻值。

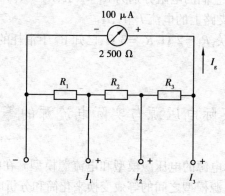

图 2.1.4　例 2.1.2 图

解　由分流公式可得

$$I_g = \frac{R}{R + R_g} I$$

那么

$$R = \frac{I_g R_g}{I - I_g}$$

则有

$$R = R_1 + R_2 + R_3 = \frac{I_g R_g}{I_3 - I_g} = \frac{100 \times 10^{-6} \times 2\ 500}{1 \times 10^{-3} - 100 \times 10^{-6}} \approx 280\ k\Omega$$

$$R_1 = \frac{I_g (R_g + R)}{I_1} = \frac{100 \times 10^{-6} \times (2.5 + 278) \times 10^3}{1} = 28\ \Omega$$

$$R_2 = \frac{I_g (R_g + R)}{I_2} - R_1 = \frac{100 \times 10^{-6} \times (2.5 + 278) \times 10^3}{10 \times 10^{-3}} - 28 = 2\ 772\ \Omega$$

$$R_3 = \frac{I_g (R_g + R)}{I_3} - (R_1 + R_2) = \frac{100 \times 10^{-6} \times (2\ 500 + 278)}{1 \times 10^{-3}} - (28 + 2\ 772) = 25\ 200\ \Omega$$

[思考与分析]

2.1.1　为什么说串联电阻是越串越大,并联电阻是越并越小?

2.1.2　要把一个额定电压为 24 V,电阻为 240 Ω 的指示灯接到 36 V 电源中使用,应串联多大电阻?

2.1.3　在一根电阻丝两端加上一定电压后,通过的电流是 0.4 A,把这根电阻丝对折并拧在一起后,再接到原来的电压上,此时流过电阻丝的电流变为多少?

2.1.4　用分压公式求图 2.1.5(a) 中的电压 U_1 和 U_2;用分流公式求图 2.1.5(b) 中的电

流 I_1 和 I_2。

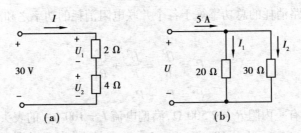

图 2.1.5 思考题 2.1.4 图

2.1.5 三个电阻并联,它们的电阻分别为 $R_1 = 2\ \Omega, R_2 = R_3 = 4\ \Omega$,设总电流为 5 A,试求总电阻 R,总电压 U 及各条支路上的电流 I_1、I_2、I_3。

2.1.6 有两个电阻并联,$R_1 = 2\ \Omega, R_2 = 3\ \Omega$,已知 R_1 上消耗的功率 $P_1 = 18\ \text{W}$,那么 R_2 上消耗的功率 P_2 为多少?

2.2 实际电压源与实际电流源的等效变换

第 1 章介绍了一个实际电源的电压源模型和电流源模型。在电路分析中,通常需要借助实际电压源模型与实际电流源模型之间的等效变换来化简和分析电路,依据网络等效原理,两种实际电源模型可以等效变换的条件是其端口处电压与电流的关系(即伏安关系)完全相同,也就是说,当它们对应的端口上具有相同的电压时,端口电流也必然相等。

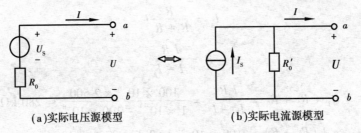

(a)实际电压源模型 (b)实际电流源模型

图 2.2.1 实际电源模型间的等效变换

图 2.2.1(a)为实际电压源模型,其端口处的电压、电流关系为

$$U = U_S - IR_0 \tag{2.2.1}$$

图 2.2.1(b)为实际电流源模型,其端口处的电压、电流关系为

$$I = I_S - \frac{U}{R_0'}$$

得

$$U = I_S R_0' - IR_0' \tag{2.2.2}$$

比较式(2.2.1)和式(2.2.2),得出

$$\left.\begin{array}{l} U_S = I_S R_0' \\ R_0 = R_0' \end{array}\right\} \tag{2.2.3}$$

式(2.2.3)就是实际电压源模型和实际电流源模型等效变换条件,特别应注意的是电压源与电流源的参考方向的标注。

【例 2.2.1】 试将图 2.2.2(a)中的电压源模型转换为电流源模型;将图 2.2.2(b)中的

电流源模型转换为电压源模型。

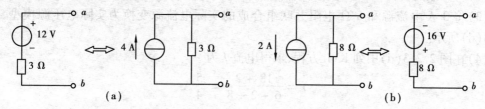

图 2.2.2　例 2.2.1 图

解　(a)图中:将实际电压源模型转换为电流源模型

$$I_S = \frac{U_S}{R_0} = \frac{12}{3} = 4 \text{ A}$$

$$R'_0 = R_0 = 3 \ \Omega$$

注意:电流源的参考方向,如图 2.2.2(a)所示。

(b)图中:将实际电流源模型转换为电压源模型,即

$$U_S = I_S R'_0 = 2 \times 8 = 16 \text{ V}$$

$$R_0 = R'_0 = 8 \ \Omega$$

注意:电压源的参考方向,如图 2.2.2(b)所示。

两种实际电源模型等效变换时,应注意以下几个问题:

①要注意等效电源的极性,因为它们供给外电路的电流方向相同,故电压源从参考负极到参考正极的方向与电流源电流的参考方向应一致。

②两种实际电源模型之间的等效变换是指外部端口处伏安特性的等效,即两个等效电源外电路的电压、电流相等,但对电源内部是不等效的。

③理想电压源的内阻为零,理想电流源的内阻为无穷大,不可能满足等效条件,所以理想电压源与理想电流源之间不能进行等效变换。

利用两种实际电源模型间的等效变换,可以简化电路的分析计算。

【例 2.2.2】　试用实际电压源与实际电流源间的等效变换原理,求图 2.2.3(a)电路中的电流 I。

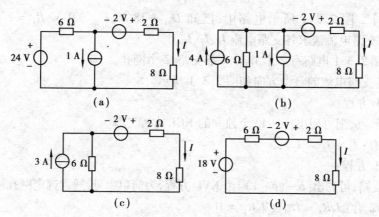

图 2.2.3　例 2.2.2 图

解　(1)将 24 V 电压源变换为电流源模型,如图 2.2.3(b)所示。

（2）将并联的 4 A 和 1 A 电流源合并成为一个 3 A 的电流源,如图 2.2.3(c)所示。

（3）将 3 A 电流源和 6 Ω 电阻并联组合成的实际电流源变换为实际电压源模型,如图 2.2.3(d)所示。

（4）在图 2.2.3(d)中列 KVL 方程,求得电流 I 为

$$I = \frac{18 + 2}{6 + 2 + 8} = \frac{5}{4} \text{A}$$

[思考与分析]

2.2.1　理想电压源与实际电压源的区别是什么?

2.2.2　理想电流源与实际电流源的区别是什么?

2.2.3　理想电压源与理想电流源之间能否进行等效互换?

2.2.4　实际电压源与实际电流源在进行等效互换时,其电源方向如何确定?

2.3　支路电流法

以支路电流为未知量(待求量),利用基尔霍夫定律列出方程式,从而解出各待求支路电流的方法,称为支路电流法。

下面通过实例来说明用支路电流法求解电路的解题步骤。

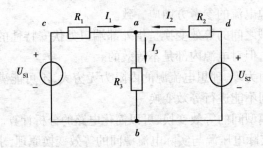

图 2.3.1　例 2.3.1 图

【例 2.3.1】　图 2.3.1 所示电路中,已知 $U_{S1} = 18$ V, $U_{S2} = 9$ V, $R_1 = 1$ Ω, $R_2 = 1$ Ω, $R_3 = 4$ Ω,试用支路电流法求各支路电流 I_1、I_2、I_3。

解　观察图 2.3.1 电路有 2 个节点、3 条支路、2 个网孔。

（1）假设各支路电流的参考方向如图 2.3.1 所示。

（2）列 KCL 方程:

若有 n 个节点,则可列出 $(n-1)$ 个独立的 KCL 方程。

对节点 a 有: $I_1 + I_2 = I_3$

（3）列 KVL 方程:

若有 b 条支路,可列出 $[b-(n-1)]$ 个 KVL 方程,为简单起见,通常选定网孔回路列方程。

对网孔 $abca$ 有: $I_3 R_3 - U_{S1} + I_1 R_1 = 0$

对网孔 $adba$ 有: $-I_2 R_2 + U_{S2} - I_3 R_3 = 0$

（4）代入已知参数,联立求解 KCL,KVL 方程组,求出各待求的支路电流。

代入已知,得

$$\begin{cases} I_1 + I_2 = I_3 \\ 4I_3 - 18 + I_1 = 0 \\ -I_2 + 9 - 4I_3 = 0 \end{cases}$$

解之,得

$$I_1 = 6 \text{ A}, I_2 = -3 \text{ A}, I_3 = 3 \text{ A}$$

支路电流法原则上对任何电路都是适用的,所以它是求解电路的一般方法。

[思考与分析]

2.3.1　支路电流法是根据什么定律列方程的?

2.3.2　若电路中有 b 条支路,n 个节点,则可以列几个 KCL 方程? 几个 KVL 方程?

2.4　叠加定理

叠加是线性系统普遍适用的原理。电路分析中的叠加定理是关于线性电路的基本定理,反映了线性电路中电路响应与激励之间的叠加特性。叠加定理的内容是:在线性电路中,有多个理想电源(独立电源)同时作用时,流过某支路的电流或该支路两端的电压,就等于各个理想电源单独作用时在该支路上所产生的电流或电压的代数和(叠加)。

在应用叠加定理时,应尽量保持电路结构不变。所谓电源单独作用,是指电路中的某一个电源作用而其他电源不作用。不作用的理想电压源用短路($U_S = 0$)线代替;不作用的理想电流源为零,则作断路($I_S = 0$)处理。

下面举例说明应用叠加定理求解电路的过程。

【例 2.4.1】　图 2.4.1(a)所示的电路中,已知 $I_S = 6$ A,$U_S = 24$ V,$R_1 = 8$ Ω,$R_2 = 4$ Ω,试用叠加定理求电流 I_1,I_2 及电阻 R_2 上的功率 P_{R2}。

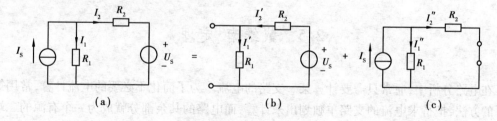

图 2.4.1　例 2.4.1 图

解　(1)画出各电源单独作用时的分解电路,如图 2.4.1(b)、(c)所示。

(2)在分解电路中求出各理想电源单独作用时的待求电流:

在(b)图中,即当 $U_S = 24$ V 理想电压源单独作用时,有

$$I_1' = I_2' = \frac{U_S}{R_1 + R_2} = \frac{24}{8 + 4} = 2 \text{ A}$$

在(c)图中,即当 $I_S = 4$ A 理想电流源单独作用时,有

$$I_1'' = \frac{R_2}{R_1 + R_2} I_S = \frac{4}{8 + 4} \times 6 = 2 \text{ A}$$

$$I_2'' = \frac{R_1}{R_1 + R_2} I_S = \frac{8}{8 + 4} \times 6 = 4 \ \text{A}$$

(3)分别将各理想电源单独作用时的结果进行叠加：

考虑到总量与分量参考方向之间的关系，可以得到两个电源同时作用于电路时，电路各部分的电流为

$$I_1 = I_1' + I_1'' = 2 + 2 = 4 \ \text{A}$$

$$I_2 = (-I_2') + I_2'' = -2 + 4 = 2 \ \text{A}$$

电阻 R_2 上的功率 P_{R2} 应该在图 2.4.1(a)电路中去求解

$$P_{R2} = I_2^2 R_2 = 2^2 \times 4 = 16 \ \text{W}$$

应用叠加定理可以将一个复杂的电路分解成几个简单的电路，然后将这些简单电路的计算结果综合叠加起来，便可求得原复杂电路中的电流和电压。

应用叠加定理分析计算电路时，应注意以下几点：

(1)叠加定理只适用于分析计算含有多个理想电源的线性电路中的电流和电压，由于功率或能量与电流或电压的平方有关，属非线性关系，所以叠加定理不适用于分析计算功率或能量。

(2)叠加定理反映的是电路中理想电源所产生的作用，而不是实际电源所产生的作用，所以在画分解电路时，实际电源的内阻必须保留在原位。

(3)叠加时要注意原电路与分解电路中各电流和电压的参考方向之间的关系。当分解电路中待求电压或电流的参考方向与原电路中待求电压或电流的参考方向一致时，该分量取正；反之，取负。

[思考与分析]

2.4.1　叠加定理适用于什么电路？

2.4.2　能否用叠加定理求解电路中各元件上的功率？

2.5　戴维南[①]定理

在电路分析中，通常只需要计算某一支路的电流。为了简化不必要的电流计算，常用等效电源的方法，把待求电流的支路单独划出来计算，而电路的其余部分就成为一个有源的二端网络。有源二端网络也就是含有理想电源(独立电源)的线性二端电路。

注意，若某电路只有两个接线端钮与外电路相连，则该电路称为二端网络，如图 2.5.1 所示。网络内部含有理想电源时，叫有(含)源二端网络；网络内部不含独立电源时，叫无源二端网络。二端网络端钮上的电流、电压分别称为端口电流、端口电压。

---

① 莱昂·夏尔·戴维南(Léon Charles Thévenin，1857—1926)，法国电信工程师，生于法国莫城。1876 年，他毕业于巴黎综合理工学院，1878 年加入了电信工程军团(即法国 PTT 的前身)，最初的任务为架设地底远距离的电报线。1882 年成为综合高等学院的讲师，并对电路测量问题有了浓厚的兴趣。戴维南通过大量实验，发现了著名的戴维南定理，用于计算复杂电路中的电流。1896 年，他被聘为电信工程学校的校长，后担任综合高等学院电信学院的院长，他还常在国立巴黎农学院教机械学。

1853 年 H. 亥姆霍兹也提出过该定理，故又称亥姆霍兹—戴维南定理。

我们已经知道,若一个二端网络的端口电压与端口电流的关系(即二端网络端口处的伏安关系)和另一个二端网络的端口电压与端口电流的关系相同时,那么这两个二端网络对外电路而言是等效的,即互为等效网络。在电路分析中,常用一个结构简单的等效网络代替较复杂的网络,以简化电路分析。

法国电信工程师戴维南通过大量实验,研究了复杂电路的等效化简问题后,提出:任何线性有源二端网络都可以用一个理想电压源与一个电阻相串联(即实际电压源模型)来等效代替,如图 2.5.2 所示。其中理想电压源的电压等于该有源二端网络的开路电压 U_{OC},串联电阻等于该网络中所有电源都不作用(即理想电压源短路,理想电流源断开)时的等效内阻 R_0。

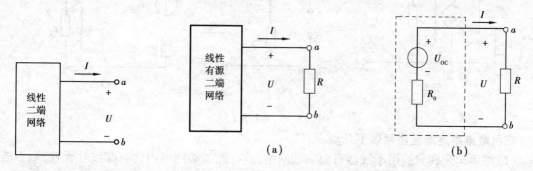

图 2.5.1　二端网络　　　　　　　　图 2.5.2　戴维南定理

戴维南定理给出了一个非常重要的电路分析方法,特别是在分析计算电路中某一指定支路的电流、电压时,此方法往往能使分析计算大为简化。当把一个有源二端网络等效成一个实际电压源模型后,复杂电路就变成了简单的单回路电路。由于戴维南定理的核心就是将一个线性有源二端网络等效为一个实际的电压源,所以戴维南定理又称为等效电压源定理。

下面通过实例说明应用戴维南定理求解电路问题的规律和步骤。

【例 2.5.1】　如图 2.5.3(a)所示电路中,已知:$I_S = 2\ A$,$U_1 = 8\ V$,$R_1 = 2\ \Omega$,$R_2 = 10\ \Omega$,试用戴维南定理求流过 R_2 的电流。

解　(1)先移开待求支路,使原电路形成开路状态。假设两个端钮的名称为字母 a,b,该两端的电压极性是 a 端为"+",b 端为"−",如图 2.5.3(b)所示。

(2)求 a,b 两端的开路电压 U_{OC},如图 2.5.3(c)所示

$$I_{S1} = \frac{U_1}{R_1} = \frac{8}{2} = 4\ A$$

$$U_{OC} = U_{ab} = (I_S + I_{S1})R_1 = (2 + 4) \times 2 = 12\ V$$

(3)从 a,b 两端开路向二端网络看进去,并使二端有源网络内所有的电压源短路、电流源开路后,求等效电阻 R_0,如图 2.5.3(d)所示。有

$$R_0 = R_{ab} = R_1 = 2\ \Omega$$

(4)画出戴维南等效电路,并将先前移开的待求支路接在 a,b 两端之间,如图 2.5.3(e)所示。

(5)利用戴维南等效电路中求出待求量,如图 2.5.3(e)所示。

$$I = \frac{U_{OC}}{R_0 + R_2} = \frac{12}{2 + 10} = 1\ A$$

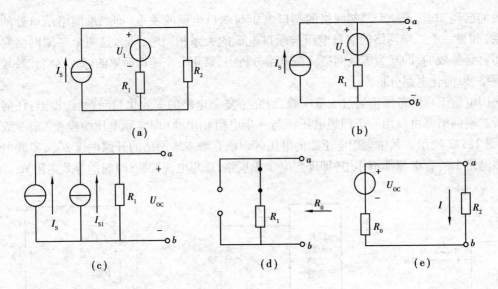

图 2.5.3　例 2.5.1 图

应用戴维南定理应注意以下几点:

(1)戴维南定理只适用于线性有源二端网络,若有源二端网络内含有非线性元件,则不能应用戴维南定理。

(2)等效是对外电路而言的,戴维南等效电路与线性有源二端网络内部的电压、电流、功率等并不等值。

(3)在画戴维南等效电路时,等效电路中电压源的参考极性应与有源二端网络开路电压参考极性一致。

[思考与分析]

2.5.1　什么是二端网络? 什么是有源二端网络?

2.5.2　戴维南定理适用的条件是什么?

2.5.3　求戴维南定理等效电阻 R_0 时,二端网络中的电压源和电流源如何处理?

2.5.4　某有源二端网络,测得其开路电压为 100 V,短路电流为 10 A,问外接 10 Ω 负载电阻时,负载电流为多少?

2.6　最大功率传输定理

在测量、电子和信息工程系统中,常会遇到电阻负载如何从电源获得最大功率的问题。这类问题也可以借助戴维南定理来分析。如图 2.6.1(a)所示的电路中,有源二端网络可用实际电压源模型即戴维南等效电路来代替(图 2.6.1(b)所示)。当所接负载 R_L 不同时,有源二端网络传输给负载的功率亦即负载从有源二端网络获得的功率就会不同。那么,对于给定的有源二端网络,当负载 R_L 为多大时从有源二端网络获得的功率最大? 所获得的最大功率应为多少? 这正是最大功率传输定理要解决的问题。

下面通过分析来回答这两个问题,图 2.6.1(b)中负载 R_L 所获功率的表达式为

$$P_L = I^2 R_L = \frac{U_{OC}^2}{(R_0 + R_L)^2} R_L = \frac{U_{OC}^2 R_L}{(R_0 - R_L)^2 + 4R_0 R_L} = \frac{U_{OC}^2}{\dfrac{(R_0 - R_L)^2}{R_L} + 4R_0}$$

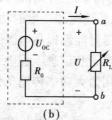

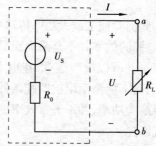

图2.6.1 负载获得最大功率的条件

图2.6.2 例2.6.1图

由上式可以看出,在有源二端网络内部结构及参数一定的条件下,该有源二端网络的戴维南等效电路中的 U_{OC} 和 R_0 就是定值,那么要使负载 R_L 获得的功率 P_L 最大,则应使

$$R_L = R_0 \tag{2.6.1}$$

此时负载 R_L 获得的最大功率为

$$P_{max} = \frac{U_{OC}^2}{4R_0} \tag{2.6.2}$$

所以得出结论:负载从含有理想电源(独立源)的二端网络获得最大功率的条件是负载电阻 R_L 等于该二端网络的等效内阻 R_0。这个结论就是最大功率输出定理。在工程上,电路满足最大功率传输条件 $R_L = R_0$ 时,称为最大功率匹配或者阻抗匹配。

【例2.6.1】 图2.6.2所示的电路中,已知 $U_S = 24$ V,$R_0 = 3$ Ω,试求 R_L 分别为1 Ω,3 Ω,9 Ω 时,负载获得的功率及电源的效率。

解 (1)当 $R_L = 1$ Ω 时

$$I = \frac{U_S}{R_0 + R_L} = \frac{24}{3+1} = 6 \text{ A}$$

$$P_L = I^2 R_L = 6^2 \times 1 = 36 \text{ W}$$

$$P_{U_S} = -IU_S = -6 \times 24 = -144 \text{ W}$$

$$\eta = \left| \frac{P_L}{P_{U_S}} \right| = \left| \frac{36}{-144} \right| = 25\%$$

(2)当 $R_L = 3$ Ω 时

$$I = \frac{U_S}{R_0 + R_L} = \frac{24}{3+3} = 4 \text{ A}$$

$$P_L = I^2 R_L = 4^2 \times 3 = 48 \text{ W}$$

$$P_{U_S} = -IU_S = -4 \times 24 = -96 \text{ W}$$

$$\eta = \left| \frac{P_L}{P_{U_S}} \right| = \left| \frac{48}{-96} \right| = 50\%$$

(3)当 $R_L = 9$ Ω 时

$$I = \frac{U_S}{R_0 + R_L} = \frac{24}{3+9} = 2 \text{ A}$$

$$P_L = I^2 R_L = 2^2 \times 9 = 36 \text{ W}$$

$$P_{U_S} = -IU_S = -2 \times 24 = -48 \text{ W}$$

$$\eta = \left| \frac{P_L}{P_{U_S}} \right| = \left| \frac{36}{-48} \right| = 75\%$$

此例验证了最大功率传输条件。比较上例中的三种情况可以发现,当负载获得最大功率时,电源的效率并不是最大而只有50%,也就是说电源产生的功率有一半被电源内部电阻消耗掉了。所以应当注意,在电力系统中要求尽可能地提高电源的效率,以便更充分地利用能源,因而不能采用阻抗匹配条件。但在测量、电子和信息工程中,往往注重的是从微弱信号中获得最大功率,并不看重效率的高低,因此常用最大功率传输条件,使负载与信号源之间实现阻抗匹配。

实际电路中阻抗匹配的例子很多,如音响系统中,要求功率放大器与音箱扬声器间满足阻抗匹配;电视接收系统中,要求电视机接收端子与输入同轴电缆间满足阻抗匹配。在负载电阻与电源内阻不等情况下,为了实现阻抗匹配,往往需要在负载与电源(信号源)之间接入阻抗变换器。

[思考与分析]

2.6.1 什么叫阻抗匹配? 阻抗匹配的条件是什么?

2.6.2 什么情况下要阻抗匹配? 什么情况下要尽量回避阻抗匹配?

2.6.3 负载在什么条件下获得最大功率? 最大功率如何求解? 此时电源的效率等于多少?

2.7 电路中电位的计算

2.7.1 电位的计算方法

在电路分析中,特别是在电子线路的分析与计算中,常利用电位分析法判断电路的工作状态及故障所在。根据电位的定义,计算电路中某点的电位实际上就是计算该点与参考点之间的电压。所以,电位的计算可以根据电路的具体结构形式,灵活采用前面几节介绍的电路分析计算方法。

【例2.7.1】 图2.7.1(a)所示电路中,已知 $U_1 = 21 \text{ V}$,$U_2 = 12 \text{ V}$,$R_1 = 3 \text{ }\Omega$,$R_2 = 6 \text{ }\Omega$,$R_3 = 2 \text{ }\Omega$,$R_4 = 6 \text{ }\Omega$,试求 a, b, c, d 各点的电位。

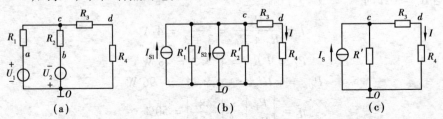

图2.7.1 例2.7.1图

解 (1)在图2.7.1(a)中,利用电压和电位的关系分别求 a, b 点的电位。

$$V_a = U_{ao} = U_1 = 21 \text{ V}$$

$$V_b = U_{bo} = -U_2 = -12 \text{ V}$$

（2）先利用电源等效变换原理，将图 2.7.1（a）所示的电路化简为图 2.7.1（b）及图 2.7.1（c）所示的电路，再求 c，d 点的电位。

$$I_{S1} = \frac{U_1}{R_1} = \frac{21}{3} = 7 \text{ A} \qquad R_1' = R_1 = 3 \text{ } \Omega$$

$$I_{S2} = \frac{U_2}{R_2} = \frac{12}{6} = 2 \text{ A} \qquad R_2' = R_2 = 6 \text{ } \Omega$$

$$I_S = I_{S1} - I_{S2} = 7 - 2 = 5 \text{ A}$$

$$R' = R_1' // R_2' = 3//6 = 2 \text{ } \Omega$$

$$V_c = U_{co} = I_S \left[R' // (R_3 + R_4) \right] = 5 \times \left[2//(2+6) \right] = 8 \text{ V}$$

$$V_d = U_{do} = \frac{R_4}{R_3 + R_4} V_c = \frac{6}{2+6} \times 8 = 6 \text{ V}$$

2.7.2　电子线路的习惯画法（简化画法）

电子线路中有一种利用电位的习惯画法，即电压源不再用图形符号表示。如果理想电压源的一端接地（参考点），就只需在这个理想电压源的非接地端处标出其电位的极性和数值即可，如图 2.7.2 所示。

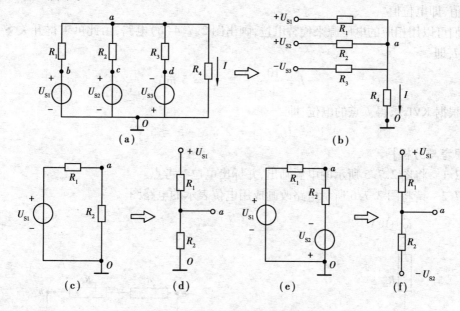

图 2.7.2　电子线路的习惯画法

【例 2.7.2】　图 2.7.3（a）所示电路中，已知 $U_{S1} = 10 \text{ V}$，$U_{S2} = 5 \text{ V}$，$R_1 = 7 \text{ } \Omega$，$R_2 = 8 \text{ } \Omega$，试求 V_a，V_b，V_c 及 U_{ac}。

解　先将图 2.7.3（a）电路改画为一般电路，如图 2.7.3（b）所示。d 点为电源公共端，选为参考点。

很显然
$$V_b = U_{S1} = 10 \text{ V}$$

$$V_c = -U_{S2} = -5 \text{ V}$$

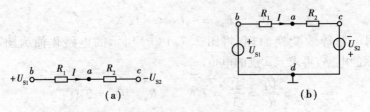

图 2.7.3　例 2.7.2 图

$$I = \frac{U_{bc}}{R_1 + R_2} = \frac{V_b - V_c}{R_1 + R_2} = \frac{10 - (-5)}{7 + 8} = 1 \text{ A}$$

$$U_{ac} = U_{R2} = IR_2 = 1 \times 8 = 8 \text{ V}$$

$$V_a = U_{ad} = U_{ac} + V_c = 8 + (-5) = 3 \text{ V}$$

【例 2.7.3】　电路如图 2.7.4(a) 所示。开关 S 断开后,试求电流 I 和 b 点的电位。

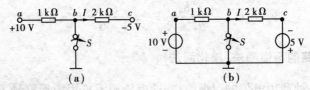

图 2.7.4　例 2.7.3 图

解　图 2.7.4(a) 是电子电路的习惯画法,不画出电压源的符号,只标出极性和对参考点的电压值,即电位值。

我们可以用相应的电压源来代替电位,画出图 2.7.4(b) 电路,由此可求得开关 S 断开时的电流 I,即

$$I = \frac{10 + 5}{1 + 2} = \frac{15}{3} = 5 \text{ mA}$$

再根据 KVL 求得 b 点的电位,即

$$V_b = U_{bc} - 5 = 2 \times 5 - 5 = 5 \text{ V}$$

[思考与分析]

2.7.1　将图 2.7.5 所示的电源画出,并标出电位参考点。

2.7.2　请将图 2.7.6 所示电路改画成用电位表示的电路图。

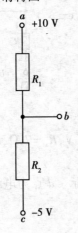

图 2.7.5　思考题 2.7.1 图

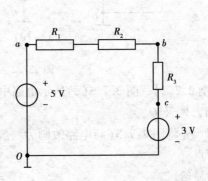

图 2.7.6　思考题 2.7.2 图

本章小结

1. 电阻的串联、并联及分压、分流公式

1) 电阻的串联及分压特性

若干电阻依次首尾相连,中间没有分支,此种连接方式称为电阻的串联。串联电阻电路具有以下特点:

(1) 各串联电阻中流过的电流相同,即 $I = I_1 = I_2$。

(2) 总电压等于各分电压之代数和,即 $U = U_1 + U_2$。

(3) 总电阻(等效电阻)R 等于各串联电阻之和,即 $R = R_1 + R_2$,电阻越串联,其总的阻值越大。

(4) 分压公式:每个电阻两端的电压与其阻值成正比,阻值越大,分得的电压也越高,即大电阻分得高电压。

$$U_1 = I_1 R_1 = IR_1 = \frac{R_1}{R_1 + R_2} U$$

$$U_2 = I_2 R_2 = IR_2 = \frac{R_2}{R_1 + R_2} U$$

(5) 总功率等于各电阻消耗功率之和,即 $P = P_1 + P_2$。

2) 电阻的并联及分流特性

若干电阻并列连接在电路相同两点之间,这种连接方式叫做电阻的并联。并联电阻电路具有以下特点:

(1) 各并联电阻的端电压相等,即 $U = U_1 = U_2$。

(2) 流过并联电阻电路的总电流等于流过各电阻电流之和,即 $I = I_1 + I_2$。

(3) 等效电阻总电阻的倒数等于各并联电阻倒数之和。即

$$\frac{1}{R} = \frac{1}{R_1} + \frac{1}{R_2}$$

或

$$R = R_1 // R_2 = \frac{R_1 R_2}{R_1 + R_2}$$

(4) 分流公式:电阻并联电路中,流过各并联电阻的电流与它们各自的阻值成反比,即

$$I_1 = \frac{U_1}{R_1} = \frac{U}{R_1} = \frac{R}{R_1} I = \frac{R_2}{R_1 + R_2} I$$

$$I_2 = \frac{U_2}{R_2} = \frac{U}{R_2} = \frac{R}{R_2} I = \frac{R_1}{R_1 + R_2} I$$

(5) 并联电阻电路消耗的总功率等于各并联电阻消耗功率之和,即 $P = P_1 + P_2$。

2. 电路分析的基本方法

1) 支路电流法

以支路电流作为未知变量,利用基尔霍夫定律列写方程组并求解电路的方法,叫做支路电流法。对于具有 b 条支路 n 个节点的电路只要以支路电流为变量,对 $(n-1)$ 个节点列出 KCL 方程,对每个网孔列出 KVL 方程,共 b 个独立方程,联立求解支路电流即可。

2)叠加定理

当线性电路中有多个独立电源(理想电源)同时作用时,各支路的电流或电压等于各个电源单独作用时,在该支路产生的电流或电压的代数和(叠加)。

所谓独立电源单独作用,是指电路中的某一个独立电源作用,而其他电源不作用。不作用的独立电压源相当于短路,可以用短路线代替;不作用的独立电流源相当于开路,可以认为电路在此处断开。

3)戴维南定理

一个线性有源的二端网络可以用一个理想电压源与一个电阻的串联(即实际电压源模型)来等效代替。其中,理想电压源的电压等于线性有源二端网络两端点间的开路电压 U_{OC},串联电阻等于该网络中所有电源都不起作用时(理想电压源短路,理想电流源开路)两端点间的等效电阻 R_0。

4)利用等效概念简化电路分析(两种实际电源模型间的等效变换)

实际电源的电压源模型和电流源模型可以进行等效变换。其等效变换条件为

$$U_S = I_S R_0'$$
$$R_0 = R_0'$$

5)电位计算

计算电路中某点的电位,实际上就是计算该点与参考点之间的电压。

3. 负载获得最大功率的条件

对于直流电阻电路,负载获得最大功率的条件是负载电阻与电源的内阻相等,即

$$R_L = R_0$$

此时负载获得的最大功率为

$$P_{max} = \frac{U_{OC}^2}{4R_0}$$

习 题 2

2.1　图 2.1 所示电路中,已知 $U_{S1} = 10\text{ V}, R_1 = 2\ \Omega, R_2 = 8\ \Omega$,试求下列三种情况下的 U_2 和 I_1:(1)$R_3 = 8\ \Omega$;(2)$R_3 = \infty$(开路);(3)$R_3 = 0$(短路)。

2.2　图 2.2(a)所示电路中,若 $R_1 = \infty$,则 $U_1 = ?$ 图 2.2(b)所示电路中,若 $R_1 = 0$,则 $I_1 = ?$

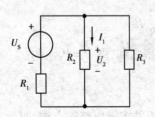

图 2.1　题 2.1 图

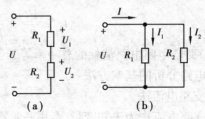

图 2.2　题 2.2 图

2.3　试求图 2.3 各电路中 a, b 两端的等效电阻 R_{ab}。

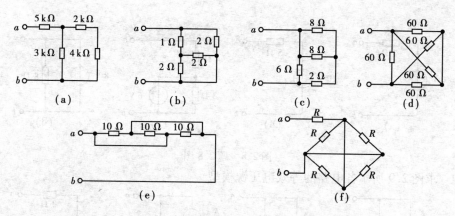

图 2.3 题 2.3 图

2.4 图 2.4 所示电路中,已知 $R_1 = 5\ \Omega$,两个安培表的读数分别量为 $I = 3\ \text{A}$,$I_1 = 2\ \text{A}$,试求 I_2 及 R_2 的值。

2.5 某万用表电流挡及电压挡的连接电路如图 2.5 所示,已知表头内阻 $R_g = 280\ \Omega$,$I_g = 0.6\ \text{mA}$,试求 R_1,R_2,R_3,R_4,R_5,R_6。

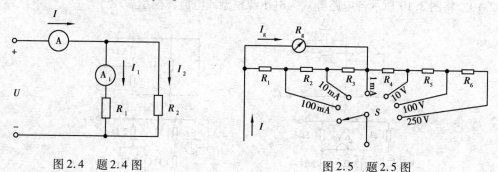

图 2.4 题 2.4 图   图 2.5 题 2.5 图

2.6 电路如图 2.6 所示,试证明:(1)当 $R_0 \ll R_L$ 时,$U \approx U_S$;(2)当 $R_0 \gg R_L$ 时,$I \approx \dfrac{U_S}{R_0}$;(3)根据以上两个结论说明:若电路要求输出恒定电压时,电源内阻 R_0 应满足什么条件? 若电路要求输出恒定电流时,电源内阻 R_0 又应满足什么条件?

2.7 将图 2.7 所示各电路化为最简电压源。

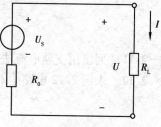

图 2.6 题 2.6 图

图 2.7 题 2.7 图

2.8 求图 2.8 所示各电路的等效电流源模型。

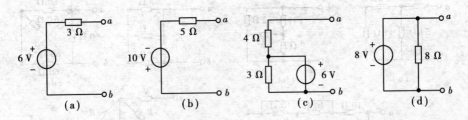

图 2.8　题 2.8 图

2.9　求图 2.9 所示各电路的等效电压源模型。

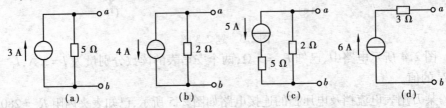

图 2.9　题 2.9 图

2.10　将图 2.10 所示各电路等效为电压源模型或电流源模型。

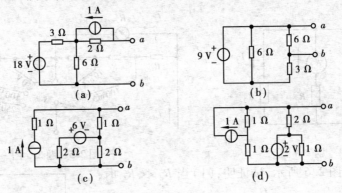

图 2.10　题 2.10 图

2.11　列出用支路电流法求解图 2.11 电路中各支路电流所需要的方程。

2.12　求图 2.12 电路中 6 Ω 电阻消耗的功率。

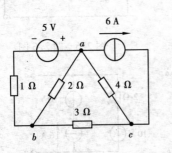

图 2.11　题 2.11 图

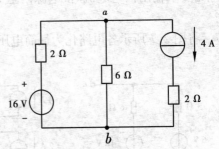

图 2.12　题 2.12 图

2.13　图 2.13 所示电路中,试用支路电流法求各支路电流。

2.14　试用叠加原理求图 2.14 所示电路中的电流 I。

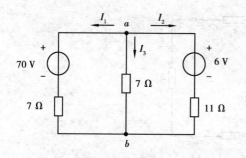

图 2.13 题 2.13 图

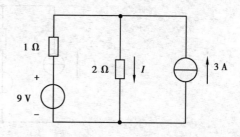

图 2.14 题 2.14 图

2.15 试用叠加原理求图 2.15 所示电路中的电流 I。

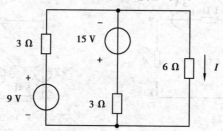

图 2.15 题 2.15 图

2.16 试求图 2.16 所示电路的戴维南等效电路。

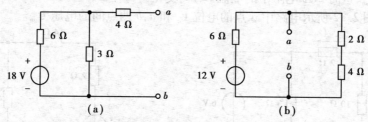

图 2.16 题 2.16 图

2.17 图 2.17 所示电路中,G 为检流计,其内阻 $R_g = 2 \text{ k}\Omega$,试用戴维南定理求检流计中流过的电流 I_g。

2.18 图 2.18 所示电路中,若在 aa',bb' 处分别断开时,求断开处网络的戴维南等效电路。

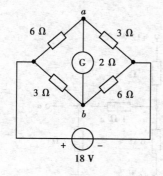

图 2.17 题 2.17 图

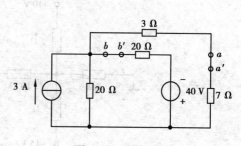

图 2.18 题 2.18 图

2.19 图 2.19 所示电路中,已知 $I_S = 2 \text{ A}$,$U_S = 8 \text{ V}$,$R_1 = 6 \text{ }\Omega$,$R_2 = 4 \text{ }\Omega$,$R_3 = 10 \text{ }\Omega$。试问 R_L 为何值时,它能获得最大功率? 最大功率为多少?

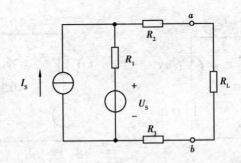

图 2.19　题 2.19 图

2.20　图 2.20 所示电路中,R_L 为何值时才能获得最大功率? 求出最大功率。

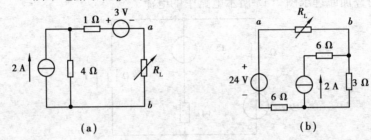

（a）　　　　　　　　　　（b）

图 2.20　题 2.20 图

2.21　电路如图 2.21 所示,试求:(1)2 Ω 电阻中的电流 I 及 U_{ab};(2)若用导线将 a,b 两点短接,计算 U_{ab},这时 2 Ω 电阻中的电流 I 有何变化? 为什么?

2.22　求图 2.22 所示电路中 a 点的电位 V_a 和 a,b 两点间的电压 U_{ab}。

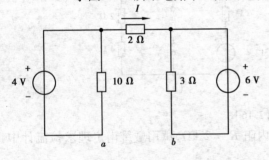

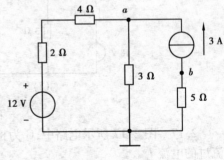

图 2.21　题 2.21 图　　　　　　　　图 2.22　题 2.22 图

2.23　试求图 2.23 所示电路中 a 点的电位 V_a。

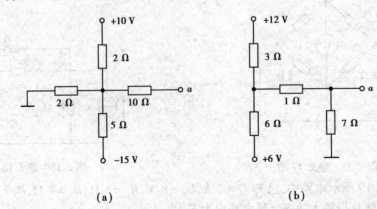

（a）　　　　　　　　　　（b）

图 2.23　题 2.23 图

第 **3** 章
正弦交流电路

交流电被广泛应用于生产和生活中,如电视机、电冰箱、空调等家用电器均使用交流电;即使是电解、电镀、电信等行业需要的直流电,也大多是由交流电转换得到的。通常使用的交流电为正弦交流电,因此,分析正弦交流电路是电工技术领域中比较重要的部分。

3.1 正弦交流电的基本概念

广义上将大小和方向随着时间作周期性变化,且在一个周期内平均值为零的时变电压或电流称为交流电压或交流电流,简称交流电;而将随时间按正弦规律变化的交流电压或交流电流称为正弦交流电。正弦交流电是使用最为广泛的一种交流电,所以,工程上所说的交流电如无特殊声明都是指正弦交流电,用 AC 或 ac 表示。常用正弦函数表达式和波形图来表示正弦电压和电流,可见,从数学意义上讲,正弦电压和正弦电流就是正弦量;同时,也可以用相量的形式来表示正弦电压和电流。之所以用不同的方法来表示正弦量,是为了在不同的情况下使正弦交流电路的分析与计算变得更加简单明了。

在电路分析中,正弦量可以用正弦函数或余弦函数表示,本书采用正弦函数的形式来表示正弦电压和电流。

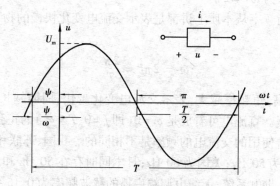

图 3.1.1 正弦交流电压波形示意图

以正弦交流电压为例,如图 3.1.1 所示为正弦交流电压 u 的波形示意图,其正弦函数表达式为

$$u = U_m \sin(\omega t + \psi) \tag{3.1.1}$$

式(3.1.1)反映了正弦交流电压在不同时刻有不同的量值,是时间 t 的函数,所以也称之为正弦交流电压的瞬时值表达式。

由式(3.1.1)可以看出,正弦交流电压的特征表现在其量值的大小、变化的快慢和起始状态(起点)三个方面,分别由正弦交流电压的最大值 U_m、角频率 ω 和初相位 ψ 来确定。我们将最大值 U_m、角频率 ω 和初相位 ψ 称为正弦交流电压的三要素。只要确定了一个正弦量即正弦交流电压或电流的三要素,一个正弦交流电就被完全确定了,进而可以写出其瞬时值表达式,画出其波形图。反过来说,正弦交流电(正弦量)的瞬时值表达式或波形图确定后,它的最大值、角频率、初相位也就唯一地被确定了。事实上,从基础数学分析中我们知道,正弦量的三要素包含了正弦量的全部信息,因此,对正弦交流电路的分析就必然集中在对交流电压和交流电流的三要素的分析上。

3.1.1 正弦量的瞬时值、最大值、周期、频率和角频率

1)瞬时值和最大值

正弦量在任一时刻的值称为瞬时值,用小写字母表示。如 u 和 i 分别用来表示正弦交流电压和正弦交流电流的瞬时值,有时也可记为 $u(t)$ 和 $i(t)$。

最大的瞬时值称为正弦量的最大值,也叫振幅值、幅值或峰值。正弦量的最大值用带下标 m 的大写字母表示,如 U_m,I_m 分别表示正弦交流电压、电流的最大值。

2)周期、频率和角频率

正弦量变化一周(一次)所需要的时间称为周期,通常用字母 T 表示,单位为秒(s),其辅助单位还有毫秒(ms)、微秒(μs)、纳秒(ns)等,如图 3.1.1 所示。

正弦量每秒钟变化的周数(次数)称为频率,用字母 f 表示,其单位是赫兹(Hz)。周期和频率之间互为倒数关系,即

$$T = \frac{1}{f} \text{ 或 } f = \frac{1}{T} \tag{3.1.2}$$

正弦量在单位时间(1 s)内变化的电角度称为角频率,用符号 ω 表示,单位为弧度/每秒(rad/s),它反映了正弦量相位变化的速率。由于正弦量每变化一周所对应的电角度为 2π,所以,周期与角频率的关系为 $\omega T = 2\pi$。

可见,周期、频率、角频率从本质上讲都是表示交流电变化快慢的物理量,因而三者之间必然存在确定的关系,即

$$\omega = 2\pi f = \frac{2\pi}{T} \tag{3.1.3}$$

周期越短,频率越高,角频率越大,表示交流电变化越快;周期越长,频率越低,角频率越小,表示交流电变化越慢。直流电可看成是 $\omega = 0$(即 $f = 0$、$T = \infty$)的正弦量。

不同地区、不同场合使用的交流电的频率是不相同的。我国、苏联和欧洲绝大多数国家的电力系统交流电网频率为 50 Hz;美国为 60 Hz;日本同时存在 50 Hz 和 60 Hz 两种电力系统;飞机上经常采用 400 Hz 供电系统;无线电调幅广播的载波频率为 0.15 ~ 18 MHz;电视载波频率为 30 ~ 300 MHz。

【例3.1.1】 我国交流电网的频率都是 50 Hz,习惯上称为工业频率,简称"工频",试求

其周期 T 和角频率 ω。

【解】　$T = \dfrac{1}{f} = \dfrac{1}{50} = 0.02(\mathrm{s})$，$\omega = 2\pi f = 2 \times 3.14 \times 50 = 314(\mathrm{rad/s})$，即工频正弦量的频率 f 为 50 Hz，周期 T 为 0.02 s，角频率 ω 为 314 rad/s。

3.1.2　正弦量的相位和相位差

1) 相位和初相位

式(3.1.1)中，$(\omega t + \psi)$ 称为正弦量的相位角，简称相位，单位为弧度(rad)或度(°)。相位是时间的函数，它反映了正弦交流电随着时间变化的进程。

$t = 0$ 时的相位等于 ψ，称为初相角或初相位，简称初相。它反映了正弦交流电的起始状态。初相与计时起点(即坐标原点)和正弦波的零点(规定正弦波瞬时值由负变正的过零点为正弦波的零点)的选择有关，初相可为零、为正或为负，如图 3.1.2 所示。

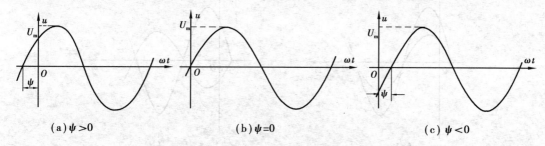

(a) $\psi > 0$　　　　　　(b) $\psi = 0$　　　　　　(c) $\psi < 0$

图 3.1.2　正弦量初相位的波形表示

2) 相位差

在本书涉及的线性正弦交流电路的分析与计算中，因为同一电路中的电压、电流都是同频率的正弦量，所以经常需要比较两个同频率的正弦量之间的相位关系(不同频率的两个正弦量之间没有可比性)。

两个同频率正弦交流电的相位之差称为相位差，用符号 φ 表示。

设有两个正弦量，其解析式分别为

$$u = U_{\mathrm{m}}\sin(\omega t + \psi_u)$$
$$i = I_{\mathrm{m}}\sin(\omega t + \psi_i)$$

它们之间的相位差为

$$\varphi = (\omega t + \psi_u) - (\omega t + \psi_i) \tag{3.1.4}$$

式 3.1.4 表明，两个同频率正弦量之间的相位差等于它们的初相位之差，表征了两个同频率正弦量变化进程的快慢，即在时间上到达最大值(或零值)的先后顺序，通常用绝对值小于 π 的角度来表示相位差。

(1)当 $\psi_u > \psi_i$，即相位差 $\varphi > 0$ 时，则称 u 在相位上比 i 超前一个 φ 角，或者说 i 比 u 滞后一个 φ 角，如图 3.1.3 所示。

(2)当 $\psi_u = \psi_i$，即相位差 $\varphi = 0$ 时，说明 u 与 i 步调一致，二者同时到达正半周的零值点或同时到达正的峰值点，此时则称 u 与 i 在相位上同相，如图 3.1.4(a)所示。

(3)当 ψ_u 与 ψ_i 相差 $\pm\pi$，即相位差 $\varphi = \pm\pi$ 时，表明 u 比 i 超前半个周期到达正半周的零值点或超前半个周期到达正的最大值点，此时则称在相位上 u 与 i 反相，如图 3.1.4(b)所示。

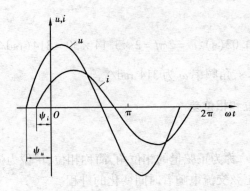

图 3.1.3　两个同频率正弦量的超前与滞后

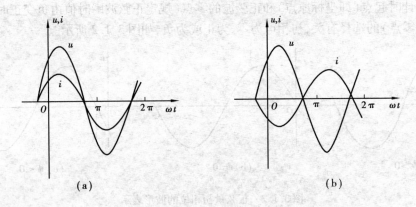

（a）　　　　　　　　　　　　　　（b）

图 3.1.4　两个同频率正弦量的同相与反相

（4）当相位差 $\varphi = \psi_u - \psi_i = \dfrac{\pi}{2}$ 时，称 u 与 i 正交，如图 3.1.5 所示。

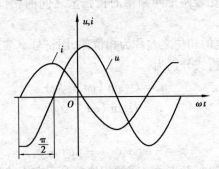

图 3.1.5　两个同频率正弦量的正交

3.1.3　有效值

　　正弦量的有效值是从能量等效的原理上定义的，令正弦交流电流 i 和直流电流 I 分别通过两个阻值相等的电阻 R，如果在相同的时间内，两个电阻消耗的能量相等，那么则定义该直流电流的值为正弦交流电流 i 的有效值。有效值用大写字母来表示，如电压和电流的有效值分别表示为 U 和 I。由此可以得出

$$I^2 RT = \int_0^T i^2(t) R \mathrm{d}t$$

所以正弦交流电流的有效值为

$$I = \sqrt{\frac{1}{T}\int_0^T i^2(t)\,dt}$$

正弦交流电的有效值等于它的瞬时值的平方在一个周期内的平均值的算术平方根,所以有效值又叫方均根值。

正弦交流电的有效值与最大值之间的关系为

$$I = \frac{I_m}{\sqrt{2}} = 0.707 I_m \tag{3.1.5}$$

$$U = \frac{U_m}{\sqrt{2}} = 0.707 U_m \tag{3.1.6}$$

若无特殊声明,通常所说的正弦交流电流、正弦交流电压的大小都是指其有效值;交流测量仪表(如交流电压表、电流表)的计数也是指有效值;一般的交流电器设备的铭牌上标注的额定电压、额定电流都是指有效值。

[思考与分析]

3.1.1　什么叫正弦量? 简述正弦量的瞬时值、最大值、有效值的定义及相互关系。

3.1.2　正弦交流电的有效值与平均值的区别是什么?

3.1.3　如果说某一瞬间的电流为负值,这是指电流大小还是指方向?

3.1.4　标有额定值为"220 V、100 W"的白炽灯,220 V 是有效值还是最大值?

3.1.5　什么是正弦量的三要素? 如何用三要素描述正弦量?

3.1.6　正弦量的初相位是如何描述正弦量的起点的? 为什么说同频率的两个正弦量之间的相位差与时间无关?

3.1.7　如果两个幅度、频率都相同的正弦量的相位差为 2π,试画出其波形图。

3.1.8　已知两个正弦量的波形如图 3.1.6 所示,频率为 50 Hz,试指出它们的最大值、初相位以及它们之间的相位差,并说明哪个正弦量超前? 超前多少角度? 超前多少时间?

3.1.9　正弦电压 u 的波形如图 3.1.7 所示,写出其正确的解析表达式。

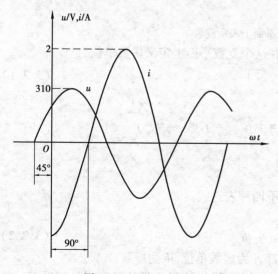

图 3.1.6　题 3.1.8 图

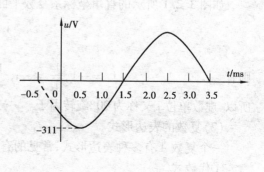

图 3.1.7　题 3.1.9 图

3.2　正弦量的相量表示法

3.2.1　复数及复数运算简介

前已述及,正弦量可以用正弦函数表达式亦即瞬时值表达式来表示,如 $u = U_{\mathrm{m}}\sin(\omega t + \psi)$;也可以用平面直角坐标系中的波形图来表示,如图3.1.1所示。这是常用的正弦量的两种基本表示方法,但用这两种表示正弦量的方法,往往会使得正弦量的四则运算变得十分繁杂和困难。因此,考虑到在本书涉及的线性正弦交流电路的分析与计算中,同一电路中的电压、电流都是同频率的正弦量这一方便条件,本节将讲述正弦量的第三种表示方法,即相量表示法。

所谓相量表示法,就是用复数来表示正弦量的一种方法。借助复数表示正弦量的原因是在于利用复数进行四则运算时灵活方便,使正弦量的四则运算变得简单,从而使正弦交流电路的分析和计算得到大幅度地简化。由于相量表示法的基础是数学中的复数,这里简要介绍一下复数及复数运算。

1) 复数的概念

(1)虚数单位。

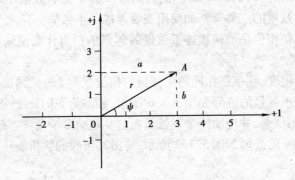

图3.2.1　在复平面上表示复数

如图3.2.1所示的直角坐标系复数平面,在这个复数平面上定义虚数单位为

$$j = \sqrt{-1} \tag{3.2.1}$$

则有
$$j^2 = -1, \frac{1}{j} = -j, \frac{1}{-j} = j, e^{j90°} = j, e^{-j90°} = -j$$

所以,虚数单位 j 又称为90°旋转因子。

(2)复数的表达形式。

一个复数 A 有多种表达形式,常见的有以下四种表达式。

①代数式。

$$A = a + jb \tag{3.2.2}$$

式中,a 称为复数 A 的实部,b 称为复数 A 的虚部,j 为虚数单位,jb 为虚数。

在直角坐标系中,以横坐标为实数轴,纵坐标为虚数轴,这样构成的平面叫做复平面。任意一个复数都可以在复平面上用一个有向线段表示出来。例如复数 $A = 3 + j2$ 在复平面上的表示如图 3.2.1 所示。

②三角函数式。

在图 3.2.1 中,表示复数 A 的有向线段与实轴的夹角为 ψ,因此可以写成

$$A = a + jb = r(\cos \psi + j \sin \psi) \tag{3.2.3}$$

式中,r 叫做复数 A 的模,$r = \sqrt{a^2 + b^2}$;ψ 叫做复数 A 的辐角,$\psi = \arctan \dfrac{b}{a}$。复数 A 的实部 a、虚部 b 与模 r 构成一个直角三角形。

③指数式。

将欧拉公式 $e^{j\psi} = \cos \psi + j \sin \psi$ 代入式(3.2.3),可以把三角函数式的复数改写成指数式,即

$$A = r(\cos \psi + j \sin \psi) = re^{j\psi} \tag{3.2.4}$$

④极坐标式。

为了便于书写,常把复数的指数式改写成极坐标式,即

$$A = r\angle\psi$$

以上这四种表达式是可以相互转换的,即可以从任意一种表达式导出其他三种表达式。

2)复数的四则运算

设 $A_1 = a_1 + jb_1 = r_1 \angle \psi_1$,$A_2 = a_2 + jb_2 = r_2 \angle \psi_2$,复数的运算规则为

加减运算　　　　$A_1 \pm A_2 = (a_1 \pm a_2) + j(b_1 \pm b_2)$

乘法运算　　　　$A_1 \cdot A_2 = r_1 \cdot r_2 \angle \psi_1 + \psi_2$

除法运算　　　　$\dfrac{A_1}{A_2} = \dfrac{r_1}{r_2} \angle \psi_1 - \psi_2$

【例 3.2.1】　已知 $A_1 = 8 - j6$,$A_2 = 3 + j4$。试求:(1)$A_1 + A_2$;(2)$A_1 - A_2$;(3)$A_1 \cdot A_2$;(4)$\dfrac{A_1}{A_2}$。

解　先把题中复数表示为

$$A_1 = \sqrt{8^2 + 6^2} \angle \arctan \frac{3}{4} = 10 \angle -36.9°$$

$$A_2 = \sqrt{3^2 + 4^2} \angle \arctan \frac{4}{3} = 5 \angle 53.1°$$

(1)$A_1 + A_2 = (8 - j6) + (3 + j4) = 11 - j2 = 11.18 \angle -10.3°$

(2)$A_1 - A_2 = (8 - j6) - (3 + j4) = 5 - j10 = 11.18 \angle -63.4°$

(3)$A_1 \cdot A_2 = (10 \angle -36.9°) \times (5 \angle 53.1°) = 50 \angle 16.2°$

(4)$\dfrac{A_1}{A_2} = \dfrac{10 \angle -36.9°}{5 \angle 53.1°} = 2 \angle -90°$

3.2.2　正弦量的相量表示法

正弦量可以用与之一一对应的旋转矢量来表示,由于表示同频率正弦量的旋转矢量之间相对位置是固定不变的,而矢量又可以用复数来表示,故正弦量可用复数来表示。用复数来表示正弦量的方法称为相量表示法,我们把表示正弦量的复数称为相量。为了与数学中广义的

复数相区别,相量符号是在大写字母上面加一圆点"·",比如 $\dot{U}$,$\dot{I}$ 分别表示正弦交流电压的有效值相量和正弦交流电流的有效值相量。

将正弦量表示成相量,可用最大值相量或有效值相量两种形式来表示。常用的是有效值相量,其表示方法是用正弦量的有效值作为有效值相量的模、用正弦量的初相角作为有效值相量的辐角,即写成 $\dot{I} = I\angle\psi_i$,读作电流有效值相量;写成 $\dot{U} = U\angle\psi_u$,读作电压有效值相量。

【例 3.2.2】 设某正弦交流电压 $u = 311\sin(\omega t + 30°)$ V,电流 $i = 4.24\sin(\omega t - 45°)$ A,试分别用相量表示。

解 (1)正弦电压 u 的有效值为 $U = 0.707 \times 311 = 220$ V,初相 $\psi_u = 30°$,所以它的有效值相量为 $\dot{U} = U\angle\psi_u = 220\angle 30°$ V

(2)正弦电流 i 的有效值为 $I = 0.707 \times 4.24 = 3$ A,初相 $\psi_i = -45°$,所以它的有效值相量为 $\dot{I} = I\angle\psi_i = 3\angle -45°$ A

【例 3.2.3】 写出下列正弦相量的瞬时值表达式,设角频率均为 ω。

(1) $\dot{U} = 120\angle -37°$ V;(2) $\dot{I} = 5\angle 60°$ A。

解 (1) $u = 120\sqrt{2}\sin(\omega t - 37°)$ V

(2) $i = 5\sqrt{2}\sin(\omega t + 60°)$ A

【例 3.2.4】 已知 $i_1 = 4\sqrt{2}\sin(\omega t - 60°)$ A,$i_2 = 3\sqrt{2}\sin(\omega t + 30°)$ A,试求 $i_1 + i_2$。

解 首先用有效值相量表示正弦量 i_1,i_2,即

$$\dot{I}_1 = 4\angle -60° = 4(\cos 60° - j\sin 60°) = 2 - j3.5 \text{ A}$$

$$\dot{I}_2 = 3\angle 30° = 3(\cos 30° + j\sin 30°) = 2.6 + j1.5 \text{ A}$$

然后作复数加法:$\dot{I}_1 + \dot{I}_2 = (2.6 + 2) + j(-3.5 + 1.5) = 4.6 - j2 = 5\angle -23°$ A

最后还原成正弦量:$i_1 + i_2 = 5\sqrt{2}\sin(\omega t - 23°)$ A

因为复数可以用复平面上的矢量表示,所以表示正弦量的相量也可以用复平面上的矢量来表示,这种用来表示正弦量的相量在复平面上的矢量图就称为相量图。例如正弦电压 $u_1 = 100\sqrt{2}\sin\left(\omega t + \dfrac{\pi}{3}\right)$ V,$u_2 = 80\sqrt{2}\sin\left(\omega t - \dfrac{\pi}{6}\right)$ V 的有效值相量分别为 $\dot{U}_1 = 100\angle\dfrac{\pi}{3}$ V,$\dot{U}_2 = 80\angle -\dfrac{\pi}{6}$ V。由于两个正弦电压的频率相同,所以在同一复平面画出其相量图如图 3.2.2 所示。

【例 3.2.5】 已知正弦交流电压 $u_R = 220\sqrt{2}\sin(\omega t + 45°)$ V,$i = 44\sqrt{2}\sin(\omega t + 45°)$ A,试写出电压及电流的相量,并绘出相量图。

解 (1)已知电压及电流的有效值相量分别为

$$\dot{U}_R = 220\angle 45° \text{ V},\quad \dot{I} = 44\angle 45° \text{ A}$$

(2)相量图如图 3.2.3 所示。

应当注意:①正弦量与其相量之间是一一对应关系,而不是相等关系;

②相量表示法只适用于正弦量。

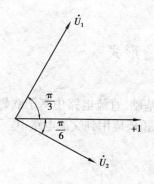
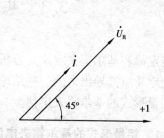

图 3.2.2　相量图　　　　　　　　　　　　图 3.2.3　【例 3.2.5】的相量图

③ $\dot{U}$ 和 $\dot{I}$ 是表示正弦量的复数形式,而不是数学中的复数。

④相量的运算规则与复数的运算规则相同。

⑤相量是有量纲的,相量的量纲与其所表示的正弦量相同。

⑥只有同频率正弦量的对应相量才能画在同一复平面上,不同频率正弦量的对应相量不能画在同一相量图中。

[思考与分析]

3.2.1　怎样理解虚数单位 j?

3.2.2　将下列复数改写成极坐标式:

(1) $A_1 = 3 + j4$

(2) $A_2 = 3 - j4$

(3) $A_3 = -3 + j4$

(4) $A_4 = -3 - j4$

3.2.3　将下列复数改写成代数式(直角坐标式):

(1) $A_1 = 5 \angle 120°$

(2) $A_2 = 5 \angle -120°$

(3) $A_3 = 10 \angle 90°$

(4) $A_4 = 10 \angle -90°$

3.2.4　试写出下列正弦量的相量形式,并作出相量图。

(1) $i = 2 \sin \omega t$ A

(2) $u = 220 \sqrt{2} \sin (\omega t + 30°)$ V

(3) $e = 380 \sqrt{2} \sin (\omega t - 45°)$ V

3.2.5　写出下列正弦相量的瞬时表达式,设角频率均为 ω。

(1) $\dot{I} = 5 \angle -30°$ A

(2) $\dot{U} = 220 \angle 60°$ V

(3) $\dot{E} = 380 + j380$ V

3.2.6　计算两个同频率正弦量之和的方法有哪几种?哪种方法最方便?

3.3　基尔霍夫定律的相量形式

欧姆定律和基尔霍夫定律是分析计算各种电路的理论基础,直流电路中基于欧姆定律和基尔霍夫定律所推导出来的一些结论、定理和分析方法可以扩展应用到交流电路中。下面,我们讨论相量形式的基尔霍夫定律。

3.3.1　相量形式的基尔霍夫电流定律

如第 1 章所述,基尔霍夫电流定律(KCL)的时域表达式为

$$\sum i_{入} = \sum i_{出}$$

假设电路中的全部电流都是同频率的正弦量,那么可用相量表示为

$$\sum \dot{I}_{入} = \sum \dot{I}_{出} \qquad (3.3.1)$$

式(3.3.1)就是相量形式的 KCL 定律,它表明对于具有相同频率的正弦交流电路中的任意一个节点,流入该节点电流的相量之和恒等于流出该节点电流的相量之和。

3.3.2　相量形式的基尔霍夫电压定律

基尔霍夫电压定律(KVL)指出,在任一时刻,对任意电路中的任一回路,沿此回路的各电压的代数和恒为零。同理,基尔霍夫电压定律也适用于交流电路,对交流电路中的任一回路任一瞬时都是成立的,即

$$\sum u = 0$$

如果假设这个电路中的所有电压都是同频率的正弦量,则可用相量表示为

$$\sum \dot{U} = 0 \qquad (3.3.2)$$

式(3.3.2)就是相量形式的 KVL 定律,表明了对于具有相同频率的正弦交流电路中任意一个回路,沿此回路的各段电压相量的代数和恒为零。

由此可以得出结论:在正弦交流电路中,以相量形式表示的基尔霍夫定律与直流电路的表达形式相同。这就是说,只要将正弦交流电路中的电压和电流用相量表示,那么,直流电路中的欧姆定律和基尔霍夫定律以及基于这些定律推导出来的支路电流法、叠加原理、戴维南定理,都可以以其相量形式直接应用到正弦交流电路的分析当中。

[思考与分析]

3.3.1　简述欧姆定律与基尔霍夫定律的时域表达式。

3.3.2　欧姆定律和基尔霍夫定律的相量形式是怎样的?

3.4　正弦交流电路中的电阻元件

3.4.1　电阻元件上电压和电流的关系

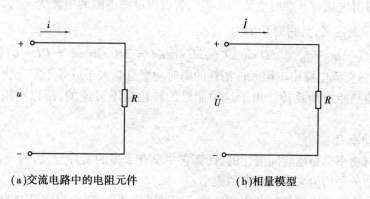

(a)交流电路中的电阻元件　　　　(b)相量模型

图 3.4.1　电阻元件及其相量模型

如图 3.4.1(a)所示的电路中,设电阻 R 两端的电压与流过该电阻的电流为关联参考方向,若已知流过该电阻正弦交流电流为

$$i = \sqrt{2}I \sin(\omega t + \psi_i)$$

则对于电阻的电压和电流而言,在任意瞬间都满足欧姆定律,即电阻 R 两端的电压的瞬时值为

$$u = Ri = \sqrt{2}RI \sin(\omega t + \psi_i)$$

上式表明,电阻的电压和电流频率相同,有效值之间成正比关系:$U = RI$,初相位相等:$\psi_u = \psi_i$。

将正弦交流电路中电阻元件的电压与电流间的关系用相量表示,即

$$\dot{U} = R\dot{I} \tag{3.4.1}$$

由式(3.4.1)可以画出正弦交流电路中的电阻元件的相量模型,如图 3.4.1(b)所示。图 3.4.2 分别描绘了正弦交流电路中电阻元件两端的电压、电流的波形图和相量图。

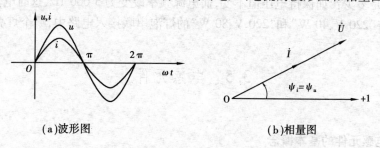

(a)波形图　　　　　　　　(b)相量图

图 3.4.2　电阻元件的电流、电压波形图和相量图

可见,在正弦交流电路中,电阻元件两端的电压和流过该电阻的电流频率、相位相同。

3.4.2 电阻元件的功率

1）瞬时功率 p

由于正弦交流电压和电流是随时间变化的,所以电阻所消耗的功率也随时间而变化。电路在任意瞬间吸收或发出的功率称瞬时功率,用 $p(t)$ 表示。电阻元件某一瞬时的功率等于该电阻两端的瞬时电压与其瞬时电流的乘积。若设流过该电阻的电流为 $i = \sqrt{2}I\sin\omega t$,则有 $u = \sqrt{2}U\sin\omega t$。根据定义,其瞬时功率为

$$p(t) = u_R \cdot i_R = \sqrt{2}I\sin\omega t \cdot \sqrt{2}U\sin\omega t = 2IU\sin^2\omega t = UI - UI\cos 2\omega t \quad (3.4.2)$$

可见,正弦交流电路中电阻元件消耗的瞬时功率总是大于或等于零,说明从电源吸收电能并将其转化为热能而消耗掉。由于这种能量的转化是不可逆的,所以电阻元件被称为耗能元件。

2）平均功率 P

由于瞬时功率总是随时间变化的,计算它并没有太多的实际意义,因此在电工技术中,常采用瞬时功率的平均值来衡量功率的大小。

电路在一个周期内所消耗功率的平均值叫做平均功率,用大写字母 P 表示,即

$$P = \frac{1}{T}\int_0^T p\,\mathrm{d}t = \frac{1}{T}\int_0^T u_R i_R\,\mathrm{d}t = \frac{1}{T}\int_0^T (UI - UI\cos 2\omega t)\,\mathrm{d}t = IU \quad (3.4.3)$$

由于 $U = IR$ 或 $I = \dfrac{U}{R}$,故有

$$P = IU = I^2R = \frac{U^2}{R} \quad (3.4.4)$$

平均功率又称为有功功率,"有功"的含义指的是"消耗"。单位为瓦[特](W)。通常所说的功率一般也是指的平均功率,习惯上把"平均"、"有功"二字省略,简称功率。比如 25 W 的白炽灯泡、100 W 的电烙铁、1 500 W 的电阻炉等,这都是指它们的有功功率。

[思考与分析]

3.4.1 简述纯电阻负载接入正弦交流电路中时电压与电流的关系。

3.4.2 什么是有功功率? 有功功率是不是有用的功率?

3.4.3 把一个 100 Ω 的电阻元件接到频率为 50 Hz、电压有效值为 10 V 的正弦电源上,其通过的电流是多少? 如保持电压值不变,而电源频率改变为 5 000 Hz,这时电流将为多少?

3.4.4 将"220 V、40 W"和"220 V、80 W"的灯泡串联接入电路中,哪个灯亮?

3.5 电感元件

3.5.1 电感元件的基本概念

电感元件是实际电感器的理想化电路模型,它表征电感器的主要物理性能。简单的电感器是由内阻很小的金属导线绕制而成,也称为电感线圈。线圈中通过变化的电流时,就会在线圈中建立磁场,形成变化的磁通;变化的磁通与线圈各匝相交链形成了变化的磁链,因而在线

圈两端产生感生电压。理想的电感器只具有储存磁场能的作用,它是一种体现电流与磁链相约束的器件,称为电感元件,简称电感,其电路模型如图 3.5.1(b)图所示。

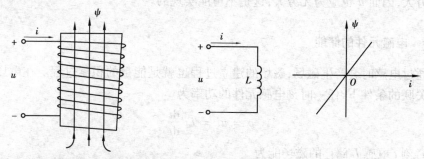

(a)电流 i 的参考方向与磁链 ψ 的参考方向　　(b)电路模型　　(c)韦-安特性

图 3.5.1　电感元件的电路模型及韦-安特性

规定电流 i 的参考方向与磁链 ψ 的参考方向之间符合右手螺旋法则,称为关联参考方向,如图 3.5.1(a)所示。此时,电流与磁链的约束关系可表示为

$$\psi = Li \tag{3.5.1}$$

式(3.5.1)中,比例系数 L 定义为电感元件的电感量,简称电感,是表示电感特性的参数。故"电感"一词既表示电感元件,又表示元件的参数,是个二义词。若 L 为常数,称该电感为线性非时变电感。若不特别申明,均指线性非时变电感,本书只讨论线性非时变电感。

电感的 SI 单位是亨[利](H),实际电感常以毫亨(mH)、微亨(μH)为单位,它们之间的换算关系是

$$1 \text{ H} = 10^3 \text{mH}$$
$$1 \text{ mH} = 10^3 \mu\text{H} \tag{3.5.2}$$

3.5.2　电感元件的伏安关系

当通过电感的电流变化时,磁链也相应地变化,根据电磁感应定律,电感两端会出现感生电压,这个感生电压等于磁链的变化率。设电感元件两端的电压与其电流的参考方向互为关联参考方向,则有

$$u = \frac{\mathrm{d}\psi}{\mathrm{d}t} = L\frac{\mathrm{d}i}{\mathrm{d}t} \tag{3.5.3}$$

式(3.5.3)就是电感元件伏安关系的微分形式。

由式(3.5.3)可知,任一时刻电感元件两端的电压与该时刻流过元件的电流变化率成正比。式(3.5.3)还表明:

(1)只有当流过电感的电流发生变化时,电感两端才会有感生电压产生,所以某一时刻电感元件两端的电压与该时刻流过电感元件的电流随时间的变化率成正比。

(2)流过电感元件的电流变化越快,该电感元件两端的电压就越大。特别的,当流过电感元件的电流为直流电流时,因为 $\frac{\mathrm{d}i}{\mathrm{d}t} = 0$

所以

$$u = \frac{\mathrm{d}\psi}{\mathrm{d}t} = L\frac{\mathrm{d}i}{\mathrm{d}t} = 0$$

可见,在直流稳态电路中,理想的电感元件相当于短路。

(3)流过电感元件的电流不能跃变,即电感中的电流是连续的。因为如果电流跃变,则必有$\dfrac{\mathrm{d}i}{\mathrm{d}t}$为无穷大,因而 u 也应为无穷大,这是不可能实现的。

3.5.3 电感元件的储能

电流通过电感时会产生磁场,磁场的建立过程也就是能量的积累过程。在电压和电流的参考方向关联的条件下,任一时刻电感元件的功率为

$$p = ui = Li\frac{\mathrm{d}i}{\mathrm{d}t} \tag{3.5.4}$$

则在任意时刻 t 电感 L 储存的磁场能为

$$w_L = \int_0^t p\mathrm{d}t = \int_0^u Li\mathrm{d}i = \frac{1}{2}Li^2 \tag{3.5.5}$$

式(3.5.5)表明,电感元件中任意时刻储存的磁场能量仅与此时的电流值有关,而与电感电压无关。对于直流,则有

$$W_L = \frac{1}{2}LI^2 \tag{3.5.6}$$

式中,W_L 的 SI 单位是焦[耳](J)。

[思考与分析]

3.5.1 电感元件的伏安关系是怎样的?

3.5.2 为什么流过电感的电流不能发生跃变?

3.5.3 直流电流过电感元件时,其两端电压为多少?

3.5.4 一个 10 mH 电感通以 60 mA 电流,电感的储能为多少?

3.6 正弦交流电路中的电感元件

3.6.1 电感元件上电压和电流关系

设有一电感 L 在正弦交流电路中,其两端的电压与电流采用关联参考方向,如图 3.6.1(a)所示。

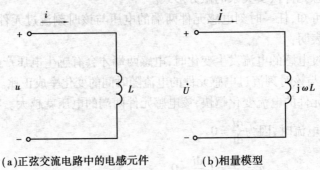

(a)正弦交流电路中的电感元件   (b)相量模型

图 3.6.1 正弦交流电路中的电感元件及其相量模型

若假设通过电感的电流为 $i_L = \sqrt{2}I\sin(\omega t + \psi_i)$，其相量为 $\dot{I} = I\angle\psi_i$，则电感两端电压的瞬时值为

$$u_L = L\frac{\mathrm{d}i}{\mathrm{d}t}$$

$$= L\frac{\mathrm{d}}{\mathrm{d}t}\left[\sqrt{2}I\sin(\omega t + \psi_i)\right]$$

$$= \sqrt{2}I\omega L\cos(\omega t + \psi_i)$$

$$= \sqrt{2}I\omega L\sin\left(\omega t + \psi_i + \frac{\pi}{2}\right)$$

$$= \sqrt{2}I\omega L\sin(\omega t + \psi_u) \qquad (3.6.1)$$

式(3.6.1)表明，电感元件两端的电压与其电流有效值之间的关系、相位之间的关系分别为

$$\left.\begin{array}{l} U = I\omega L = IX_L \\ \psi_u = \psi_i + \dfrac{\pi}{2} \end{array}\right\} \qquad (3.6.2)$$

式(3.6.2)中，$X_L = \omega L$ 具有电阻的量纲，称之为感抗，单位为 Ω。感抗 X_L 反映了电感元件对电流的阻碍作用，它与电感线圈的电感量 L 及流过电感元件的电流角频率 ω 正比。对电感量 L 确定的电感元件，流过电感元件电流的角频率 ω 越大，感抗 X_L 越大，此时线圈对电流的阻碍作用越大；角频率 ω 越小，感抗 X_L 越小，此时线圈对电流的阻碍作用也就越小，这就是电感元件的"高阻低通"作用。特别的，当电源频率 $\omega = 0$ 时（相当于直流电），$X_L = \omega L = 0$，说明线圈对直流电没有阻碍作用，即理想的电感元件在直流稳态电路中相当于理想导线（短路）。

根据相量表示法，我们可将(3.6.1)改写成相量形式，即

$$\dot{U}_L = \mathrm{j}\dot{I}X_L \qquad (3.6.3)$$

由式(3.6.3)可以画出正弦交流电路中电感元件的相量模型电路，如图3.6.1(b)所示，其中的因子 $\mathrm{j} = \mathrm{e}^{\mathrm{j}\frac{\pi}{2}} = \angle 90°$。式(3.6.3)中包含了正弦交流电路中电感元件两端电压的有效值与其电流的有效值之间的数值关系，即

$$U_L = IX_L$$

同时也包含了正弦交流电路中电感元件两端的电压与其电流之间的相位关系，即

$$\varphi_u - \varphi_i = 90°$$

说明在正弦交流电路中，电感元件两端的电压在相位上总是超前于流过它的电流90°。图3.6.2为电感元件中电流、电压的波形图和相量图。

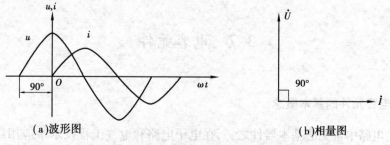

(a)波形图　　　　　　　　　(b)相量图

图3.6.2　电感元件中正弦交流电压、电流的波形图和相量图

3.6.2　电感元件的功率

1）瞬时功率

设流过某电感元件的电流为 $i_L = \sqrt{2}I \sin \omega t$，其两端的电压为 $u_L = \sqrt{2}U_L \sin\left(\omega t + \dfrac{\pi}{2}\right)$，根据功率的定义可知电感元件的瞬时功率为

$$p_L(t) = u_L \cdot i_L = \sqrt{2}I \sin \omega t \cdot \sqrt{2}U_L\left(\sin \omega t + \frac{\pi}{2}\right) = U_L I \sin 2\omega t \qquad (3.6.4)$$

从式（3.6.4）可以看出，电感从电源吸收的瞬时功率是幅值为 $U_L I$、角频率为 2ω 的正弦量。

2）平均功率

$$P_L = \frac{1}{T}\int_0^T p_L \mathrm{d}t = \frac{1}{T}\int_0^T (U_L I \sin 2\omega t)\,\mathrm{d}t = 0 \qquad (3.6.5)$$

可见，理想的电感元件是储能元件，是不消耗能量的。它只是不断地存储和释放能量，与电源之间不断地进行能量交换，所以平均功率为零。

3）无功功率

为了衡量电感元件与电源之间进行能量交换的规模大小，用瞬时功率的最大值即电压与电流有效值的乘积来表征，称为无功功率，用大写字母 Q_L 表示。即

$$Q_L = UI = I^2 X_L = \frac{U^2}{X_L} \qquad (3.6.6)$$

电感元件的无功功率描述了电感元件"吞吐"能量的最大规模，其常用单位为乏尔（var）。应当注意，"无功"的含义指的是"交换"，而不是"无用"。

[思考与分析]

3.6.1　有的电阻器用电阻丝绕制而成，为了使它没有电感，常用双绕法，如图3.6.3所示，说明其理由。

3.6.2　什么是感抗？它与频率有什么关系？电感元件在直流电路中为什么相当于短路？

3.6.3　正弦交流电路中的纯电感元件，其电压与电流的大小关系、频率关系、相位关系、相量关系是怎样的？

图3.6.3　思考题3.6.1图

3.6.4　纯电感元件的有功功率为什么会等于零？

3.6.5　什么是无功功率？无功功率是否为无用的功率？如何计算电感元件上的无功功率？

3.6.6　当流过纯电感线圈的电流瞬时值为最大值时，线圈两端的瞬时电压值为多少？

3.7　电容元件

3.7.1　电容元件的基本概念

电容器是电路中常见的基本器件之一，在电子电路和电气工程技术中应用广泛。将两块金属极板之间用绝缘介质隔开，再从两块金属极板上分别引出两个电极，就构成了最简单的电容

器。根据绝缘介质材料的不同,电容器可分为空气电容器、云母电容器、纸质电容器、电解电容器等。当电容器的两个极板接通电源后,两个极板间就会建立电场,储存电场能。所以,电容器是一种能够以容纳电荷的方式储存电场能量的器件,在电路分析中用理想的电容元件来模拟这种实际的电容器,其电路模型如图 3.7.1(a)所示。

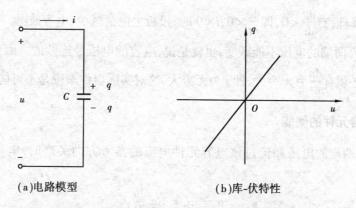

(a)电路模型　　　　　　　　　(b)库-伏特性

图 3.7.1　电容元件的电路模型及其库-伏特性

电容元件所储存电荷量 q 与它两端的电压 u 之间成正比关系,称为库-伏特性,如图 3.7.1(b)所示。满足该特性的电容称为线性非时变电容,本书仅讨论线性非时变电容元件,即

$$C = \frac{q}{u} \tag{3.7.1}$$

式(3.7.1)中,C 表示电容元件的电容量,简称为电容,它表示了电容元件储存电荷的能力。在国际单位制中,电容的单位为法[拉](F),由于法[拉]的单位太大,工程上常用更小的微[法](μF)、皮[法](pF)等辅助单位。它们之间的换算关系是

$$\left.\begin{array}{l} 1\ \text{F} = 10^{6}\ \mu\text{F} \\ 1\ \mu\text{F} = 10^{6}\ \text{pF} \end{array}\right\} \tag{3.7.2}$$

电容元件电容量的大小取决于电容器的结构,平板电容器的电容量可用下式计算,即

$$C = \varepsilon \frac{S}{d}$$

式中,ε 为绝缘介质的介电常数,S 为两极板的相对面积,d 为两极板间的距离。

3.7.2　电容元件的伏安关系

当电容元件两端电压 u 与流过该电容元件的电流 i 参考方向相关联时,如图 3.7.1(a)所示,则有

$$i = \frac{\mathrm{d}q}{\mathrm{d}t} = C\frac{\mathrm{d}u}{\mathrm{d}t} \tag{3.7.3}$$

由式(3.7.3)可知,电容元件的伏安关系为微分关系,通过电容元件的电流与该时刻电容元件两端电压随时间的变化率成正比,同时还表明:

(1)只有当电容元件两端的电压发生变化时,电容元件中才会有电流流过。所以,某一时刻流过电容的电流取决于此时其两端电压随着时间的变化率。

(2)电容两端的电压变化越快,通过电容的电流就越大。特别的,如果给电容两端加上直流电压,即 $du/dt = 0$,则 $i = 0$。这说明,在直流稳态电路中,电容相当于开路。这是电容的特性之一,即电容导通交流,隔断直流。

(3)当电容两端的电压升高,有 $\dfrac{du}{dt} > 0$,即 $\dfrac{dq}{dt} > 0$,$i > 0$ 时,电容极板上电荷增加,电容被充电;而当其电压降低,有 $\dfrac{du}{dt} < 0$,即 $\dfrac{dq}{dt} < 0$,$i < 0$ 时,极板上电荷减少,电容放电。

(4)电容元件两端的电压不能跃变,也就是说,电容的电压是连续的。因为如果电容的电压出现跃变,就必须有 $\dfrac{du}{dt}$ 为无穷大,即 i 为无穷大,这对实际器件来说是不可能实现的。

3.7.3 电容元件的储能

在电容元件两端的电压和流过该电容元件电流的参考方向关联时,电容元件的瞬时功率为

$$p = ui = Cu\frac{du}{dt} \tag{3.7.4}$$

则在任意时刻 t 电容 C 储存的电场能为

$$w_C = \int_0^t p\,dt = \int_0^u Cu\,du = \frac{1}{2}Cu^2 \tag{3.7.5}$$

式(3.7.5)表明,任意时刻电容元件中储存的电场能量仅与此时的电压值有关,而与电容电流无关。对于直流电,则有

$$W_C = \frac{1}{2}CU^2 \tag{3.7.6}$$

式(3.7.6)中,W_C 的 SI 单位是焦[耳](J)。

[思考与分析]

3.7.1 电容元件的伏安关系是怎样的?

3.7.2 为什么电容元件两端的电压不能发生跃变?

3.7.3 当电容两端有电压时,电容中也必然有电流。这种说法对吗,为什么?

3.7.4 某一时刻电容的储能不仅与电压有关,也与电流有关。这种说法对吗?

3.7.5 一个 10 μF 电容两端电压为 12 V,电容的储能是多少?

3.7.6 当流过纯电容元件的电流瞬时值为最大值时,电容两端的瞬时电压值为多少?

3.8 正弦交流电路中的电容元件

3.8.1 电容元件上电压和电流关系

设正弦交流电路中有一电容 C,其两端电压与电流采用关联参考方向,如图3.8.1(a)所示。如果加在电容两端的电压为

$$u_C = \sqrt{2}U_C\sin(\omega t + \psi_u)$$

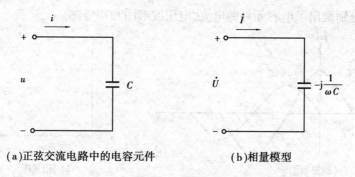

(a)正弦交流电路中的电容元件　　(b)相量模型

图 3.8.1　正弦交流电路中的电容元件及其相量模型

那么,根据电容元件的伏安关系可知,流过电容的电流为

$$i = C \frac{du_c}{dt}$$
$$= C \frac{d}{dt}[\sqrt{2}U_C(\sin \omega t + \psi_u)]$$
$$= \sqrt{2}U_C \cdot \omega C \cdot \cos(\omega t + \psi_u)$$
$$= \sqrt{2}U_C \cdot \omega C \cdot \sin\left(\omega t + \psi_u + \frac{\pi}{2}\right)$$
$$= \sqrt{2}U_C \cdot \omega C \cdot \sin(\omega t + \psi_i) \quad (3.8.1)$$

上式表明,电容元件的电压与电流有效值之间、相位之间的关系分别为

$$\left. \begin{array}{l} I_C = \omega C U_C = \dfrac{U_C}{X_C} \\ \psi_i = \psi_u + \dfrac{\pi}{2} \end{array} \right\} \quad (3.8.2)$$

式(3.8.2)中,$X_C = \dfrac{1}{\omega C}$,具有电阻的量纲,我们称 X_C 为容抗,单位为 Ω。可见,容抗 X_C 与 C,ω 成反比。对于给定的电容 C,正弦交流电的频率越高,电容所呈现的容抗越小,反之则越大。换句话说,当 C 一定时,电容对高频电流的阻碍作用小,对低频电流的阻碍作用大。在直流情况下,可以看作频率 $f=0$,容抗 $X_C = \infty$,电容相当于开路,即电容有"隔断直流,导通交流"的作用。

根据相量表示法,我们可将(式3.8.1)改写成相量形式,得

$$\dot{U}_C = -j\dot{I}X_C \quad (3.8.3)$$

由式(3.8.3)可以画出正弦交流电路中电容元件的相量模型电路,如图3.8.1(b)所示,其中的因子 $-j = e^{-j\frac{\pi}{2}} = \angle -90°$。式(3.8.3)中包含了正弦交流电路中电容元件两端电压的有效值与其电流的有效值之间的数值关系,即

$$U_C = IX_C$$

同时也包含了正弦交流电路中电容元件两端的电压与其电流之间的相位关系,即

$$\varphi_u - \varphi_i = -90°$$

上式说明在正弦交流电路中,电容元件两端的电压在相位上总是滞后于流过它的电流

90°。图3.8.2分别画出了电容元件的电流、电压波形图和相量图。

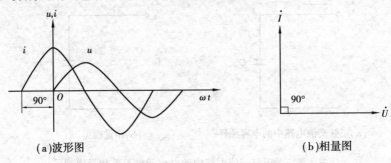

(a)波形图   (b)相量图

图3.8.2   电容元件中正弦交流电压、电流的波形图和相量图

3.8.2   电容元件的功率

1)瞬时功率

设某电容元件两端的电压为 $u_C = \sqrt{2}U_C\sin\omega t$，$i_L = \sqrt{2}I\sin\omega t$，流过的电流为 $i_C = \sqrt{2}I\sin\left(\omega t + \dfrac{\pi}{2}\right)$，根据功率的定义可知电容元件的瞬时功率为

$$p_C(t) = u_C \cdot i_C = \sqrt{2}U_C\sin\omega t \sqrt{2}I\left(\sin\omega t + \frac{\pi}{2}\right) = 2U_C I\cos\omega t\sin\omega t = U_C I\sin 2\omega t \qquad (3.8.4)$$

从式(3.8.4)可以看出，电容从电源吸收的瞬时功率是幅值为 $U_C I$、角频率为 2ω 的正弦量。

2)平均功率

$$P_C = \frac{1}{T}\int_0^T p_c\,\mathrm{d}t = \frac{1}{T}\int_0^T (U_C I\sin 2\omega t)\,\mathrm{d}t = 0 \qquad (3.8.5)$$

可见，理想的电容元件是储能元件，是不消耗能量的，它只是不断地存储和释放能量，与电源之间不断地进行能量交换，所以平均功率为零。

3)无功功率

为了衡量电容元件与电源之间进行能量交换的规模大小，用瞬时功率的最大值即电压与电流有效值的乘积来表征，称为无功功率。为了与电感元件的区别，用大写字母 Q_C 表示，即

$$Q_C = UI = I^2 X_C = \frac{U^2}{X_C} \qquad (3.8.6)$$

电容元件的无功功率描述了电容元件与电源间交换能量的最大规模，其常用单位也为乏(var)。

[思考与分析]

3.8.1   什么是容抗？它与频率有什么关系？电容元件在直流电路中为什么相当于开路？

3.8.2   正弦交流电路中的纯电容元件，其电压与电流的大小关系、频率关系、相位关系、相量关系是怎样的？

3.8.3   纯电容元件的有功功率为什么会等于零？

3.8.4   如何计算电容元件上的无功功率？

3.8.5   一个25 μF的电容元件接到频率为50 Hz、电压有效值为10 V的正弦电源上，电流是多少？若保持电压值不变，而电源频率改变为500 Hz，这时电流又将为多少？

3.9　RLC 串联电路

从前面的介绍可知,以相量形式表示的欧姆定律、基尔霍夫定律和基于这两个定律而建立的直流电路分析计算方法同样可以用于分析正弦交流电路。采用相量和阻抗对正弦电路进行分析的方法,常称为相量法。正弦交流电路的连接有多种方式,本书主要介绍 RLC 串联电路的分析计算方法。

3.9.1　电压和电流关系

以图 3.9.1(a)所示 RLC 串联电路为例,我们采用相量法对电路进行分析。首先,将所有的电压和电流用相量来表示;其次,将 R,L,C 分别用电阻元件、电感元件、电容元件的相量模型来表示。于是,图 3.9.1(a)所示的原电路(时域模型即瞬态模型)就被改画成图 3.9.1(b)所示的原电路的相量模型。如此,就可以借助欧姆定律、基尔霍夫定律以及基于这些定律的诸多的电路分析方法,对电路进行分析和计算。

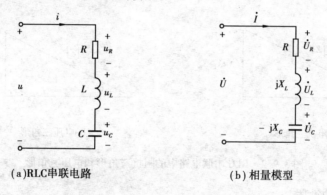

(a)RLC串联电路　　　　　　　　(b) 相量模型

图 3.9.1　RLC 串联电路及其相量模型

设 RLC 串联电路两端的正弦电压(总电压)、电流(总电流)的相量分别为

$$\dot{U} = U\angle\psi_u$$

$$\dot{I} = I\angle\psi_i$$

由电阻元件、电容元件、电感元件的相量模型,在图 3.9.1(b)中有

$$\dot{U}_R = R\dot{I}, \dot{U}_L = jX_L\dot{I}, \dot{U}_C = -jX_C\dot{I}$$

所以,根据相量形式的 KVL 可知

$$\dot{U} = \dot{U}_R + \dot{U}_L + \dot{U}_C = R\dot{I} + jX_L\dot{I} - jX_C\dot{I} = \left(R + j\omega L - j\frac{1}{\omega C}\right)\dot{I} \tag{3.9.1}$$

那么,图 3.9.1(b)电路中,电压相量与电流相量之比应为

$$Z = \frac{\dot{U}}{\dot{I}} = \frac{U}{I}\angle(\psi_u - \psi_i) = |Z|\angle\varphi = R + j(X_L - X_C) = R + jX \tag{3.9.2}$$

将 RLC 串联电路总电压的有效值相量 $\dot{U}$ 与其总电流的有效值相量 $\dot{I}$ 的比值 Z 称为该

电路的复数阻抗(简称阻抗),R 表示其实部,称为电阻;X 则表示其虚部,称为电抗(感性电抗称为感抗,为正;容性电抗称为容抗,为负)。

由欧拉公式可得

$$R = |Z|\cos\varphi$$

$$X = |Z|\sin\varphi$$

显然,阻抗 Z 是一个复数,不是相量,所以字母 Z 上面不能加点。$|Z|$ 表示阻抗 Z 的模,φ 称为阻抗 Z 的辐角,又称该电路的阻抗角,也等于该电路中总电压与总电流之间的相位差。即

$$\begin{cases} |Z| = \sqrt{R^2 + X^2} \\ \varphi = \arctan\dfrac{X}{R} \end{cases} \tag{3.9.3}$$

由式(3.9.3)可以看出,$|Z|$,R 和 X 构成一个直角三角形,称之为阻抗三角形,见图 3.9.2 (a)所示。由于在 RLC 串联电路中,电流处处相等,所以将阻抗三角形的每边乘以电流 i 而得出新的直角三角形,即电压三角形,如图 3.9.2(b)所示,它反映了该电路各段电压之间的数值关系和相位关系。这两个三角形为我们提供了一种分析计算 RLC 串联电路的简单适用方法。

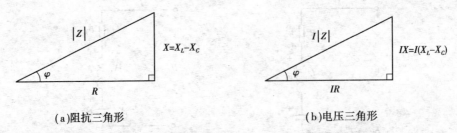

(a)阻抗三角形   (b)电压三角形

图 3.9.2   RLC 串联电路中的阻抗三角形和电压三角形

3.9.2 电路的性质

由于 RLC 串联电路总阻抗中的电抗部分 $X = X_L - X_C = \omega L - \dfrac{1}{\omega C}$ 与频率有关,所以,在电路参数 R,L,C 不变时,不同频率下阻抗将呈现不同性质。下面我们通过相量图来分别讨论不同情况下的电路性质:

(1)当 $X_L > X_C \left(即 \omega L > \dfrac{1}{\omega C}\right)$ 时,电路的阻抗角 $\varphi > 0$,表明该电路的总电压在相位上超前总电流一个 φ 角,所以,电路呈感性,相量图如图 3.9.3(a)所示。

(2)当 $X_L = X_C \left(即 \omega L = \dfrac{1}{\omega C}\right)$ 时,电路的阻抗角 $\varphi = 0$,表明该电路的总电压与总电流同相位,电路呈电阻性,相量图如图 3.9.3(b)所示。这种情况称为谐振,有关谐振的内容将在第 4 章中介绍。

(3)当 $X_L < X_C \left(即 \omega L < \dfrac{1}{\omega C}\right)$ 时,电路的阻抗角 $\varphi < 0$,表明该电路的总电压滞后总电流一个 $|\varphi|$ 角,电路呈容性,相量图如图 3.9.3(c)所示。

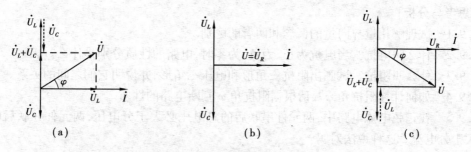

图 3.9.3　RLC 串联电路的相量图

【例 3.9.1】　一个 RLC 串联电路,外加电压为 $u = 12 \sin(6\,280t + 30°)$ V,若 $R = 15$ Ω,$L = 3$ mH,$C = 100$ μF,设各元件上电压电流参考方向关联。求:(1)电路的电流 i;(2)各元件上的电压 u_R, u_L, u_C;(3)判断电路的性质;(4)画出相量图。

解　(1)$X_L = \omega L = 6\,280 \times 3 \times 10^{3} = 18.8$ Ω

$$X_C = \frac{1}{\omega C} = \frac{1}{6\,280 \times 100 \times 10^{-6}} = 1.59 \ \Omega$$

$$X = X_L - X_C = 18.8 - 1.59 = 17.2 \ \Omega$$

$$Z = R + jX = 15 + j17.2 = 22.8 \angle 48.9° \ \Omega$$

$$\dot{I} = \frac{\dot{U}}{Z} = \frac{12 \angle 30°}{22.8 \angle 48.9°} = 0.526 \angle -18.9° \ \text{A}$$

$$i = 0.526\sqrt{2} \sin(6\,280t - 18.9°) \ \text{A}$$

(2)$\dot{U}_R = \dot{I} R = 7.89 \angle -18.9°$ V

$u_R = 7.89\sqrt{2} \sin(6\,280t - 18.9°)$ V

$\dot{U}_L = j \dot{I} X_L = 9.89 \angle 71.1°$ V

$u_L = 9.89\sqrt{2} \sin(6\,280t + 71.1°)$ V

$\dot{U}_C = -j \dot{I} X_C = 0.836 \angle -108.9°$ V

$u_C = 0.836\sqrt{2} \sin(6\,280t - 108.9°)$ V

(3)因为 $X = X_L - X_C = 17.2$ Ω > 0,故电路呈感性。

(4)相量图如图 3.9.4 所示。

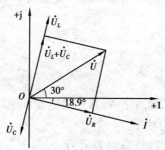

图 3.9.4　例 3.9.1 图

[思考与分析]

3.9.1 试理解相量与向量的概念和两者的区别。

3.9.2 什么叫电抗？当电抗为正、为负、为零时，电路的性质分别是什么？

3.9.3 什么叫阻抗？试画出阻抗三角形和电压三角形，并说明它们之间的关系。

3.9.4 如何计算阻抗角 φ？请根据阻抗角 φ 判断电路的性质。

3.9.5 在正弦电流电路中，两元件串联后的总电压必大于分电压，两元件并联后的总电流必大于分电流。这种说法对吗？

3.9.6 下列公式中，哪些是正确的？哪些是错误的？

(1) $u_L = iX_L$ (2) $u_L = LX_L$ (3) $\dot{U}_C = -j\dot{I}X_C$ (4) $U_C = LX_C$

(5) $U_C = I\omega C$ (6) $u_L = L\dfrac{di}{dt}$ (7) $u_R = iR$ (8) $U_L = I\omega L$

(9) $u = u_R + u_L + u_C$ (10) $U = U_R + U_L + U_C$

3.9.7 一个实际的电感线圈具有电阻 $R = 30\ \Omega$、$L = 127\ \text{mH}$，与电容器 $C = 40\ \mu\text{F}$ 串联后接至电压 $u = 220\sqrt{2}\sin(314t + 20°)\ \text{V}$ 的电源上，如图 3.9.5 所示。求：(1) 复阻抗、电流有效值、电流相量、电流瞬时值表达式；(2) 电容电压的有效值；(3) 线圈上电压的有效值；(4) 作相量图。

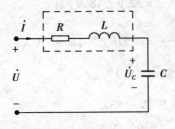

图 3.9.5 题 3.9.7 图

3.10 正弦交流电路的功率

传递能量是电路的一项重要功能。在正弦交流电路中，功率和能量都是随时间变化的量，也就是我们前面介绍的瞬时功率。而在工程实际中，电路消耗、存储和释放能量的规模，能量的利用效率和设备的容量等，都是无法用功率瞬时值来衡量的。为此，需要寻求其他表征正弦交流电路功率的方式。

3.10.1 瞬时功率和平均功率

1）瞬时功率 p

图 3.10.1 所示为线性无源二端网络 N，其端口电流和电压采用关联参考方向。现在讨论在正弦交流情况下，二端网络 N 的功率。

设端口电压和电流为同频率的正弦量，分别表示为：

$$i = \sqrt{2}I\sin(\omega t + \psi_i)$$

$$u = \sqrt{2}U\sin(\omega t + \psi_u)$$

则此二端网络的瞬时功率为

$$p = u \cdot i = \sqrt{2}U \sin(\omega t + \psi_u) \cdot \sqrt{2}I \sin(\omega t + \psi_i)$$

利用三角函数公式

$$\sin x \sin y = \frac{\cos(x - y) - \cos(x + y)}{2}$$

二端网络瞬时功率计算式可改写成

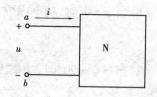

图 3.10.1　线性无源二端网络

$$p = UI[\cos(\psi_u - \psi_i) + \cos(2\omega t + \psi_u + \psi_i)] \tag{3.10.1}$$

　　式(3.10.1)表明:功率由两部分组成,其中,第一项 $UI\cos(\psi_u - \psi_i)$ 为常量,与时间无关,它的值取决于该二端网络的电压与其电流之间的相位差,可以认为是耗能元件(电阻元件)上的瞬时功率;第二项 $\cos(2\omega t + \psi_u + \psi_i)$ 是正弦变化量,其频率两倍于二端网络的电压和电流的频率,可以认为是储能元件上(电感元件和电容元件)的瞬时功率。可见,在每一瞬间,电源提供的功率一部分被耗能元件消耗掉,另一部分则用于与储能元件进行能量交换。根据式(3.10.1)画出电压 u、电流 i 和瞬时功率 p 波形曲线,如图 3.10.2(a)所示。

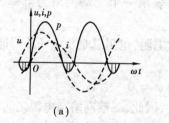

(a)

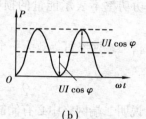

(b)

（a）瞬时功率　　　　　　　　　　（b）瞬时功率的有功分量

图 3.10.2　无源二端网络的瞬时功率和瞬时功率的有功分量

　　由图 3.10.2 中可以看出,二端网络中的储能元件与外电路或电源进行能量交换:

　　(1)当电压 u 和电流 i 为零($u = 0, i = 0$)时,$p = 0$;

　　(2)当电压 u 与电流 i 同相(即 $u > 0, i > 0$ 或 $u < 0, i < 0$)时,$p > 0$,说明二端网络吸收功率;

　　(3)当电压 u 与电流 i 反相(即 $u > 0, i < 0$ 或 $u < 0, i > 0$)时,$p < 0$,说明二端网络向外提供功率。

　　由于正弦交流电路的瞬时功率是随时间变化的,所以难以测量,而平均功率则比较容易测量。实际上,测量功率的仪器——瓦特表(也叫功率表)就是用于测量平均功率的。

　　2)平均功率 P

　　由式(3.10.1),根据平均功率的定义有

$$P = \frac{1}{T}\int_0^T p\,dt = \frac{1}{T}\int_0^T UI[\cos(\psi_u - \psi_i) - \cos(2\omega t + \psi_u + \psi_i)]\,dt = UI\cos(\psi_u - \psi_i)$$

式中 $\varphi = \psi_u - \psi_i$ 为二端网络的电压与电流的相位差,也就是二端网络的等效阻抗的阻抗角,又称功率因数角。故上式可以改写成

$$P = UI\cos\varphi \tag{3.10.2}$$

　　这就是正弦交流电路中二端网络的平均功率,也称有功功率,用 P 表示。可见,二端电路的平均功率不仅与其电流、电压的大小(有效值)有关,而且与 $\cos\varphi$ 有关。我们称 $\cos\varphi$ 为二端网络的功率因数,通常用 λ 表示,即 $\lambda = \cos\varphi$。

（1）当 $\varphi = 0°$ 时，功率因数 $\cos\varphi = 1$，二端网络相当于一个电阻元件，吸收的功率为

$$P = UI = I^2R = \frac{U^2}{R}$$

（2）当 $\varphi = \pm 90°$ 时，功率因数 $\cos\varphi = 0$，二端网络相当于一个电感元件或者电容元件，吸收的功率为

$$P = UI\cos 90° = 0$$

因此，前面讨论的纯电阻、纯电感、纯电容元件的功率可以看成是二端网络功率的特殊情况。

3.10.2　无功功率和视在功率

1）无功功率

二端网络内的储能元件虽然不消耗能量，却与电源不断地进行着能量的交换，为了衡量储能元件存储和交换能量的规模，我们引入无功功率的概念。无功功率通常用 Q 表示，即

$$Q = UI\sin\varphi \tag{3.10.3}$$

也就是说，无功功率不表示能量的损耗，仅表示一个二端网络与电源进行能量交换的规模。

（1）当 $\varphi = 0°$ 时，二端网络可等效为一个等效电阻，电阻总是从电源获得能量，没有能量的交换，因而有

$$Q = UI\sin\varphi = 0$$

（2）若 $\varphi \neq 0°$，说明二端网络中必有储能元件，因此，二端网络与电源之间有能量的交换。

①如果二端电路等效为感性负载，则 $\varphi > 0$，$Q > 0$，即电感的无功功率为正值；

②如果二端电路等效为容性负载，则 $\varphi < 0$，$Q < 0$，即电容的无功功率为负值。

在同一电路中计算总的无功功率时，电感元件的无功功率与电容元件的无功功率的代数和即为该电路的总无功功率。前面介绍过，由于无功功率不代表真正消耗的能量，为了与有功功率区分，我们用乏（var）作为其单位。

2）视在功率

在电工技术中，我们常把一个二端网络的电压有效值 U 与电流有效值 I 的乘积定义为这个二端网络的视在功率，用 S 表示，即

$$S = UI \tag{3.10.4}$$

视在功率表示了发电、配电设备的容量，它反映了供电设备可能提供的最大功率。为了区别于有功功率或无功功率，视在功率的单位为伏安（VA）。

将前面介绍过的 RLC 串联电路的电压三角形的三条边所对应的电压值都乘以该电路的电流的有效值，就可以得到与电压三角形相似的功率三角形，如图 3.10.3 所示。由功率三角形可以清楚地看出有功功率 P、无功功率 Q 和视在功率 S 三者之间的相互关系，即

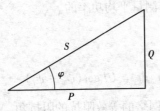

图 3.10.3　功率三角形

$$P = IU_R = IU\cos\varphi$$

$$Q = IU_X = IU\sin\varphi$$

$$S = IU = \sqrt{P^2 + Q^2}$$

这为我们分析正弦交流电路中的 RLC 串联电路提供了另一条方便的途径。

[思考与分析]

3.10.1　请画出功率三角形,并简述有功功率、无功功率、视在功率的定义,物理含义以及三者之间的大小关系。

3.10.2　能否从字面上把无功功率理解为无用的功率? 为什么?

3.10.3　什么是功率因数? 有哪几种方法可以计算功率因数?

3.10.4　日光灯电源的电压为 220 V,频率为 50 Hz,灯管相当于 300 Ω 的电阻,与灯管串联的镇流器在没有电阻的情况下相当于 500 Ω 感抗的电感,试计算日光灯电路的平均功率、无功功率、视在功率和功率因数。

3.10.5　已知某 RLC 串联电路中,$R = 4\ \Omega$,$X_L = 8\ \Omega$,$X_C = 5\ \Omega$,则该电路的功率因数$\cos \varphi$等于多少?

3.10.6　在正弦交流电路中,某负载的有功功率$P = 1\ 000$ W,无功功率$Q = 577$ var,则该负载的功率因数为多少?

3.11　功率因数的提高

3.11.1　提高功率因数的意义

任何电器设备出厂时,都规定了额定电压和额定电流,即电器设备正常工作时的电压和电流,因而视在功率也有一个额定值。对于电阻性电器设备,如灯泡、电烙铁等,功率因数等于 1,视在功率与平均功率在数值上相等。因此,额定功率以平均功率的形式给出,如 60 W 灯泡、25 W 电烙铁。但对于发电机、变压器这类设备,它们的输出功率与负载的性质有关,因此只能给出额定的视在功率,而不能给出平均功率的额定值。例如发电机的额定视在功率P_S等于 5 000 伏安,若负载为电阻性负载,其$\cos \varphi_Z = 1$,那么发电机能输出的功率为 5 000 W;若负载为电动机,假设其$\cos \varphi_Z = 0.85$,那么发电机只能输出 $5\ 000 \times 0.85 = 4\ 250$ W 的功率。因此,为了充分利用电源设备的容量,提高电源设备的利用率,同时也为了减小输电线路和发电机绕组的损耗,应当尽量提高功率因数。

3.11.2　提高功率因数的方法

要提高功率因数,就必须设法减小负载网络占用的无功功率。由于常用负载多为感性负载,所以我们常常需要提高感性负载的功率因数,其方法就是在感性负载的两端并联适当大小的电容,利用电容与电感的相互补偿作用来减小负载网络的无功功率,从而提高功率因数。如图 3.11.1(a)所示,并联的电容称常为补偿电容。

由图 3.11.1(b)可见,并联电容后,电路中电流与电压的相位差由 φ_1 减小到 φ,提高了功率因数。这是由于并联电容后的电路总电流减小,总功率因数增大,总的有功功率不变。并联电容器后,感性负载支路的电流和功率因数均未发生变化,这是因为所加的电压和电路参数没有改变。但由于电容的补偿作用,电路的总电流变小了,电路的阻抗角即总电压和电路总电流之间的相位差 φ 变小了,即 $\cos \varphi$ 变大了,从而提高了功率因数。

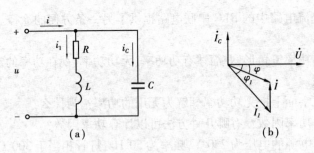

图 3.11.1　电容与感性元件并联以提高功率因数

以上分析可以得出如下结论：

(1)并联电容器后,减小了电源与负载网络之间的能量互换。

(2)并联电容器后,线路总电流也减小了(电流相量相加),因而减小了线路上的功率损耗。

(3)应当注意,并联电容器以后感性负载的有功功率并未改变,因为电容器是不消耗电能的。

(4)通常,用以提高功率因数的并联补偿电容大小按下式确定。

$$C = \frac{P}{\omega U^2}(\tan \varphi_1 - \tan \varphi)$$

[思考与分析]

3.11.1　提高功率因数的意义是什么?

3.11.2　提高功率因数的方法是什么?

3.11.3　对实际作为补偿电容的电容器除了有容量的要求外,还有什么其他要求?

3.12　日光灯电路

日光灯,亦称荧光灯,光线柔和,发光效率比白炽灯高,其温度为 $40 \sim 50 ℃$,所消耗的电功率仅为同样明亮程度的白炽灯的 $\frac{1}{3} \sim \frac{1}{5}$,被广泛用于生活照明。

3.12.1　日光灯的组成

日光灯电路主要由灯管、启辉器(启动器)和镇流器组成,接线示意图如图 3.12.1 所示。

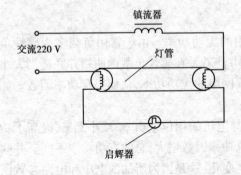

图 3.12.1　日光灯电路

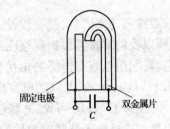

图 3.12.2　启辉器结构示意图

（1）灯管：日光灯管两端有能发射电子的灯丝，类似于电阻 R。

（2）启辉器（启动器）：在日光灯接通过程中起自动开关作用，其结构如图3.12.2所示。启辉器内有一个充有氖气的氖泡，氖泡内有两个电极，一个是固定电极，另一个是由两片热膨胀系数相差较大的金属片碾压而成的可动电极。在两电极的引出端并联一个电容 C，用以消除对无线电设备的干扰。

（3）镇流器是一个带铁芯的电感线圈，它不是纯电感，可以用电阻与电感串联模型来等效；若忽略其电阻，则可用理想电感来代替。

3.12.2　日光灯的工作原理

当日光灯电路接通电源后，因灯管尚未导通，所以电源电压全部加在启辉器两端，使氖泡的两电极之间发生辉光放电，使可动电极的双金属片受热膨胀而与固定电极接触，于是电源、镇流器、灯丝和启辉器构成一个闭合回路，所通过的电流使灯丝得到预热而发射电子。在氖泡内，两电极接触后，辉光放电熄灭，双金属片随之冷缩而与固定电极断开，断开的瞬间使电路电流突然消失，于是镇流器两端产生一个比电源电压高很多的感应电动势，连同电源电压一起加在灯管的两端，使灯管内的惰性气体电离而引起弧光放电，产生大量紫外线，灯管内壁的荧光粉吸收紫外线后，辐射出可见光，日光灯就开始正常工作了。

在正常状态下，由于交变电流通过整流器线圈而在线圈两端产生压降，镇流器承受着电源电压的大部分，灯管两端的电压则为其额定值。因此，整流器起着降压限流的作用。

[思考与分析]

3.12.1　日光灯电路主要由哪几部分组成？各部分的作用是什么？

3.12.2　日光灯的灯管内壁上为什么要涂荧光粉？

3.12.3　简述日光灯的工作原理。

3.12.4　当日光灯启动后，去掉启辉器是否会影响日光灯的正常工作？

3.12.5　当启辉器坏了而手头暂时没有好的时，是否可以用一个开关来代替？如果可以，应如何连接和操作？

本章小结

交流电路具有用直流电路的概念无法分析和无法理解的物理现象，因此，必须要建立交流的概念，特别是相位的概念，如任一电压或电流的叠加是矢量和而不是代数和的概念。分析与计算正弦交流电路，主要是确定不同参数和不同结构的各种电路中电压与电流之间的关系（包括数值关系和相位关系）和功率，这其中要掌握电容元件和电感元件在正弦交流电路中的作用。

1. 正弦电压与电流及其三要素

交流电压和电流的大小、方向是随时间而变化的，电路中标注的正方向代表它们的正半周方向，所以在负半周时，电压或电流的正方向与实际方向相反，故为负值。

（1）正弦量的三个要素分别为：幅值、频率、初相位。

（2）正弦量的幅值、瞬时值都是某一瞬间的值，而有效值是在一个周期内交流电流与直流

电流对电阻 R 热效应相等得出的,即

$$I = \sqrt{\frac{1}{T}\int_0^T i^2 \mathrm{d}t} = \frac{I_m}{\sqrt{2}}$$

$$U = \sqrt{\frac{1}{T}\int_0^T u^2 \mathrm{d}t} = \frac{U_m}{\sqrt{2}}$$

(3)频率 f、角频率 ω 和周期 T 表示正弦量的变化快慢,三者关系为

$$\omega = 2\pi f = \frac{2\pi}{T}(\mathrm{rad/s})$$

(4)初相位 ψ 是指 $t=0$ 时正弦量的相位角;$(\omega t + \psi)$ 称为相位,它反映正弦量变化的进程;而相位差 φ 是指两个同频率正弦量的相位之差,也即初相之差

$$\varphi = (\omega t + \psi_1) - (\omega t + \psi_2) = \psi_1 - \psi_2$$

2. 正弦量的四种表示方法

(1)三角函数式(瞬时表达式),如 $i = I_m\sin(\omega t + \psi_i)\mathrm{A}$。

(2)波形图表示法,如图 3.1 所示。

(3)相量(复数)表示法,正弦量和相量的相互关系如:

$$i = I_m\sin(\omega t + \psi_i) \rightarrow \dot{I} = I\angle\psi_i$$

(4)相量图表示法,如图 3.2 所示。

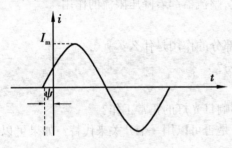

图 3.1

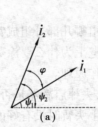

图 3.2

后两种方法是分析和计算交流电路常用的方法,它把几个同频率的正弦量画在同一相量图上,其优点是:可直观快捷地解决一些特殊的交流电路问题;复数运算法可准确无误地计算复杂交流电路问题。

3. 单一元件的交流电路

这是研究交流电路的基础,应熟练掌握。其电路特点及电压、电流的关系如表 3.1 所示。

表 3.1

元 件	R	L	C
基本关系	$u_R = Ri$	$u_L = L\dfrac{\mathrm{d}i}{\mathrm{d}t}$	$u_C = \dfrac{1}{C}\int_0^t i\mathrm{d}t$
有效值关系	$U_R = RI$	$U_L = X_L I$	$U_C = X_C I$
相量式	$\dot{U}_R = R\dot{I}$	$\dot{U}_L = \mathrm{j}X_L \dot{I}$	$\dot{U}_C = -\mathrm{j}X_C \dot{I}$
电阻或电抗	R	$X_L = \omega L$	$X_C = \dfrac{1}{\omega C}$

续表

元　件	R	L	C
相位关系	u_R 与 i 同相	u_L 超前 i 90°	u_C 滞后 i 90°
相量图			
有功功率	$P_R = U_R I = I^2 R$	$P_L = 0$	$P_C = 0$
无功功率	$Q_R = 0$	$Q_L = U_L I = I^2 X_L$	$Q_C = U_C I = I^2 X_C$

4. RLC 串联的交流电路

把各电路元件用相量模型表示后,直流电路中所讨论的分析方法均可用于正弦交流电路,如欧姆定律、KCL、KVL 的相量表示式分别为:

$$\dot{I} = \frac{\dot{U}}{Z}$$

$$\sum \dot{I} = 0$$

$$\sum \dot{U} = 0$$

5. 复阻抗

复阻抗 $Z = R + j(X_L - X_C) = |Z| e^{j\varphi}$, $|Z| = \sqrt{R^2 + (X_L - X_C)^2}$,且阻抗角就是总电压 u 和总电流 i 之间的相位差角 φ,而电压 u 和电流 i 各自的初相位却由题目的条件来确定。

习　题　3

3.1　试将下列正弦交流量的瞬时值表达式用对应的相量表示出来。

(1) $i = 5 \sin \omega t$ A　　　(2) $u = 100 \sqrt{2} \sin(\omega t + 60°)$ V　　　(3) $e = 500 \sin(314t - 60°)$ V

3.2　已知: $u_A = 220 \sqrt{2} \sin 314t$ V, $u_B = 220 \sqrt{2} \sin(314t - 120°)$ V, $u_C = 220 \sqrt{2} \sin(314t + 120°)$ V,试用相量法表示正弦量并画出相量图。

3.3　已知电流和电压的瞬时值函数式为 $u = 317 \sin(\omega t - 160°)$ V, $i_1 = 10 \sin(\omega t - 45°)$ A, $i_2 = 4 \sin(\omega t + 70°)$ A。试在保持相位差不变的条件下,将电压的初相角改为零度,重新写出它们的瞬时值函数式。

3.4　已知某正弦交流电动势的有效值为 220 V、频率 50 Hz、初相位为 $\frac{\pi}{6}$,试写出其瞬时值表达式并绘出其波形图。

3.5　在图 3.3 所示的相量图中,已知 $U = 220$ V, $I_1 = 10$ A, $I_2 = 5 \sqrt{2}$ A,它们的角频率是 ω,试写出各正弦量的相量及瞬时值式。

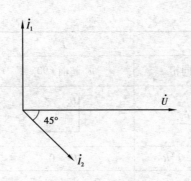

图3.3 题3.5图

3.6 一个正弦电流的初相位 $\psi = 15°$，$t = \dfrac{T}{4}$ 时，$i(t) = 0.5$ A，试求该电流的有效值 I。

3.7 已知 $u_1 = 220\sqrt{2}\sin(\omega t + 60°)$ V，$u_2 = 220\sqrt{2}\sin(\omega t + 120°)$ V，试作 u_1 和 u_2 的相量图，并求 $u_1 + u_2$，$u_1 - u_2$。

3.8 已知两个正弦电流 $i_1 = 4\sin(\omega t + 30°)$ A，$i_2 = 5\sin(\omega t - 60°)$ A，试求 $i_1 + i_2$。

3.9 某 220 V、50 Hz 的正弦交流电压分别加在纯电阻、纯电感和纯电容负载上，它们的电阻值、感抗值和容抗值均为 22 Ω，请：(1)分别求出三个元件的电流有效值；写出各电流的瞬时值表达式，并以电压为参考相量画出其相量图。(2)若电压的有效值不变，频率由 50 Hz 变到 500 Hz，重新回答以上问题。

3.10 电路如图3.4所示，已知 $u = 10\sin(\pi t - 180°)$ V，$R = 4$ Ω，$\omega L = 3$ Ω，试求电感元件上的电压 U_L。

3.11 正弦交流电路如图3.5所示，已知 $X_L = X_C = R$，电流表 A_3 的读数为 5 A，试求电流表 A_1 和 A_2 的读数。

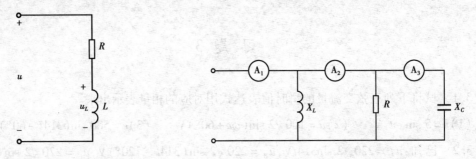

图3.4 题3.10图   图3.5 题3.11图

3.12 含内阻的电感线圈与电容 C 相串联，已知线圈电压 $U_{RL} = 50$ V，电容电压 $U_C = 30$ V，总电压与电流同相，求总电压 U 的有效值。

3.13 RLC 串联交流电路中，已知 $R = 15$ Ω，$L = 30$ mH，$C = 20$ μF、电流 $i = 10\sqrt{2}\sin 1\,000t$ A。求总电压 u。

3.14 已知图3.6所示电路中电流表 A_1 的读数均为 4 A，电流表 A_2 的读数均为 3 A，试求电流表 A 的读数。

3.15 RL 串联电路如图3.7所示，已知：$u = 220\sqrt{2}\sin(100t + 60°)$ V，$R = 10$ Ω，$L = 0.1$ H，求：X_L，$|Z|$，I，$\cos\varphi$ 以及功率 P，Q，S。

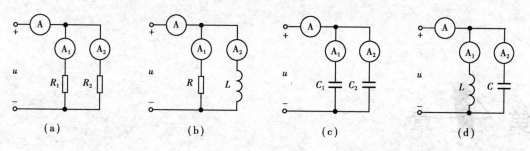

图 3.6　题 3.14 图

3.16　某 RL 串联电路中，电源电压 $u = 220\sqrt{2}\sin(314t + 30°)$ V，其中电流 $i = 11\sqrt{2}\sin(314t - 30°)$ A。求：该负载的阻抗 $|Z|$，阻抗角 φ，电阻 R 和电感 X_L。

3.17　某 RC 串联电路，已知 $R = 4$ Ω，$X_C = 3$ Ω，电源电压 $\dot{U} = 100\angle 0°$ V，求电流的有效值。

3.18　有一电感线圈接于 100 V、50 Hz 的正弦交流电源上，测得此电感线圈的电流 $I = 2$ A，有功功率 $P = 120$ W，求此线圈的电阻 R 和电感 L。

3.19　电路如图 3.8 所示，已知 $R = 10$ kΩ，$C = 5\ 100$ pF，外接电源电压 $u = \sqrt{2}\sin\omega t$ V，频率为 1 000 Hz，试求：(1)电路的复数阻抗 Z；(2) $\dot{I}$，$\dot{U}_R$，$\dot{U}_C$。

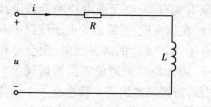

图 3.7　题 3.15 图

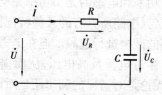

图 3.8　题 3.19 图

3.20　在 RLC 串联电路中，已知：$X_C = 24$ Ω，$X_L = 48$ Ω，$R = 18$ Ω，$U = 120$ V，$f = 50$ Hz。求：(1)电路中的复数阻抗 $|Z|$；(2)电流的有效值 I；(3)各电压的有效值 U_R，U_L，U_C。

3.21　由电阻 $R = 6$ Ω，电感 $X_L = 12$ Ω，电容 $X_C = 4$ Ω 组成的串联电路，接在电压 $u = 220\sqrt{2}\sin(314t + 60°)$ V 的电源两端。试判断电路的性质，并求：(1)复数阻抗 $|Z|$；(2)电流 I；(3)各元件上的电压 U_R，U_L，U_C；(4)有功功率 P 及功率因数 $\cos\varphi$。

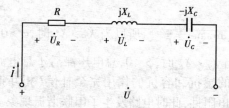

图 3.9　题 3.20 图

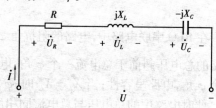

图 3.10　题 3.21 图

第 **4** 章

谐振电路

对正弦交流电路进行分析后我们知道,在含有电感和电容元件的电路中,由于感抗和容抗同时存在,因而电路性质既有可能表现为感性,又有可能表现为容性,在一定条件下还可以表现为电阻性。我们把同时含有电感和电容元件的交流电路在一定的条件下呈现为电阻特性、总电压与总电流同相位的现象称为谐振现象,亦称谐振。电路出现谐振现象是电路中电容的无功功率和电感的无功功率完全补偿的结果。谐振现象有利有弊,在无线电技术及通讯技术中,谐振电路所具有的某些特征得到了广泛的应用。例如在收音机、振荡器等电子线路中利用电路的谐振进行选频。但在电力系统中因电路参数配合不当而发生的谐振现象,则会导致局部产生过电流及高电压,从而损坏设备并危及人身安全,因此应尽量避免发生谐振现象。所以,无论是对谐振的利用还是对谐振的预防,都要求我们对谐振现象的基本特性有一个初步的认识和理解。本章将讨论电路发生谐振的条件、实现谐振的方法和谐振发生时电路呈现的特征等。

按发生谐振的电路结构上的不同,谐振分为串联谐振电路和并联谐振电路。

4.1　串联谐振电路

在 RLC 串联电路中,电路的阻抗角 $\varphi = \Psi_u - \Psi_i = \arctan \dfrac{X_L - X_C}{R}$,所以当 $X_L > X_C$ 时,$\varphi > 0$,电路的总电压超前于总电流一个 φ 角,电路呈感性;当 $X_L < X_C$ 时,$\varphi < 0$,总电压滞后于总电流一个 φ 角,电路呈容性;当 $X_L = X_C$ 时,$\varphi = 0$,电路中的感抗和容抗的作用完全补偿(相互抵消),此时电路中的总电压与总电流同相位,电路呈纯电阻性,此时电路发生了串联谐振现象。

4.1.1　串联谐振的条件

1)谐振的条件

RLC 串联电路的相量模型如图 4.1.1(a)所示,在正弦电压作用下,其复阻抗为

$$Z = R + \mathrm{j}(X_L - X_C) = R + \mathrm{j}\left(\omega L - \frac{1}{\omega C}\right)$$

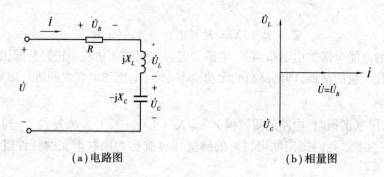

（a）电路图　　　　　　　　　　（b）相量图

图 4.1.1　RLC 串联谐振电路及相量图

欲使 RLC 串联电路发生谐振，即总电压与总电流同相位，应有

$$\varphi = \Psi_u - \Psi_i = \arctan \frac{X_L - X_C}{R} = 0$$

即

$$X = X_L - X_C = 0$$

亦即

$$X_L = X_C$$

所以产生串联谐振的条件为

$$X_L = X_C。$$

2）串联谐振的频率

满足谐振条件的电源频率称为谐振频率，也就是发生谐振时的电源频率被称为谐振频率。通常用 ω_0 表示谐振角频率，用 f_0 表示谐振频率。

将谐振条件

$$X_L = X_C$$

表示为

$$\omega_0 L = \frac{1}{\omega_0 C} \tag{4.1.1}$$

经整理后可得

$$\omega_0 = \frac{1}{\sqrt{LC}}$$

或

$$f_0 = \frac{1}{2\pi\sqrt{LC}} \tag{4.1.2}$$

式（4.1.2）说明，RLC 串联电路的谐振频率完全由电路的参数 L,C 决定，与参数 R 和外加电源无关，它反映了电路的一种固有性质。当电路参数 L,C 确定时，电路产生谐振的频率就随之确定了，因此 f_0 又称为电路的固有频率。

3）实现谐振的方法

（1）当电路的参数 L,C 固定不变时，可以改变电源频率 f 使之等于电路的固有频率 f_0，即 $f = f_0$ 时，电路就会发生谐振。

（2）当电源频率 f 固定不变时，可以改变电路的参数 L 或 C，使电路的固有频率 $f_0 = \frac{1}{2\pi\sqrt{LC}}$ 等于外加电源的频率 f，即 $f_0 = f$，电路也会发生谐振。通常收音机的输入回路，就是通过改变电容 C 的大小来选择不同电台频率的串联谐振电路。

4.1.2　串联谐振时的特征

（1）RLC 串联电路发生谐振时，电路的复阻抗虚部为零，因而电路呈纯电阻性，而且复阻

抗的模最小,即

$$Z = R + jX = R + j(X_L - X_C) = R$$

说明电源提供的电能全部被电阻所消耗,电感和电容之间的无功功率正好全部相互补偿,不必和电源之间进行能量的交换,即电路总的无功功率为零,电感和电容之间进行磁场能和电场能的交换。

应当注意,串联谐振时,电路的阻抗模 $Z = \sqrt{R^2 + (X_L - X_C)^2} = R$,感抗 X_L 和容抗 X_C 只是彼此相等,并不为零。我们把串联谐振时的感抗或容抗称为串联谐振的特性阻抗,用 ρ 来表示,即

$$\rho = \omega_0 L = \frac{1}{\omega_0 C} = \frac{1}{\sqrt{LC}} L = \sqrt{\frac{L}{C}}$$

它是一个仅与电路参数 L,C 有关的常量。

(2)RLC 串联电路发生谐振时,电路中的电流达到最大值且与总电压同相位,即

$$I_0 = \frac{U}{|Z|} = \frac{U}{R}$$

I_0 称为串联谐振电流。

$\varphi = \Psi_u - \Psi_i = 0$,即 $\Psi_u = \Psi_i$,这是串联谐振电路的一个重要特征,通常也用来判断电路是否产生了谐振。

(3)RLC 串联电路发生谐振时,电路中的电感与电容两端的电压大小相等、相位相反,相互抵消。其有效值为总电压有效值的 Q 倍,即

$$U_L = IX_L = \frac{U}{R} \cdot X_L = \frac{X_L}{R}U = QU$$

$$U_C = IX_C = \frac{U}{R}X_C = \frac{X_C}{R}U = QU \tag{4.1.3}$$

上式中的 Q 称做电路的品质因数。品质因数可由下式求出,即

$$Q = \frac{X_L}{R} = \frac{\omega_0 L}{R} = \frac{2\pi f_0 L}{R}$$

或

$$Q = \frac{X_C}{R} = \frac{1}{\omega_0 CR} = \frac{1}{2\pi f_0 CR} \tag{4.1.4}$$

由于 RLC 串联电路中的 R 值一般很小,所以 Q 值总是会远大于 1,一般可达几十至数百。可见,电路发生谐振时,电感与电容上的电压比电源电压大很多倍。正是由于 RLC 串联电路发生谐振时电感和电容上有可能出现高电压,所以串联谐振也称做电压谐振。

在电力系统(强电系统)中,由于电源本身电压很高,一旦发生电压谐振,这种高电压可能会破坏电容或电感的绝缘,引起电气设备损坏或造成人身伤亡事故等,因此要尽量避免电压谐振或接近电压谐振的发生。但在通信工程中恰恰相反,由于其信号电压很微弱,往往利用电压谐振来获得较高的电压。

[思考与分析]

4.1.1 RLC 串联电路满足什么条件会发生谐振现象?

4.1.2 电路发生串联谐振时,电路有何特点?

4.1.3 为什么串联谐振又称为电压谐振?

4.1.4 怎样计算串联谐振频率和品质因数?

4.2 串联谐振的选择性

4.2.1 阻抗频率特性

串联谐振时,若电源电压不变,电源频率增大或减小,复阻抗 Z 都要增大,只有在谐振时 Z 最小,阻抗随频率变化的曲线如图 4.2.1 所示。

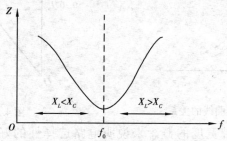

图 4.2.1 阻抗 Z 随频率变化曲线

4.2.2 电流谐振曲线

串联谐振时,若电源电压不变,电源频率增大或减小,复阻抗 Z 将会随之减小或增大,电路中的电流也将会增大或减小,电流随频率变化的曲线如图 4.2.2 所示。

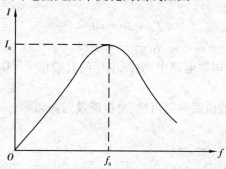

图 4.2.2 电流随频率变化曲线

从图中不难看出,谐振时电流最大,只要电源频率稍微偏离电路的谐振频率 f_0,电流就会大幅度下降。

4.2.3 串联谐振时的通频带

当含有多种频率成分的信号电流通过谐振电路时,可从多种频率信号中选择出谐振频率的信号,这种能力称"选择性"。

工程上说明电路的选择性好坏的方法有两种。一种是用品质因数 Q 的大小来表示电路选择性的好坏。品质因数通常用谐振电路的特性阻抗 ρ 与电路电阻 R 的比值来表示,即

$$Q = \frac{\rho}{R} = \frac{\omega_0 L}{R} = \frac{1}{\omega_0 CR} = \frac{1}{R}\sqrt{\frac{L}{C}}$$

可见品质因数也是一个仅与电路参数有关的常数。谐振曲线的尖锐或平坦与 Q 值有关,比如,设电路的 L 和 C 值不变,只改变 R 值,R 值越小,Q 值就越大。如图 4.2.3 所示的曲线越尖锐,说明电路的选择性越好;反之,就说明电路的选择性越差。

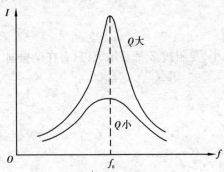

图 4.2.3　不同 Q 值与谐振曲线的关系

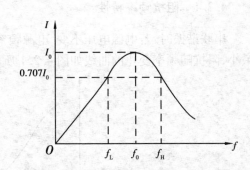

图 4.2.4　通频带宽度

还有一种是引用通频带宽度的概念来说明电路选择性的好坏。工程上规定:对应于 $0.707 I_0$ 的两个频率之间的宽度称为通频带,它规定了谐振电路允许通过信号的频率范围,如图 4.2.4 所示。

可见,通频带越窄,曲线越尖锐,电路的选择性就越强。

通常,通频带宽度可用公式求得: $\Delta f = \dfrac{f_0}{Q}$

频率范围:

$$f_L = f_0 - \Delta f/2$$
$$f_H = f_0 + \Delta f/2$$

【例 4.2.1】　已知 RLC 串联电路中,电源电压的有效值 $U = 0.1$ V,$L = 6$ mH,$C = 15$ pF,$R = 2$ Ω,试求:

(1)当电路发生谐振时的电路的总阻抗、总电流及谐振频率;

(2)L 和 C 上的电压;

(3)电路的品质因数;

(4)通频带宽度及频率范围。

解　(1)谐振时的总阻抗、总电流及谐振频率

$$Z_0 = R = 2 \ \Omega$$

$$I_0 = \frac{U}{Z_0} = \frac{0.1}{2} = 0.05 \ \text{A}$$

$$f_0 = \frac{1}{2\pi\sqrt{LC}} = \frac{1}{2 \times 3.14 \times \sqrt{6 \times 10^{-3} \times 15 \times 10^{-12}}} = 530.8 \ \text{kHz}$$

(2)U_L 和 U_C

$$X_L = 2\pi f L = 2 \times 3.14 \times 530.8 \times 10^3 \times 6 \times 10^{-3} = 20 \ \text{k}\Omega$$

$$X_C = \frac{1}{2\pi f C} = \frac{1}{2 \times 3.14 \times 530.8 \times 10^3 \times 15 \times 10^{-12}} = 20 \ \text{k}\Omega$$

$$U_L = I_0 X_L = 0.05 \times 20 \times 10^3 = 1\ 000\ \text{V}$$

$$U_C = I_0 X_C = 0.05 \times 20 \times 10^3 = 1\ 000\ \text{V}$$

显然,在电力系统中是不允许发生谐振的,否则,电感元件和电容元件就要被损坏。

（3）品质因数

$$Q = \frac{U_L}{U} = \frac{1\ 000}{0.1} = 10\ 000 \quad 或 \quad Q = \frac{X_L}{R} = \frac{X_C}{R} = \frac{20\ 000}{2} = 10\ 000$$

（4）通频带宽度

$$\Delta f = \frac{f_0}{Q} = \frac{530.8 \times 10^3}{10\ 000} = 53.08\ \text{Hz}$$

频率范围：

$$f_L = f_0 - \Delta f/2 = 530.8 \times 10^3 - 53.08/2 = 529.7\ \text{kHz}$$

$$f_H = f_0 + \Delta f/2 = 530.8 \times 10^3 + 53.08/2 = 530.83\ \text{kHz}$$

[思考与分析]

4.2.1　什么是电路的选择性?

4.2.2　品质因数与电路的选择性有何关系?

4.2.3　如何计算通频带宽度及频率范围?

4.2.4　如何用通频带的概念来判断电路选择性的强弱?

4.3　并联谐振电路

为了提高谐振电路的选择性,常常需要较高的品质因数 Q 值。当信号源内阻较小时,可采用串联谐振电路。如果信号源的内阻很大,采用串联谐振, Q 值就很低,选择性就会明显变坏。这种情况下,可采用并联谐振电路。

工程中广泛应用由含有内阻的实际电感线圈与电容器相并联的谐振电路,如图 4.3.1 所示为典型的并联谐振电路。通常电容器 C 的损耗很小,可视为理想电容, R 为线圈的内阻, L 为线圈的电感。

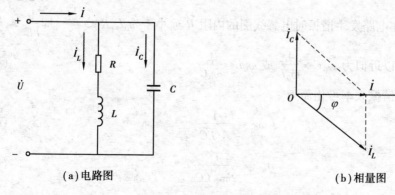

（a）电路图　　　　　　　　　　（b）相量图

图 4.3.1　并联谐振电路及相量图

87

4.3.1　并联谐振条件

线圈支路复阻抗为

$$Z_1 = R + j\omega L$$

电容支路复阻抗为

$$Z_2 = -j\frac{1}{\omega C}$$

电路中的总电流为

$$\dot{I} = \dot{I}_L + \dot{I}_C$$

$$= \frac{\dot{U}}{Z_1} + \frac{\dot{U}}{Z_2}$$

$$= \left[\frac{1}{R + j\omega L} + \frac{1}{-j\frac{1}{\omega C}}\right]\dot{U}$$

$$= \left\{\frac{R}{R^2 + (\omega L)^2} + j\left[\omega C - \frac{\omega L}{R^2 + (\omega L)^2}\right]\right\}\dot{U}$$

电路发生并联谐振时,总电压 $\dot{U}$ 与总电流 $\dot{I}$ 必须同相位,也即上式中的虚部应等于零。由此可得并联谐振频率,即将电源角频率调到 ω_0 时,电路发生谐振,这时

$$\omega_0 C = \frac{\omega_0 L}{R^2 + (\omega_0 L)^2} \tag{4.3.1}$$

经整理得谐振角频率、频率为

$$\omega_0 = \sqrt{\frac{1}{LC} - \frac{R^2}{L^2}} \tag{4.3.2}$$

$$f_0 = \frac{1}{2\pi\sqrt{\frac{1}{LC} - \frac{R^2}{L^2}}} \tag{4.3.3}$$

一般情况下,在电路发生谐振时电感线圈的内阻 R 远小于 $\omega_0 L$,$R \ll \sqrt{\frac{L}{C}}$,即 $\frac{1}{LC} \gg \frac{R^2}{L^2}$

则并联谐振条件可以近似为 $\omega_0 C \approx \frac{1}{\omega_0 L}$ 或 $\omega_0 L \approx \frac{1}{\omega_0 C}$ （4.3.4）

谐振角频率和谐振频率可化简为

$$\omega_0 \approx \frac{1}{\sqrt{LC}} \tag{4.3.5}$$

$$f_0 \approx \frac{1}{2\pi\sqrt{LC}} \tag{4.3.6}$$

4.3.2　并联谐振的特点

(1)电路的复阻抗呈纯电阻性,而且为最大值

$$Z_0 = \frac{R^2 + X_L^2}{R} = \frac{R^2 + (2\pi f_0 L)^2}{R} = \frac{L}{RC}$$

（2）电路中的总电流最小，且与总电压同相位，整个电路呈纯电阻性

$$I_0 = \frac{U}{Z_0} = \frac{RC}{L}U$$

（3）流过电感支路的电流 i_L 与流过电容支路的电流 i_C 大小近似相等，相位近似相反，几乎相互抵消。其有效值近似为总电流的 Q 倍

即

$$I_L = I_C = QI_0$$

而

$$Q = \frac{\omega_0 L}{R} = \frac{1}{\omega_0 CR}$$

Q 仍被称为电路的品质因数，数值为几十至几百，所以并联谐振又称为电流谐振。

应注意，在图 4.3.1 所示的 RLC 并联电路发生谐振时，支路电流 I_L 或 I_C 是总电流的 Q 倍，也就是谐振时电路的总阻抗的模为支路阻抗模的 Q 倍。这种现象在直流电路中是不会发生的，在直流电路中，并联电路的等效电阻一定小于任何一条支路的电阻，而总电流一定大于支路电流。

4.3.3 并联谐振的选择性

在并联电路中，当电源为某一频率时，电路发生谐振，电路总阻抗的模最大，电流通过时在电路两端产生的电压也是最大。当电源为其他频率时，电路不发生谐振，阻抗模较小，电路两端的电压也较小，这样就起到了选频的作用。由不同 Q 值时的阻抗特性曲线可知，电路的品质因数 Q 值越大，谐振时的阻抗模也越大，阻抗谐振曲线也越尖锐，选择性也就越好。

并联谐振在无线电工程和工业电子技术中经常应用，可利用并联谐振时阻抗的模大的特点来选择信号或消除干扰。

【例 4.3.1】 在如图 4.3.1 所示并联电路中，$L = 0.25$ mH，$R = 25$ Ω，$C = 85$ pF。求谐振角频率 ω_0、谐振频率 f_0、谐振时的阻抗 Z_0 以及品质因数 Q 值。

解 （1）谐振角频率 ω_0

$$\omega_0 \approx \frac{1}{\sqrt{LC}} = \frac{1}{\sqrt{0.25 \times 10^{-3} \times 85 \times 10^{-12}}}$$

$$= 6.86 \times 10^6 \text{ rad/s}$$

$$f_0 = \frac{\omega_0}{2\pi} = \frac{6.86 \times 10^6}{2 \times 3.14} = 1\ 100 \text{ kHz}$$

（2）谐振时的阻抗 Z

$$Z_0 = \frac{L}{RC} = \frac{0.25 \times 10^{-3}}{25 \times 85 \times 10^{-12}} = 117 \text{ Ω}$$

（3）品质因数 Q 值

$$Q = \frac{\omega_0 L}{R} = \frac{6.86 \times 10^6 \times 0.25 \times 10^{-3}}{25} = 68.6$$

［思考与分析］

4.3.1 并联谐振条件是什么？

4.3.2 电路发生并联谐振时有哪些特点？

4.3.3 为什么并联谐振又称为电流谐振？

4.3.4 如何计算并联谐振频率和品质因数？

本章小结

本章较为详细地介绍了谐振电路的基本概念,串联谐振和并联谐振电路的谐振条件和谐振频率的分析与计算,简单介绍了谐振电路的选择性及应用。

1. 串联谐振的条件

$$X_L = X_C$$

2. 串联谐振的频率

$$\omega_0 = \frac{1}{\sqrt{LC}} \text{ 或 } f_0 = \frac{1}{2\pi\sqrt{LC}}$$

3. 品质因数

$$Q = \frac{X_C}{R} = \frac{1}{\omega_0 CR} = \frac{1}{2\pi f_0 CR} = \frac{1}{R}\sqrt{\frac{L}{C}}$$

4. 串联谐振时的特征

(1)复数阻抗呈纯电阻性,而且最小

$$Z_0 = R + jX = R + j(X_L - X_C) = R$$

(2)电路中的电流在一定的电压作用下达到最大值,且与总电压同相位

$$I_0 = \frac{U}{|Z|} = \frac{U}{R}$$

$$\varphi = \Psi_u - \Psi_i = 0 \text{ 即 } \Psi_u = \Psi_i$$

(3)电感与电容两端的电压大小相等、相位相反,相互抵消。其有效值为总电压有效值的 Q 倍

$$U_L = U_C = QU$$

故串联谐振又被称为电压谐振。

5. 串联谐振的选择性

工程上说明电路的选择性好坏的方法有两种:一种是用品质因数 Q 的大小来表示电路选择性的好坏;另一种是引用通频带宽度的概念来说明电路选择性的好坏。

6. 并联谐振条件

$$\omega_0 C \approx \frac{1}{\omega_0 L} \text{ 或 } \omega_0 L \approx \frac{1}{\omega_0 C}$$

7. 并联谐振频率

$$\omega_0 \approx \frac{1}{\sqrt{LC}} \text{ 或 } f_0 \approx \frac{1}{2\pi\sqrt{LC}}$$

8. 并联谐振的特点

(1)复阻抗呈纯电阻性,而且为最大

$$Z_0 = \frac{R^2 + X_L^2}{R} = \frac{R^2 + (2\pi f_0 L)^2}{R} = \frac{L}{RC}$$

（2）电路中的总电流最小，且与总电压同相位

$$I_0 = \frac{U}{Z_0} = \frac{RC}{L} U$$

（3）流过电感支路的电流 i_L 与流过电容支路的电流 i_C 大小近似相等，相位近似相反，几乎相互抵消。其有效值近似为总电流的 Q 倍，即

$$I_L = I_C = QI_0$$

Q 仍被称为电路的品质因数，数值为几十至几百，故并联谐振又称为电流谐振。

$$Q = \frac{\omega_0 L}{R} = \frac{1}{\omega_0 CR}$$

9. 并联谐振的选择性

在并联电路中，当电源为某一频率时，电路发生谐振，电路阻抗模最大，电流通过时在电路两端产生的电压也是最大。当电源为其他频率时，电路不发生谐振，阻抗模较小，电路两端的电压也较小，这样就起到了选频的作用。电路的品质因数 Q 值越大，谐振时的阻抗模也越大，阻抗谐振曲线也越尖锐，选择性也就越好。

习 题 4

4.1　什么是谐振现象？

4.2　根据电路连接方式的不同，谐振电路分为哪几种？试绘出其电路图。

4.3　试分析电路发生谐振时能量的消耗和互换情况。

4.4　简述谐振的利弊。

4.5　有一 RLC 串联电路接于有效值为 2.5 V 的某正弦交流电源上，若 $R = 20\ \Omega$，$L = 250\ \mu H$，$C = 346\ pF$。试求：

（1）电路的谐振频率 f_0；

（2）电路的品质因数 Q；

（3）谐振时的电流 I_0；

（4）谐振时各元件上电压的有效值。

4.6　已知内阻 R 为 2 Ω，电感 L 为 40 μH 的电感线圈与容量 C 为 0.001 μF 的电容器并联后接于电压为 15 V 的正弦交流电源上，其电路如图 4.3.1 所示。求：

（1）电路的固有谐振频率 f_0；

（2）谐振时阻抗 Z_0 及总电流 I_0；

（3）电路的品质因数 Q；

（4）谐振时电感及电容支路上电流的有效值。

4.7　电路如图 4.3.1 所示，已知内阻为 10 Ω，容量 C 为 500 pF。当谐振频率为 2 MHz，试计算电感 L。

4.8　一个线圈和一个电容组成串联谐振电路，线圈的参数是电感 L 为 4 mH，电阻 R 为

50 Ω,电容 C 为 160 pF,试求:

(1)谐振频率 f_0、品质因数 Q 值;

(2)电源电压为 25 mV 时,谐振时电容上的电压 U_C;

(3)电压不变,频率增加 10% 时,电容上的电压 U_C;

4.9 一个电阻 R 为 25 Ω,电感 L 为 0.25 mH 的电感线圈,与容量 C 为 85 pF 的电容器分别接成串联和并联谐振电路。分别求其谐振频率 f_0 和谐振阻抗 Z_0,并把结果加以比较。

4.10 电路如图 4.1 所示,在谐振时 $I_R = I_C = 10$ A,$U = 50$ V,求 R,X_L 及 X_C 的值。

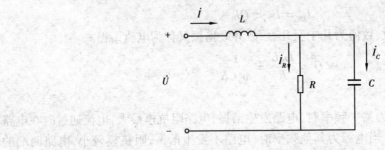

图 4.1 习题 4.10 图

第**5**章
三相正弦交流电路

通过对单相正弦交流电路的讨论，我们了解了正弦交流电路的基本概念，建立了正弦交流电路的基本的分析和计算方法。国内外的电力系统中普遍采用的是三相制供电方式，所谓三相制，就是由三相电源供电的电路系统，通常称为三相电路。这也是迄今为止最普遍、最经济的电源系统。

三相交流电被广泛应用，是因为三相交流电比单相交流电有诸多明显的优点。

在发电方面，相同尺寸的三相交流发电机比单相发电机的功率大，发电机转矩恒定，有利于发电机的工作，而且在容量相同的情况下，制造三相发电机比单相发电机更节省材料，便于制造大容量的发电机组；在传输方面，三相系统比单相系统节省传输线及相关材料，在电气指标相同的情况下，三相电路比单相电路可节省 25% 的有色金属，使用三相变压器比单相变压器更经济、更便于交流负载的接入；在用电方面，三相电容易产生旋转磁场，使三相电动机由于制造简单经济，性能良好，运行平稳可靠而广泛应用于各种生产机械的动力设备中。生活中的单相交流电源，也可以方便地由三相制供电系统获得。

三相电路可以看成是由三个频率相同、振幅相同但初相互差 120° 的三个交流电压源与三相负载按一定方式连接的复杂的正弦交流电路。所以，单相交流电路的基本概念、基本定律和分析方法完全适用于三相交流电路的分析。

三相交流电路按照其结构可分为对称三相交流电路和不对称三相交流电路，本章将着重讨论对称三相交流电路的分析计算以及三相功率的测量。

5.1　三相电源的产生和连接

5.1.1　三相交流电压的产生

三相交流电压通常都是由三相交流发电机产生的，图 5.1.1(a) 为三相交流发电机结构示意图。在发电机的定子上装有三套相同的绕组，分别称为 AX，BY 和 CZ 绕组，相当于三个独立的电压源，其参考正极分别用 A，B，C 表示，也称绕组的首端；参考负极分别用 X，Y，Z 表示，也称绕组的末端或尾端。三套绕组在空间位置上彼此相隔 120°,我们把每个绕组称为一相,依次称为 A 相、B 相和 C 相,如图 5.1.1(b)所示。

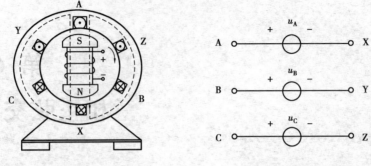

(a)三相交流发电机结构示意图　　(b)三相绕组产生的对称三相电压

图 5.1.1　三相交流发电机和三相交流电压

　　由于三相交流发电机在原理结构上的特殊设计,发电机的转子(磁极)在匀速旋转时,三相绕组中会产生三个正弦交流电压,这三个正弦交流电压的幅值相等、频率相同、彼此之间相位互差 120°,分别记为 u_A,u_B,u_C,瞬时值表达式分别为

$$\left. \begin{array}{l} u_A = \sqrt{2}U \sin\omega t \\ u_B = \sqrt{2}U \sin\left(\omega t - \dfrac{2}{3}\pi\right) = \sqrt{2}U \sin(\omega t - 120°) \\ u_C = \sqrt{2}U \sin\left(\omega t + \dfrac{2}{3}\pi\right) = \sqrt{2}U \sin(\omega t + 120°) \end{array} \right\} \tag{5.1.1}$$

其波形图如图 5.1.2 所示。

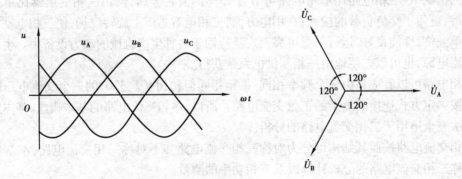

图 5.1.2　对称三相电压的波形图　　　图 5.1.3　对称三相电压相量图

　　将这样一组由三个幅值相等、频率相同而且相位依次互差 120°的正弦电压的组合称为对称三相电压,其相量表达式为

$$\left. \begin{array}{l} \dot{U}_A = U_p \angle 0° \\ \dot{U}_B = U_p \angle -120° \\ \dot{U}_C = U_p \angle 120° \end{array} \right\} \tag{5.1.2}$$

式中,U_p 为各相电压的有效值,三相对称电压的相量图如图 5.1.3 所示。

不难证明,对称三相电压满足:

$$u_A + u_B + u_C = 0$$

$$\dot{U}_A + \dot{U}_B + \dot{U}_C = 0$$

对称三相电压中,各电压到达同一量值(比如正的最大值或零值)的先后顺序被称为相序。如 A-B-C 依次超前 120°,称为正序;相序 C-B-A 或 A-C-B 称为负序。如无特殊说明,本书后面所称的三相电源的相序均是指正序。在电力系统中,通常在交流发电机的三相引出线及配电装置的三相母线上涂以黄、绿、红三种颜色标志,分别表示 A,B,C 三相。

5.1.2　三相电源的连接

为了用尽可能少的输电线来传输三相电源,我们需要对三相电源进行连接。三相电源的基本连接方式有星形(Y)连接和三角形(△)连接两种,下面分别对这两种连接方式加以分析。

1)三相电源的星形(Y)连接

图 5.1.4(a)所示为三相电源的星形连接,就是将三相电源的三个参考负极 X,Y,Z 即三相绕组的三个末端连接在一起,称为电源的中性点,用 N 表示。由中性点引出的线称为中性线(简称中线)。由于电源在其中性点处需要可靠的接地,所以中性点又称为零电位点,中性线又称为零线。从电源的三个参考正极 A,B,C 即三相绕组的三个首端引出三根线,称为相线或端线,俗称火线。

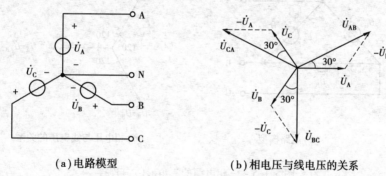

（a）电路模型　　　　　　　　（b）相电压与线电压的关系

图 5.1.4　三相电源的 Y 形连接

在图 5.1.4(a)所示电路中可以看出,相线与中线之间的电压就是三相电源中各相电源的电压,称为相电压,记为 $\dot{U}_A, \dot{U}_B, \dot{U}_C$;相线与相线之间的电压称为线电压,记为 $\dot{U}_{AB}, \dot{U}_{BC}, \dot{U}_{CA}$。根据基尔霍夫定律,线电压与相电压的关系为

$$\left.\begin{aligned} \dot{U}_{AB} &= \dot{U}_A - \dot{U}_B \\ \dot{U}_{BC} &= \dot{U}_B - \dot{U}_C \\ \dot{U}_{CA} &= \dot{U}_C - \dot{U}_A \end{aligned}\right\} \tag{5.1.3}$$

将式(5.1.2)所表示的相电压相量代入到式(5.1.3)中,可以得到三个线电压的相量分别为

$$\dot{U}_{AB} = \dot{U}_A - \dot{U}_A \angle -120° = \sqrt{3}\dot{U}_A \angle 30° = \sqrt{3}U_p \angle 30°$$

$$\dot{U}_{BC} = \sqrt{3}\dot{U}_B \angle 30° = \sqrt{3}U_p \angle -90°$$

$$\dot{U}_{CA} = \sqrt{3}\dot{U}_C \angle 30° = \sqrt{3}U_p \angle 150°$$

由此可见,如果三相电源的相电压是对称的,则其线电压也是对称的。三相对称电源的相电压和线电压相量图如图 5.1.4(b)所示。若用 U_l 表示线电压的有效值,U_p 表示相电压的有效值,则线电压与相电压之间的关系为

$$\dot{U}_l = \sqrt{3}\dot{U}_p \angle 30° \tag{5.1.4}$$

可见,对称三相电源作星形连接时,其线电压的有效值是相电压有效值的$\sqrt{3}$倍;在相位上,线电压的相位超前与之相对应的相电压的相位30°。

2)三相电源的三角形(△)连接

图 5.1.5(a)所示为三相电源的三角形(△)连接,就是将三相对称电源中三相绕组的首尾端顺次相连(即 X 与 B,Y 与 C,Z 与 A 相连)成为一个闭合回路,然后再从 A,B,C 三端点分别引出三根相线(端线)的连接方法。

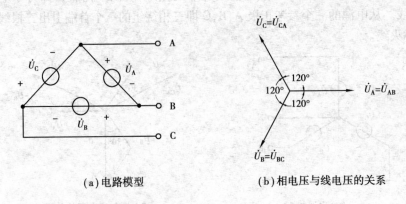

(a)电路模型   (b)相电压与线电压的关系

图 5.1.5 三相电源的三角形(△)连接

由图可知,对称三相电源作三角形(△)连接时,两根相线(端线或火线)间的电压即线电压与电源的相电压相等,即

$$\dot{U}_{AB} = \dot{U}_A$$

$$\dot{U}_{BC} = \dot{U}_B$$

$$\dot{U}_{CA} = \dot{U}_C$$

若用 U_l 表示线电压的有效值,U_p 表示相电压的有效值,则线电压与相电压之间的关系也可表示为

$$\dot{U}_l = \dot{U}_p \tag{5.1.5}$$

其相量图如图 5.1.5(b)所示。

值得注意的是,三相电源作三角形(△)连接时,要注意接线的正确性。当三相电源接线正确时,由于三相电压源的三个电压是对称的,所以在三角形闭合回路中总电压的相量和等于

零,即

$$\dot{U}_{A} + \dot{U}_{B} + \dot{U}_{C} = 0$$

这样才能保证在没有外接负载即没有输出的情况下,电源回路中不会产生环行电流;但如果三相电压不对称,或者虽然对称但有一相接反,则三相电压之和将不为零,当电源外部不接负载时,由于每相绕组内阻抗较小,在三角形绕组内会产生很大的环行电流,引起绕组发热甚至烧毁电源装置。因此,在工程上为了保证三相绕组能正确地连接成三角形,一般先不将三角形闭合,而是在开口处接一只电压表,用以监测电源回路的电压,如图 5.1.6 所示。如果电压表的读数为零,说明绕组连接正确,可取下电压表,再将开口处连接上;如果电压表的读数不为零,而是相电压的两倍,则表明有一相(或两相)绕组接反了(有兴趣的同学可以自己推导),必须将其更正,然后再用上述方法复查,复查无误后才能将开口处接上。

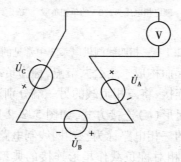

图 5.1.6   三相电源三角形(△)接法测试

[思考与分析]

5.1.1   三相电源的常见连接方式有哪些? 工业上如何用颜色分别表示 A,B,C 三相?

5.1.2   火线与零线是如何定义的?

5.1.3   零线与地线的区别在哪里?

5.1.4   对称三相电源作星形连接时,其线电压与相电压的关系是怎样的?

5.1.5   对称三相电源作三角形连接时,其线电压与相电压的关系是怎样的?

5.1.6   对称三相发电机每相绕组电压为 220 V,当它作星形连接时,线电压为多少? 当它作三角形连接时,线电压又是多少?

5.2   对称三相负载的星形(Y)连接

三相负载由三部分组成,其中的每一部分(即每个相的负载)都可称为一相负载。当三相的负载具有完全相同的参数时,称为对称三相负载,如三相异步电动机;实际上,在低压供电系统中不可避免会出现大量的单相负载,如电灯、电炉、单相电机等,因而为了使三相负载保持尽可能的对称,必须尽可能将各种单相负载均匀地分配在各相电路中。如图 5.2.1 所示电路是三相四线制供电系统中常见的照明电路和动力电路,电路中有大量的单相负载(如照明灯)和对称的三相负载(如三相电动机)。为了让三相负载尽量对称平衡,一般会将单相负载分为三组,分别接于 A—N,B—N,C—N 之间。

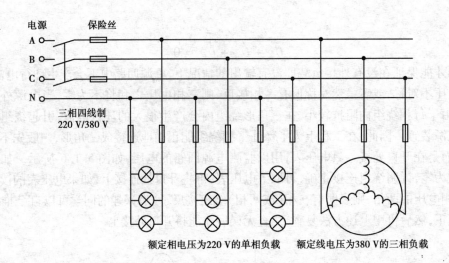

额定相电压为220 V的单相负载　　额定线电压为380 V的三相负载

图 5.2.1　三相四线制供电系统中常见的负载

将三相负载的一端连在一起而构成一个公共节点,称为负载的中性点,用 N′表示;将负载的中性点与三相电源的中线相连接,将三相负载的另一端分别连接在三相电源的三根相线上,这种连接方式就是三相负载的星形(Y)连接方式,如图 5.2.2 所示。通常也将这种用四根导线把三相电源和负载连接起来的三相电路称为三相四线制电路。

图 5.2.3 所示的电路,是三相对称负载作星形连接的典型电路,设其中每相负载的阻抗 $Z = |Z| \angle \varphi_Z$,其中 Z_N 为中线阻抗。

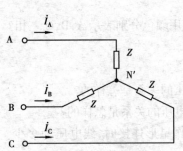

图 5.2.2　星形连接负载

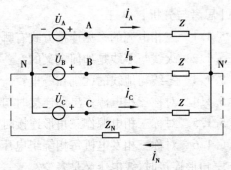

图 5.2.3　三相对称负载的星形(Y)连接

图 5.2.3 电路中只有两个节点,设 N 为参考节点,则节点 N′到 N 的电压为 $U_{N'N}$,列出方程(弥尔曼方程)为

$$\left(\frac{1}{Z} + \frac{1}{Z} + \frac{1}{Z} + \frac{1}{Z_N}\right)\dot{U}_{N'N} = \frac{\dot{U}_A}{Z} + \frac{\dot{U}_B}{Z} + \frac{\dot{U}_C}{Z} = \frac{\dot{U}_A + \dot{U}_B + \dot{U}_C}{Z} \qquad (5.2.1)$$

由于三相电源的对称性,可知式(5.2.1)中 $\dot{U}_A + \dot{U}_B + \dot{U}_C = 0$,解得

$$\dot{U}_{N'N} = 0 \qquad (5.2.2)$$

即使 $Z_N = \infty$(相当于中线断开),式(5.2.2)依然成立。由此可以推知:在三相对称负载作星形连接的对称三相电路中,无论有无中线,总有 $\dot{U}_{N'N} = 0$,即负载中性点 N′与电源中性点 N 永远是等电位的,因而若用一根如图中虚线所示的没有阻抗的理想导线把 N′N 短接起来,或者

将中线断开,都不会对电路产生任何影响。同样地,如果三相负载不对称,从式(5.2.1)不难看出,$\dot{U}_{N'N}$将不等于零,也就是说负载的中性点 N′ 与电源的中性点 N 将不是等电位点,因而,中线上的电流将不为零,中线不能被断开。

在三相电路中,我们把三相电源相线(即火线)上的电流称为线电流,用 I_l 表示,把流过每相负载的电流称为相电流,用 I_p 表示。在图 5.2.3 所示电路中,三相负载中的电流即相电流分别为

$$
\left.
\begin{aligned}
\dot{I}_A &= \frac{\dot{U}_A}{Z} = \frac{U_P \angle 0°}{|Z| \angle \varphi_Z} = \frac{U_P}{|Z|} \angle -\varphi_Z \\
\dot{I}_B &= \frac{\dot{U}_B}{Z} = \frac{U_P}{|Z|} \angle -\varphi_Z - 120° \\
\dot{I}_C &= \frac{\dot{U}_C}{Z} = \frac{U_P}{|Z|} \angle -\varphi_Z + 120°
\end{aligned}
\right\}
\tag{5.2.3}
$$

由于三相电源和三相负载都是对称的,因而三相相电流也是对称的。所以,只需分析其中一相,其他两相负载的电流和电压可按对称的规律直接写出,这就是对称三相电路可归结为一相计算的原因。

这里,把三相电路中各相线(火线)上的电流称为线电流,那么显然,在负载作Y形连接时,相电流等于线电流,即

$$
\dot{I}_l = \dot{I}_p
\tag{5.2.4}
$$

所以,各相线(火线)上的线电流也是对称的,因而有 $\dot{I}_{N'N} = \dot{I}_A + \dot{I}_B + \dot{I}_C = 0$,即中线 N′N 上的电流为 0。在这种情况下,可以将中线去掉而形成三相三线制系统。

在分析三相对称负载作星型连接的三相对称电路(Y-Y)时,不论原来是否有中线,都可以设想在 N′N 间用一根理想导线连接起来(如图 5.2.3 中虚线所示),然后按照式(5.2.3)和式(5.2.4)计算各相、线电流。

各相负载的相电压为

$$
\left.
\begin{aligned}
\dot{U}_{AN'} &= Z\dot{I}_A = U_p \angle 0° \\
\dot{U}_{BN'} &= Z\dot{I}_B = U_p \angle -120° \\
\dot{U}_{CN'} &= Z\dot{I}_C = U_p \angle 120°
\end{aligned}
\right\}
\tag{5.2.5}
$$

线电压为

$$
\left.
\begin{aligned}
\dot{U}_{AB} &= \dot{U}_{AN'} - \dot{U}_{BN'} = U_p \angle 0° - U_p \angle -120° = \sqrt{3} U_p \angle 30° \\
\dot{U}_{BC} &= \dot{U}_{BN'} - \dot{U}_{CN'} = U_p \angle -120° - U_p \angle 120° = \sqrt{3} U_p \angle -90° \\
\dot{U}_{CA} &= \dot{U}_{CN'} - \dot{U}_{AN'} = U_p \angle 120° - U_p \angle 0° = \sqrt{3} U_p \angle 150°
\end{aligned}
\right\}
\tag{5.2.6}
$$

式中的 U_p 为相电压有效值,U_l 为线电压的有效值,各相负载两端的相电压与相线(火线)之间的线电压的关系为

$$\dot{U}_l = \sqrt{3}\dot{U}_P\angle 30° \tag{5.2.7}$$

其有效值之间的关系为 $U_l = \sqrt{3}U_P$，相位则是线电压超前对应相的相电压30°。

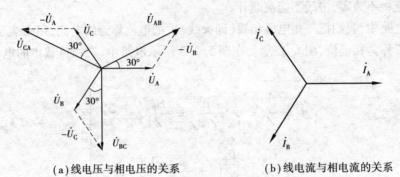

（a）线电压与相电压的关系　　　　（b）线电流与相电流的关系

图 5.2.4　对称三相负载星形连接时的相量图

还可以看出，在三相负载作星型连接的对称三相电路中，流过三相电源的各相线（火线）的线电流等于流过每相负载的相电流，即 $I_l = I_p$。

【例 5.2.1】　在图 5.2.3 所示的对称三相四线制中，已知：$\dot{U}_{BC} = 380\angle 150°$ V，$Z = 10\ \Omega$，求负载相电流。

解　由于电路的对称性，我们可以用先求其中一相然后推知其他两相的方法来求解。

由题可知 $\dot{U}_{BC} = 380\angle 150°$ V

故其对应的相电压为

$$\dot{U}_B = \frac{\dot{U}_{BC}}{\sqrt{3}}\angle -30° = \frac{380\angle 150°}{\sqrt{3}}\angle -30° = 220\angle 120°\text{ V}$$

对应的负载相电流为　　$\dot{I}_B = \dfrac{\dot{U}_B}{Z} = \dfrac{220\angle 120°}{10} = 22\angle 120°\text{ A}$

根据对称性，可求出其他两相电流，最后结果如下：

$$\dot{I}_A = 22\angle -120°\text{ A}$$

$$\dot{I}_B = 22\angle 120°\text{ A}$$

$$\dot{I}_C = 22\angle 0°\text{ A}$$

［思考与分析］

5.2.1　负载星形连接的对称三相四线制电路中，为什么可将两中性点 N-N′短接起来？中线可以去掉吗？不对称三相负载星形连接时能不能省去中线？

5.2.2　试述负载星形连接三相四线制电路和三相三线制电路的异同。

5.2.3　在三相四线制电路中，中线上不准安装开关和保险丝的原因是什么？

5.2.4　在对称三相三线制星形连接电路中，若其中一相负载短路了，会出现什么情况？若其中一相负载开路了，又会怎样？

5.2.5　某对称三相电路，电源线电压为380 V，每相负载阻抗 $|Z| = 22\ \Omega$，星形连接，则负载上各相电压为多少？相电流为多少？线电流为多少？

5.3 对称三相负载的三角形(△)连接

如图5.3.1 所示,将三相负载依次相连而构成一个三角形(回路),再将其中的三个连接点分别与三相电源的相线相连,就构成了三相负载的三角形(△)连接,如图5.3.1 所示。

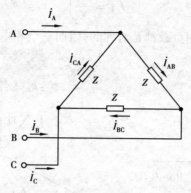

图5.3.1 负载的三角形(△)连接

由于对称三相电源有星形连接和三角形连接两种,所以三角形(△)连接的三相负载与三相电源之间就有两种不同的连接方式,它们分别是:对称Y-△连接电路和对称△-△连接电路,分别如图5.3.2(a)、(b)所示。

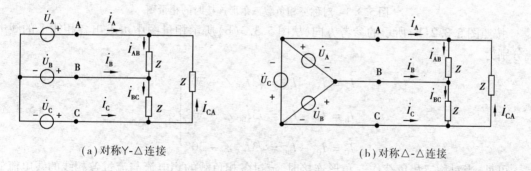

(a)对称Y-△连接   (b)对称△-△连接

图5.3.2 △负载三相电路

由图5.3.2 可以看出,对于负载的三角形(△)连接,加在每相负载两端的电压即相电压就等于三相电源的线电压(两根相线之间的电压),即 $\dot{U}_p = \dot{U}_l$,如图5.3.3(a)所示。因此,我们可以不必考虑三相电源究竟是Y形连接还是△形连接,只需要知道电源线电压就可以计算流过每相负载的相电流了。

设

$$\left.\begin{array}{l} \dot{U}_{AB} = U_l \angle 0° \\[2mm] \dot{U}_{BC} = U_l \angle -120° \\[2mm] \dot{U}_{CA} = U_l \angle +120° \end{array}\right\} \qquad (5.3.1)$$

由于各相负载两端的电压(相电压)等于线电压,于是流过各相负载的相电流分别为

$$\left. \begin{array}{l} \dot{I}_{AB} = \dfrac{\dot{U}_{AB}}{Z} \\[3mm] \dot{I}_{BC} = \dfrac{\dot{U}_{BC}}{Z} \\[3mm] \dot{I}_{CA} = \dfrac{\dot{U}_{CA}}{Z} \end{array} \right\} \tag{5.3.2}$$

显然,由于三相电源和三相负载都是对称的,因而三个相电流和三个线电流都是对称的,如图 5.3.3 所示。

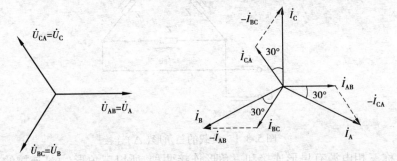

（a）线电压与相电压的关系　　　（b）线电流与相电流的关系

图 5.3.3　对称三相负载三角形连接时的相量图

按照图 5.3.2(b)所示的参考方向,从图 5.3.3(b)所示相量图中可求出各相线上的线电流分别为

$$\left. \begin{array}{l} \dot{I}_A = \dot{I}_{AB} - \dot{I}_{CA} = \sqrt{3}\dot{I}_{AB}\angle -30° \\[2mm] \dot{I}_B = \dot{I}_{BC} - \dot{I}_{AB} = \sqrt{3}\dot{I}_{BC}\angle -30° \\[2mm] \dot{I}_C = \dot{I}_{CA} - \dot{I}_{BC} = \sqrt{3}\dot{I}_{CA}\angle -30° \end{array} \right\} \tag{5.3.3}$$

可见,当对称三相负载作三角形连接时,流过各相负载的相电流与流过各相线的线电流的关系为

$$\dot{I}_l = \sqrt{3}\dot{I}_P\angle -30° \tag{5.3.4}$$

即在对称三相负载作三角形连接时,电路中的相电压等于线电压。若相电流是对称的,则线电流也是对称的,而且线电流的有效值等于相电流有效值的$\sqrt{3}$倍,即

$$I_l = \sqrt{3}I_P$$

而线电流的相位则滞后于对应相(后续相)的相电流30°。

【例 5.3.1】　在图 5.3.2(a)所示的Y-△连接对称电路中,已知 $\dot{U}_A = 220\angle 0°$ V, $\dot{U}_B = 220\angle -120°$ V, $\dot{U}_C = 220\angle 120°$ V, $Z = 10\angle 30°$ Ω,求线电流。

　　解　由于电源为星形连接,所以电源的线电压分别为

$$\dot{U}_{AB} = 220\sqrt{3}\angle 30° \text{ V}$$

$$\dot{U}_{BC} = 220\sqrt{3}\angle -90° \text{ V}$$

$$\dot{U}_{CA} = 220\sqrt{3}\angle 150° \text{ V}$$

又因为三相负载作三角形连接,所以可求得各相负载相电流分别为

$$\dot{I}_{AB} = \frac{\dot{U}_{AB}}{Z} = \frac{220\sqrt{3}\angle 30°}{10\angle 30°} = 22\sqrt{3}\angle 0° \text{ A}$$

根据对称性,可以由一相推出其他两相相电流

$$\dot{I}_{BC} = 22\sqrt{3}\angle -120° \text{ A}$$

$$\dot{I}_{CA} = 22\sqrt{3}\angle 120° \text{ A}$$

由式 (5.3.4)可求出线电流分别为

$$\dot{I}_A = \sqrt{3}\dot{I}_{AB}\angle -30° = 66\angle -30° \text{ A}$$

$$\dot{I}_B = 66\angle -150° \text{ A}$$

$$\dot{I}_C = 66\angle 90° \text{ A}$$

[思考与分析]

5.3.1　三角形连接的三相负载接入三相电源中时,是否考虑其三相电源是星形还是三角形连接?

5.3.2　三相负载三角形连接时,测出各相电流相等能否说明三相负载是对称的?

5.3.3　什么情况下可将三相电路的计算转变为一相电路的计算?

5.3.4　对称的三相负载接成星形时,负载端的线电压与相电压有何关系?线电流与相电流有何关系?

5.3.5　对称的三相负载接成三角形时,负载端的线电压与相电压有何关系?线电流与相电流有何关系?

5.3.6　某对称三相电路,电源线电压为 380 V,每相负载阻抗 $|Z| = 22$ Ω,三角形连接,则负载上各相电压为多少?相电流为多少?线电流为多少?

5.4　三相正弦交流电路的功率

5.4.1　三相正弦交流电路的功率及功率因数

1)三相电路的有功功率 P

有功功率又称平均功率,在三相交流电路中,无论负载是星形连接还是三角形连接,三相负载有功功率其实就是各相负载有功功率之和,即

$$P = P_A + P_B + P_C = I_A^2 R_A + I_B^2 R_B + I_C^2 R_C = U_A I_A \cos\varphi_A + U_B I_B \cos\varphi_B + U_C I_C \cos\varphi_C$$

式中的 $\varphi_A,\varphi_B,\varphi_C$ 分别是 A 相、B 相和 C 相的相电压与相电流之间在关联参考方向下的相位差,也就是 A 相、B 相和 C 相负载的阻抗角(功率因数角)。

(1)当三相负载对称时,各相负载吸收的有功功率相等,所以有

$$P = P_A + P_B + P_C = U_A I_A \cos \varphi_A + U_B I_B \cos \varphi_B + U_C I_C \cos \varphi_C = 3 U_P I_P \cos \varphi_P$$

(5.4.1)

式(5.4.1)中,U_P 是相电压,I_P 是相电流,φ_P 是相电压与相电流之间在关联参考方向下的相位差,也就是某一相负载的阻抗角。

若三相对称负载为星形连接时 $\qquad U_P = \dfrac{U_l}{\sqrt{3}}, I_P = I_l$

则有 $\qquad\qquad\qquad\qquad\qquad P = \sqrt{3} U_l I_l \cos \varphi_P$

若负载为三角形连接时 $\qquad U_P = U_l, I_P = \dfrac{I_l}{\sqrt{3}}$

也有 $\qquad\qquad\qquad\qquad\qquad P = \sqrt{3} U_l I_l \cos \varphi_P$

所以,无论三相负载是星形连接还是三角形连接,当其对称时,三相电路总的有功功率都可用下式计算:

$$P = P_A + P_B + P_C = 3 I_P^2 R_P = 3 U_P I_P \cos \varphi_P = \sqrt{3} U_l I_l \cos \varphi_P \qquad (5.4.2)$$

通常对于对称三相负载,多应用式(5.4.2)来计算三相有功功率,因为线电压和线电流容易测量或者是已知的,而式中 φ_P 不变,仍是相电压与相电流之间在关联参考方向下的相位差。

(2)当三相负载不对称时,三相负载的总的有功功率

$$P = P_A + P_B + P_C = I_A^2 R_A + I_B^2 R_B + I_C^2 R_C = U_A I_A \cos \varphi_A + U_B I_B \cos \varphi_B + U_C I_C \cos \varphi_C$$

(5.4.3)

式(5.4.3)中,$\varphi_A,\varphi_B,\varphi_C$ 分别是 A 相、B 相和 C 相的相电压与相电流之间在关联参考方向下的相位差,也就是各相负载的阻抗角(功率因数角)。

2)三相电路的无功功率 Q

在三相交流电路中,无论负载是星形连接还是三角形连接,三相负载无功功率等于各相负载无功功率之和,即

$$Q = Q_A + Q_B + Q_C$$

(1)三相负载不对称时

$$Q = Q_A + Q_B + Q_C = I_A^2 X_A + I_B^2 X_B + I_C^2 X_C = U_A I_A \sin \varphi_A + U_B I_B \sin \varphi_B + U_C I_C \sin \varphi_C$$

(5.4.4)

(2)三相负载对称时

$$Q = Q_A + Q_B + Q_C = 3 I_P^2 X_P = 3 U_P I_P \sin \varphi_P = \sqrt{3} U_l I_l \sin \varphi_P \qquad (5.4.5)$$

3)三相电路的视在功率 S

在三相交流电路中,无论负载是星形连接还是三角形连接,三相负载的视在功率由三相负载的有功功率和无功功率决定,即

$$S = \sqrt{P^2 + Q^2} \qquad (5.4.6)$$

而当三相电路对称时,其视在功率为

$$S = \sqrt{P^2 + Q^2} = \sqrt{(\sqrt{3}U_lI_l\cos\varphi_P)^2 + (\sqrt{3}U_lI_l\sin\varphi_P)^2} = \sqrt{3}U_lI_l = 3U_PI_P \quad (5.4.7)$$

视在功率可以用来表示三相电源的容量。应当注意:一般情况下,三相负载的视在功率不等于各相视在功率之和。

【例 5.4.1】 某对称三相三线制电路的线电压 $U_l = 220\sqrt{3}$ V,每相负载阻抗均为 $Z = 10\angle 60°\Omega$,求负载分别作星形连接和三角形连接两种情况下的线电流和三相有功功率。

解 (1)当负载星形连接时:

相电压的有效值为

$$U_P = \frac{U_l}{\sqrt{3}} = 220 \text{ V}$$

则相电流为

$$I_P = \frac{U_P}{|Z|} = \frac{220}{10} = 22 \text{ A}$$

由于负载星形连接时线电流等于相电流,所以线电流为

$$I_l = I_P = 22 \text{ A}$$

三相负载的总有功功率为

$$P = \sqrt{3}U_lI_l\cos\varphi_z = \sqrt{3} \times 220\sqrt{3} \times 22 \times \cos 60° = 7\ 260 \text{ W}$$

(2)当负载三角形连接时:

相电压等于线电压

$$U_P = U_l = 220\sqrt{3} \text{ V}$$

相电流为

$$I_P = \frac{U_P}{|Z|} = \frac{220\sqrt{3}}{10} = 22\sqrt{3} \text{ A}$$

由于负载三角形连接时的线电流等于 $\sqrt{3}$ 倍相电流,所以线电流为

$$I_l = \sqrt{3}I_P = 66 \text{ A}$$

三相负载的总有功功率为

$$P = \sqrt{3}U_lI_l\cos\varphi_z = \sqrt{3} \times 220\sqrt{3} \times 66 \times \cos 60° = 21\ 180 \text{ W}$$

由此例可知,当线电压一定时,三相对称负载由星形连接改为三角形连接后,相电流增加到原来的 $\sqrt{3}$ 倍,线电流增加到原来的 3 倍,总的有功功率增加到原来的 3 倍,即 $P_\triangle = 3P_Y$。

【例 5.4.2】 有一三相电动机,每相的等效电阻 $R = 29$ Ω,等效感抗 $X_L = 21.8$ Ω,试求在下列两种情况下电动机的相电流、线电流以及从电源输入的功率,并比较所得的结果:(1)绕组联成星形接于 $U_l = 380$ V 的三相电源上;(2)绕组联成三角形接于 $U_l = 220$ V 的三相电源上。

解 $(1)I_P = \dfrac{U_P}{|Z|} = \dfrac{220}{\sqrt{29^2 + 21.8^2}} = 6.1 \text{ A}$

$I_l = 6.1 \text{ A}$

$P = \sqrt{3}U_lI_l \cdot \cos\varphi = \sqrt{3} \times 380 \times 6.1 \times \dfrac{29}{\sqrt{29^2 + 21.8^2}}$

$= 3.2 \text{ kW}$

$$(2) I_p = \frac{U_p}{|Z|} = \frac{220}{\sqrt{29^2 + 21.8^2}} = 6.1 \text{ A}$$

$$I_l = \sqrt{3} I_p = \sqrt{3} \times 6.1 = 10.5 \text{ A}$$

$$P = \sqrt{3} U_l I_l \cdot \cos\varphi = \sqrt{3} \times 220 \times 10.5 \times \frac{29}{\sqrt{29^2 + 21.8^2}}$$

$$= 3.2 \text{ kW}$$

由此例可知,有的三相电动机有两种额定电压,譬如 220/380 V。这表示当电源电压(指线电压)为 220 V 时,电动机的绕组应联成三角形;当电源电压为 380 V 时,联成星形。在这两种接法中,相电压、相电流及功率都未改变,仅线电流在电动机联成(△)时是联成(Y)时的 $\sqrt{3}$ 倍。

4)功率因数(λ)

在交流电路中,电压与电流之间的相位差(φ)的余弦叫功率因数,用符号 λ 表示,在数值上,功率因数是有功功率和视在功率的比值。在三相交流电路中,无论负载是星形连接还是三角形连接,对称三相电路的功率因数即为每一相负载的功率因数,不对称三相电路的功率因数没有意义。

对称三相电路的功率因数为

$$\lambda = \frac{P}{S} = \frac{\sqrt{3} U_l I_l \cos\varphi_P}{\sqrt{3} U_l I_l} = \cos\varphi_P \tag{5.4.8}$$

功率因数反映了电源输出的视在功率被有效利用的程度,我们希望的是 λ 越大越好。这样电路中的无功功率可以降到最小,视在功率将大部分用来供给有功功率,从而提高电源输送的功率。

5.4.2 三相正弦交流电路功率的测量

三相电路的功率常用功率表(又称瓦特表)进行测量,常用的功率测量方法有三表法和两表法。

1)三相四线制电路(三表法)

对于三相四线制的星型连接电路,无论对称或者不对称,一般都可以用三只功率表(瓦特表)进行测量,如图 5.4.1 所示。只要将三只功率表所测的读数相加便得到电路的总有功功率,这种测量方法称三表法,也叫三瓦计法。

图 5.4.1 中,三只功率表测得的功率分别为三相负载吸收的功率,若其读数分别为 P_1,P_2 和 P_3,则它们之和就等于三相负载吸收的总有功功率,即

$$P = P_1 + P_2 + P_3 \tag{5.4.9}$$

当三相负载对称时,由于其各相功率相等,三只功率表的读数一样。因此,在实际测量中,我们可以使用一只功率表测出一相负载的有功功率,然后乘以 3,就可以得到三相负载的总有功功率。

2)三相三线制电路(二表法)

对于三相三线制电路,无论电路是否对称,都可用二表法进行功率的测量。如图 5.4.2 所示,两个功率表的电流线圈分别串入任意两根相线中(比如 A,B 线),电压线圈的非"＊"端则

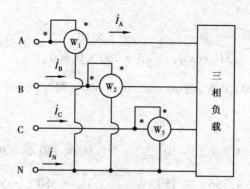

图 5.4.1　三相功率的三表法

都接到第三根相线上(比如 C 线)。这时,两个功率表读数的代数和就等于被测量的三相有功功率。

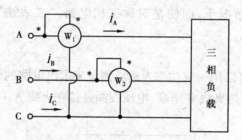

图 5.4.2　三相功率的二表法

设两只功率表的读数分别为 P_1 和 P_2,则三相负载的总有功功率为

$$P = P_1 + P_2 \tag{5.4.10}$$

注意:虽然两只功率表读数的代数和等于三相总的有功功率,但每只表的单独读数没有实际意义,即使在电路对称的情况下,两只表的读数一般也不相等。在这种测量方法中,功率表的接线只触及火线,与负载和电源的连接方式无关。

(1)在对称三相电路中,若 $\varphi_P = 0$,则 $P_1 = P_2$,两个功率表读数相同;

(2)在对称三相电路中,若 $\varphi_P = 60°$ 时,$P_2 = 0$;

(3)在对称三相电路中,若 $\varphi_P = -60°$ 时,$P_1 = 0$;

(4)在对称三相电路中,若 $\varphi_P > 60°$ 时,$P_2 < 0$;

(5)在对称三相电路中,若 $\varphi_P < -60°$ 时,$P_1 < 0$。

结论:当 $|\varphi_P| = 60°$ 时,两个功率表中有一个读数为零,另一个功率表中的读数就是三相功率;当 $|\varphi_P| > 60°$ 时(即 $\varphi_P > 60°$ 或 $\varphi_P < -60°$),两只功率表中总有一只读数为负值,其指针反转,这时应将该功率表电流线圈的两个端子接头换接,从而得到读数,但该功率表读数应取为负值,即三相功率是两功率表读数之差值。不过值得一提的是,二瓦计法仅适用于三相三线制电路,不适用于一般三相四线制电路。

【例 5.4.3】　利用二表法测量对称三相电路的功率,接线如图 5.4.2 所示。已知:对称三相负载有功功率为 2.5 kW,功率因数 $\lambda = \cos \varphi_P = 0.866$(感性),线电压为 380 V,求:两个功率表的读数。

解　欲求功率表的读数,需要求出它们相关联的线电流、线电压相量,由 $P = \sqrt{3} U_l I_l \cos \varphi_P$,

得线电流为

$$I_l = \frac{P}{\sqrt{3}U_l \cos \varphi_P} = \frac{2.5 \times 10^3}{\sqrt{3} \times 380 \times 0.866} = 4.386 \text{ A}$$

令 $\dot{U}_A = \frac{380}{\sqrt{3}} \angle 0° = 220 \angle 0°\text{V}$,而 $\varphi_P = \arccos 0.866 = 30°$

则线电流、线电压分别为

$$\dot{I}_A = 4.386 \angle -30° \text{ A} \qquad \dot{U}_{AC} = 380 \angle -30° \text{ V}$$

$$\dot{I}_B = 4.386 \angle -150° \text{ A} \qquad \dot{U}_{BC} = 380 \angle -90° \text{ V}$$

那么,两只功率表的读数为

$$P_1 = U_{AC}I_A \cos \varphi_1 = 380 \times 4.386 \cos(30° - 30°) = 1\,666.68 \text{ W}$$

$$P_2 = U_{BC}I_B \cos \varphi_2 = 380 \times 4.386 \cos(150° - 90°) = 833.34 \text{ W}$$

由本例题可知,通常情况下,即使是对称三相电路,"二表法"中的两表读数也一定不相等。

3) 无功功率的测量

在对称三相电路中,可以用一只功率表进行测量来求出电路的无功功率。接线如图 5.4.3 所示,功率表的电流线圈与火线 B 串联,电压线圈并接在火线 A、C 之间。

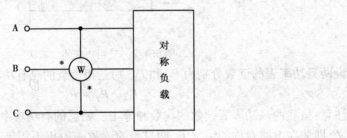

图 5.4.3 无功功率 Q 的测量

可以证明

$$Q = \sqrt{3}P_W \qquad\qquad (5.4.11)$$

式(5.4.11)中,P_W 是功率表的读数,有兴趣的同学可以自己加以证明。

[思考与分析]

5.4.1 画出"二表法"测量三相电路的有功功率接线原理图,并说明功率表的读数由哪些因素决定。

5.4.2 "二表法"测量对称三相电路时,两只功率表的读数相等吗?

5.4.3 测量对称三相电路时,可否使用一只功率表测量?如何测量?

5.4.4 "三表法"与"二表法"分别适用于哪些电路?"一表法"可否测量不对称的三相电路?

5.4.5 在对称三相交流电路中,当电源电压不变时,同一对称三相负载作三角形连接时的三相总功率是其作星形连接时三相总功率的多少倍?

本章小结

1. 三相交流电路:由三相电源、三相负载以及把它们连接起来的一组传输线所组成的总体,称为三相电路。三相电路中传输线称为三相传输线。有三根传输线的三相电路称为三相三线制;有四根传输线的三相电路称为三相四线制。

2. 三相电源的连接:三相电压源有两种基本连接方式,即星形(Y)连接和三角形(△)连接。比较常见的是三相电源连接成星形,可以向负载提供两组不同等级的电压,即线电压和相电压。线电压的有效值为相电压的 $\sqrt{3}$ 倍,相位超前对应相电压 $30°$。

3. 三相负载的连接:三相负载也有Y和△两种连接方式。

星形连接:对称三相负载接成星形时,供电电路只需三相三线制;不对称负载接成星形时,必须为三相四线制。每相负载的线电压有效值是相电压 $\sqrt{3}$ 倍。一般高压三相负载对称时,中线可以省去;低压三相负载即使对称,中线也不可断。

三角形连接:负载接成三角形时,只能是三相三线制,每相负载线电压等于相电压。对称三相负载时,线电流为相电流的 $\sqrt{3}$ 倍,相位滞后对应相电流 $30°$。

4. 三相电路的功率:三相电路的功率等于各相功率之和。

对称三相负载,有

$$P = P_A + P_B + P_C = \sqrt{3}U_l I_l \cos \varphi_p$$

$$Q = Q_A + Q_B + Q_C = \sqrt{3}U_l I_l \sin \varphi_p$$

$$S = \sqrt{P^2 + Q^2} = \sqrt{3}U_l I_l$$

5. 功率因数:三相电路的功率因数仍定义为 $\lambda = \dfrac{P}{S} = \cos \varphi$。在三相不对称电路中,$\varphi$ 角无实际意义。只在对称三相电路中,φ 才有实际意义,表示每相负载的阻抗角。

6. 三相电路的功率测量:三相四线制电路采用三个功率表测量三相功率,若电路对称,可用一个功率表测量一相电路,然后乘以 3 即为电路的总功率;对于三相三线制电路,不论对称与否,都只能用二表法测量电路的总有功功率。

习 题 5

5.1 某对称三相三相发电机,每相绕组电压为 220 V,不慎将其三相绕组接错为如图 5.1 所示,求这时的 $\dot{U}_{AY}$,$\dot{U}_{YC}$,$\dot{U}_{AC}$。

5.2 某对称三相发电机的三绕组,相电压为 220 V,若接成图 5.2 所示电路,求 U_{AB},U_{BC},U_{AC}。

5.3 对称三相四线制电路中,电源线电压 $U_l = 380$ V,每相负载阻抗 $Z = 10\angle 30°$ Ω,求各相电流的相量。

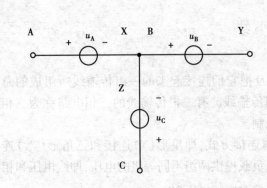

图 5.1 题 5.1 图   图 5.2 题 5.2 图

5.4 已知图 5.3 中对称三相电源的线电压为 380 V，$Z = 4 + j3\ \Omega$，求 $\dot{I}_1, \dot{I}_2, \dot{I}_3$。

5.5 图 5.4 所示的是三相四线制电路，电源线电压 $U_l = 380$ V。三个电阻性负载联成星形，其电阻为 $R_A = R_B = R_C = 11\ \Omega$。

（1）求负载相电压、相电流及中线电流；

（2）如无中线，求负载相电压、相电流及中线电流。

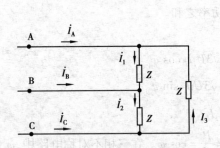

图 5.3 题 5.4 图

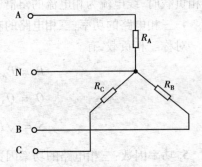

图 5.4 题 5.5 图

5.6 已知对称三相电路的线电压 $U_l = 380$ V（电源端），负载三角形连接，每相负载阻抗 $Z = 38\ \Omega$，求负载的相电流和线电流，并作相量图。

5.7 有一对称三角形连接三相负载，如图 5.5 所示，电源线电压为 380 V，$Z_A = Z_B = Z_C = 10\ \Omega$。电流表 A_1 及 A_2 如图中连接，问它们的读数各是多少？

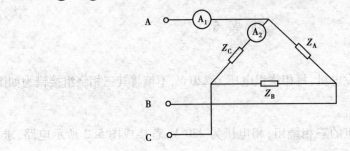

图 5.5 题 5.7 图

5.8 对称三相电路的线电压为 380 V，负载阻抗 $Z = 10\angle 45°\Omega$。

(1)负载星形连接时,求相电流、线电流及吸收的总功率;

(2)负载三角形连接时,求相电流、线电流和吸收的总功率;

(3)比较(1)和(2)的结果能得到什么结论?

5.9　一对称三角形连接的负载与一对称星形三相电源相接,若已知此负载每相阻抗为 $Z = 10\angle 30°\Omega$,电源相电压为 220 V,试求发电机相电流及输出功率。

5.10　已知如图 5.6 所示对称Y-Y三相电路,电源相电压为 220 V,负载阻抗 $Z = (30 + j20)\Omega$,求:(1)图中电流表的读数;(2)三相负载吸收的功率。

5.11　某对称三相负载与对称三相电源相接,若已知相电流 $\dot{I}_P = 5e^{j10°}$ A,相电压 $\dot{U}_P = 220e^{j70°}$ V,试求此负载消耗的功率及其功率因数。

5.12　一台 10 kW 星形连接的三相电动机,功率因数为 0.866(感性),接在线电压为 380 V 的电源上,求电路的线电流及负载阻抗。

5.13　对称三相电路的相电压为 220 V,负载为三角形连接,每相负载 $Z = (40 + j30)\Omega$,求三相负载吸收的总功率。

5.14　已知Y形连接负载的各相阻抗为 $(30 + j45)\Omega$,所接对称三相电源的线电压为 380 V。试求此负载的功率因数和吸收的平均功率。

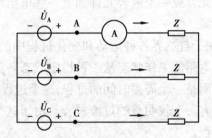

图 5.6　题 5.10 图

5.15　图 5.7 所示为对称的Y-△三相电路,已知: $\dot{U}_A = 100\angle 0°$ V, $Z = 10\angle 30°$ Ω。求线电流相量以及三相有功功率 P。

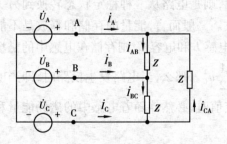

图 5.7　题 5.15 图

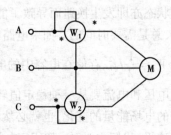

图 5.8　题 5.17 图

5.16　对称三相感性负载接在对称三相电源上,线电压为 380 V,线电流是 8 A,输入功率为 4 kW。求功率因数、总无功功率和总视在功率。

5.17　*如图 5.8 所示电路中,三相发动机的功率为 3 000 W,$\lambda = \cos\varphi = 0.866$,电源线电压为 380 V,求图中两功率表的读数。

第 **6** 章

一阶动态电路的分析

电感元件和电容元件都是储能元件,由于电感元件和电容元件的伏安关系分别是以其电压或电流对时间的微分或积分表示的,所以也把他们称为动态元件,把含有动态元件的电路称为动态电路。广义地讲,由一阶微分方程描述的动态电路称为一阶电路。本章主要讨论由直流电源驱动的、含有一个电感元件或一个电容元件加上一些电阻组成的线性一阶电路的过渡过程。

过渡过程是一个普遍存在于自然界各种运动和变化过程中的物理现象,这个现象也存在于电路中。在一定的条件下,电路的工作状态从一种稳定状态转换到另一种稳定状态之间的转换过程并不是即时完成的,而是一个需要时间的过程,这个过程被称为电路的过渡过程。例如,日光灯电路的开启过程就有一个较明显的过渡过程。由于这个过程通常都较为短暂或极为短暂,因而又称之为暂态过程。

电路产生过渡过程的外在原因,是电路被接通、关断、改接、电路元件的参数发生变化以及各种故障而导致的工作状态的改变,这些能引起电路工作状态变化的原因统称为换路。

电路产生过渡过程的内部原因也就是根本原因,则是电路从一种稳定状态转换到另一种稳定状态亦即发生换路而导致了能量的存储和释放。一般而言,能量的存储和释放是不能突变的,总是需要时间的。如果电路中含有储能元件电感 L 和电容 C,则存储在电感中的磁场能量为 $W_L = \frac{1}{2}Li_L^2$,存储在电容中的电场能量为 $W_C = \frac{1}{2}u_C^2$。那么,当电路发生换路时,即当电路中的电压和电流要从一种稳定值转换为另一种稳定值时,必然伴随着电感中的磁场能量和电容中的电场能量的变化,也就必然出现过渡过程。

这里,我们主要对一阶 RC 电路和一阶 RL 电路的过渡过程进行分析与计算。

6.1　换路定律与初始值

6.1.1　换路定律

1）换路

通常将电路中支路(或开关)的接通、断开或短路以及元件参数的突然改变、电路连接方式的突然变化等统称为换路,并认为换路是瞬间完成的。

2）换路定律

我们知道,电容元件两端的电压和流过电感元件的电流是连续变化的。因此,在换路的瞬间,电容元件的电压 u_C、电感元件的电流 i_L 等不能跃变,这就是换路定律。

若假设电路在时间 $t=0$ 时发生换路,并用 $t=0_-$ 表示换路前的最后一个瞬间,用 $t=0_+$ 表示换路后的最初一个瞬间,则换路定律表示为

$$\left.\begin{array}{l} u_C(0_+) = u_C(0_-) \\ i_L(0_+) = i_L(0_-) \end{array}\right\} \qquad (6.1.1)$$

需要指出,除电容的电压和电感的电流外,电路中其他各处电流、电压在换路前后可以发生跃变。

6.1.2　初始值及其计算

1）初始值

电路中各元件的电压和电流在换路后最初瞬间($t=0_+$)时的值,称为过渡过程的初始值。若用 f 代表电流或电压,则其初始值记作 $f(0_+)$。把遵循换路定律的 $u_C(0_+)$ 和 $i_L(0_+)$ 称为独立初始值,而把其余的初始值如 $i_C(0_+)$,$u_L(0_+)$,$u_R(0_+)$,$i_R(0_+)$ 等称为相关初始值。

2）独立初始值的求解

独立初始值可根据换路定律求得,具体步骤为:

(1)作换路前最后一瞬间(即 0_-)的等效电路。作图时,电容元件视为开路,电感元件视为短路,然后求出 $u_C(0_-)$ 和 $i_L(0_-)$。

(2)根据换路定律确定 $u_C(0_+)$ 及 $i_L(0_+)$。

必须指出:换路定律仅在电容电流和电感电压为有限值的情况下才成立。在某些理想情况下,电容电流和电感电压可以无限大,这时电容电压和电感电流将发生跃变,这就是所谓的"强迫跃变"。有关强迫跃变的问题,本书不作详述,可参阅其他书籍。

下面通过例题说明求独立初始值的方法。

【例 6.1.1】　如图 6.1.1(a)所示电路,$R_1=4\ \Omega$,$R_2=8\ \Omega$,设开关闭合前,电路已处于稳态,当 $t=0$ 时,开关 S 闭合。求初始值 $u_C(0_+)$。

解　(1)画出原电路在 $t=0_-$ 时刻的等效电路如图 6.1.1(b)所示。由于电路在开关闭合之前已处于稳态,就是说电容器的充电过程已经结束,所以此时流过电容器的电流为零,电容可看作开路。在(b)图所示的等效电路中可求得电容器两端的电压,即

$$u_C(0_-) = 12\text{ V}$$

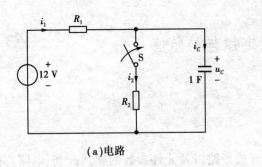

(a)电路

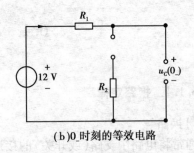

(b)0₋时刻的等效电路

图 6.1.1　例 6.1.1 图

(2)由换路定律得

$$u_C(0_+) = u_C(0_-) = 12 \text{ V}$$

【例 6.1.2】　如图 6.1.2(a)所示,已知:开关 S 在 $t = 0$ 时闭合,换路前电路已经处于稳态,试求初始值 $i_L(0_+)$。

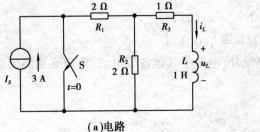

(a)电路

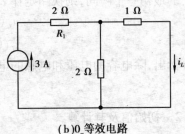

(b)0₋等效电路

图 6.1.2　例 6.1.2 图

解　(1)画出 $t = 0_-$ 时刻的等效电路如图 6.1.2(b)所示。已知 $t < 0$ 时电路已处于稳态,也就是说流过电感的电流已经稳定不变了,因此电感两端的电压为零,所以此时电感相当于短路。于是可求得

$$i_L(0_-) = \frac{2}{1+2} \times 3 = 2 \text{ A}$$

(2)由换路定律得

$$i_L(0_+) = i_L(0_-) = 2 \text{ A}$$

【例 6.1.3】　如图 6.1.3 所示电路,已知 $t = 0$ 时开关 S 由 1 扳向 2,在 $t < 0$ 时电路已处于稳态,求初始值 $u_C(0_+)$,$i_L(0_+)$。

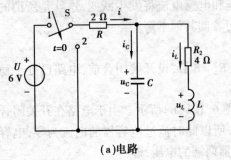

(a)电路

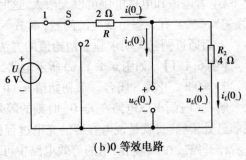

(b)0₋等效电路

图 6.1.3　例 6.1.3 图

解 （1）画出 $t = 0_-$ 等效电路如图 6.1.3(b)所示，可求得

$$i_L(0_-) = \frac{U}{R + R_2} = \frac{6}{2 + 4} = 1 \text{ A}$$

$$u_C(0_-) = R_2 i_L(0_+) = 4 \times 1 = 4 \text{ V}$$

（2）由换路定律得

$$i_L(0_+) = i_L(0_-) = 1 \text{ A}$$

$$u_C(0_+) = u_C(0_-) = 4 \text{ V}$$

[思考与分析]

6.1.1 什么叫换路？什么是换路定律？根据换路定律求初始值时，为什么求电容电压和电感电流才有意义？

6.1.2 求 $u_C(0_-)$ 和 $i_L(0_-)$ 时，电路中的电容和电感应如何处理？

6.1.3 什么是过渡过程？产生过渡过程的内因和外因是什么？

6.1.4 是否任何电路换路时都会产生过渡过程？

6.1.5 如图 6.1.4 所示，各电路在换路前均已稳定，在 $t = 0$ 时换路，试求图中标出的 $u_C(0_+)$ 和 $i_L(0_+)$。

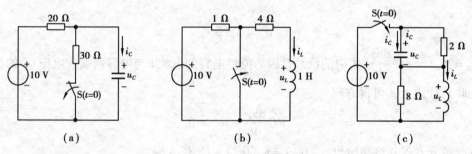

图 6.1.4 题 6.1.5 图

6.2 一阶电路的零输入响应

含有一个动态元件（电容或电感）的电路称为一阶电路，这是因为描述这类电路的电路方程是关于电容元件两端的电压或者流过电感元件的电流的一阶微分方程，例如电容器的充放电电路和普通日光灯电路。与前面讲过的电压、电流仅仅是由独立电源产生的线性电阻电路不同，动态电路中的电压、电流即电路的响应，则是由独立电源和动态元件的储能共同产生的。当动态电路发生换路时，如果动态元件含有初始储能，则即使电路中无外加独立电源激励，电路中也将会有电流和电压产生，即有响应产生，这种仅仅由动态元件的初始储能通过电路放电而引起的响应（电流或电压），称为零输入响应。与零输入响应相对应的情况是零状态响应，即电路中动态元件的初始状态（初始储能）为零时，仅仅由独立电源引起的电路响应。

6.2.1 RC 串联电路的零输入响应

RC 电路的零输入响应，实质上就是电容放电的过程中电路中产生的电流、电压。图 6.2.1(a)所示为一阶 RC 电路。假设换路前（开关置于"1"端）电路已处于稳态，即电容的电

压为 $u_C(0_-) = U_0$；在 $t = 0$ 时，开关 S 的动片由"1"端扳到"2"端，由换路定律可得 $u_C(0_+) = u_C(0_-) = U_0$。在 $t = 0_+$ 时，RC 电路脱离电源，已经充了电的电容器通过电阻 R 放电，电路中形成放电电流 i。随着放电时间的增加，电容器中的储能逐渐被电阻所消耗，电容器两端的电压逐渐降低，最后均趋于零。可见，换路后电路中的响应仅仅是由电容的初始储能驱动引起的，也就是说，换路后电路中的电压和电流就是该电路的零输入响应。

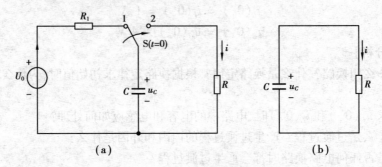

图 6.2.1 一阶 RC 电路的零输入响应

下面对 RC 电路的零输入响应作定量分析：列出换路后电路（图 6.2.1(b)）的 KVL 方程，即

$$u_C - u_R = 0$$

其中 $u_R = Ri$，$i = -C\dfrac{\mathrm{d}u_C}{\mathrm{d}t}$（式中的负号是因为流过电容的电流 i 与电容两端的电压 u_C 的参考方向非关联），代入上式可得方程

$$RC\frac{\mathrm{d}u_C}{\mathrm{d}t} + u_C = 0$$

解此微分方程并将初始值 $u_C(0_+) = u_C(0_-) = U_0$ 代入得

$$u_C = U_0 \mathrm{e}^{-\frac{1}{RC}t} \quad (t > 0) \tag{6.2.1}$$

式(6.2.1)表明，电容放电时，电压 u_C 随时间按指数规律衰减至零，其变化曲线如图 6.2.2(a) 所示。

电容放电时的电流表达式为

$$i = \frac{u_C}{R} = \frac{U_0}{R}\mathrm{e}^{-\frac{1}{RC}t} \quad (t > 0) \tag{6.2.2}$$

式(6.2.2)表明电流在 $t = 0_+$ 时刻，流过电容器的电流从 0 形成一个正跃变 $\dfrac{U_0}{R}$，然后按照与电容器电压相同的指数规律下降直至趋近于零，其变化曲线如图 6.2.2(b)所示。

由式(6.2.2)和式(6.2.1)可见，电容两端的电压 u_C 和其电流 i 以相同的指数规律变化，变化的快慢取决于电路参数 R 和 C 的乘积，令 $\tau = RC$，则由于 τ 具有时间的量纲 $\left(\left[RC\right] = 欧·法 = 欧·\dfrac{库}{伏} = 欧·\dfrac{安·秒}{伏} = 秒\right)$，所以称 $\tau = RC$ 为 RC 电路的时间常数。于是，式(6.2.1)和式(6.2.2)可表示为

$$u_C = U_0 \mathrm{e}^{-\frac{1}{\tau}t} \quad (t > 0) \tag{6.2.3}$$

$$i = \frac{u_C}{R} = \frac{U_0}{R}\mathrm{e}^{-\frac{1}{\tau}t} \quad (t > 0) \tag{6.2.4}$$

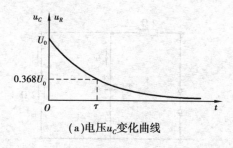
（a）电压u_C变化曲线

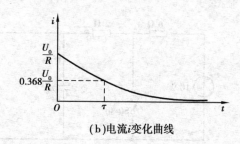
（b）电流i变化曲线

图6.2.2 一阶RC电路的零输入响应曲线

根据式（6.2.3）计算出u_C随时间变化的典型数值并列于表6.1.1中。

表6.1.1 电容放电时电压u_C随时间变化的过程

时间 t	0	τ	2τ	3τ	4τ	5τ	$\cdots$	∞
电容电压 u_C	U_0	$0.368U_0$	$0.135U_0$	$0.05U_0$	$0.018U_0$	$0.007U_0$	$\cdots$	0

由表6.1.1可以看出电压u_C的变化与时间常数的关系：当$t=0$时，$u_C(0)=U_0$；当$t=\tau$时，$u_C=0.368U_0$，即时间常数τ是换路后电容电压u_C衰减到其初始值U_0的36.8%所需要的时间。由此可得以下结论：

（1）时间常数τ是用来表征动态电路的过渡过程快慢的物理量。τ越大，说明电容放电越慢，过渡过程越长；反之，τ越小，过渡过程越短。图6.2.3所示曲线绘出了电路在三种不同τ对应的电容电压u_C随时间变化的曲线。

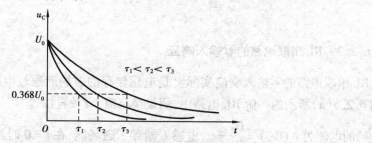

图6.2.3 时间常数τ不同时电容电压的曲线

（2）从理论上讲，电容放电的全过程应当是电容的电压从初始值衰减到零的全过程，也就是说，电路只有经过$t=\infty$的时间才能进入稳态，完成过渡过程。但由于在$t=3\tau$时，$u_C=0.05U_0$；而在$t=5\tau$时，$u_C=0.07U_0$。所以，一般只要经过$t=(3\sim5)\tau$的时间，就可以认为过渡过程基本结束。

（3）时间常数τ仅由换路后的电路参数决定，它反映了该电路的固有特性，与外加电压及换路前情况无关。若电路中有多个电阻，R的值应为换路后从电容C两端观察到的戴维南等效电阻。

【例6.2.1】 如图6.2.4所示，电路在换路前（$t<0$）时已经处于断开稳态；换路时（$t=0$），开关闭合，试求换路后（$t>0$）时的电流i。

解 由题可知，电容换路前的电压为

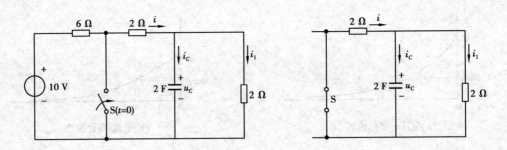

图 6.2.4 例 6.2.1 图

$$u_C(0_-) = \frac{10}{6 + 2 + 2} \times 2 = 2 \text{ V}$$

根据换路定律得到换路后电容的电压,即

$$u_C(0_+) = u_C(0_-) = 2 \text{ V}$$

从电容的放电回路来看,电路其余部分的等效电阻为 1 Ω(2 个 2 Ω 电阻并联),时间常数 $\tau = RC = 1 \times 2 = 2$ s

因此,换路后($t > 0$)有

$$u_C = 2e^{-\frac{t}{2}} \text{ V}$$

$$i_C = C\frac{\mathrm{d}u_C}{\mathrm{d}t} = -2e^{-\frac{t}{2}} \text{ A}$$

$$i_1 = \frac{u_C}{2} = e^{-\frac{t}{2}} \text{ A}$$

$$i = i_1 + i_C = -e^{-\frac{t}{2}} \text{ A}$$

6.2.2 RL 串联电路的零输入响应

RL 串联电路的零输入响应实际上是电感储存的磁场能通过电阻进行释放的物理过程。在图 6.2.5(a)所示的一阶 RL 电路中,假设换路前(开关置位置"1")电路已处于稳态,此时流过电感的电流为 $i_L(0_-) = \dfrac{U_0}{R_1} = I_0$,电感 L 储存了磁场能,在 $t = 0$ 时换路(即在 $t = 0$ 时刻开关由位置"1"倒向位置"2"),换路后的电路如图 6.2.5(b)所示。在开关转换的瞬间,由换路定律可知:流过电感的电流不能跃变,即有 $i_L(0_+) = i_L(0_-) = I_0$。这个流过电感的电流通过电阻 R 时要消耗能量,而此时 RL 电路已脱离电源,所以从 $t = 0_+$ 开始电感的储能通过电阻 R 逐渐被消耗。随着时间的增加,储能不断地减少,电路中的放电电流 i 不断减小,直至电感释放出全部初始储能、放电电流趋于零为止。由上述分析可知,换路后,RL 放电回路中的电流和电压仅仅是由电感的初始储能所产生,这就是 RL 电路的零输入响应。

下面对 RL 电路的零输入响应作定量分析:

在图 6.2.5(b)中,列出换路后电路的 KVL 方程,即

$$u_L + u_R = 0$$

将 $u_R = Ri_L$,$u_L = L\dfrac{\mathrm{d}i_L}{\mathrm{d}t}$,代入上式可得

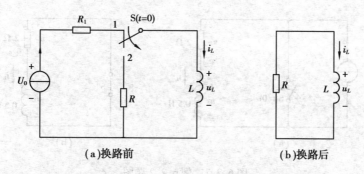

（a）换路前　　　　　　　　　（b）换路后

图6.2.5　一阶RL电路的零输入响应

$$L\frac{\mathrm{d}i}{\mathrm{d}t} + Ri = 0$$

解此微分方程并将初始值 $i_L(0_+) = i_L(0_-) = I_0$ 代入得

$$i = I_0\mathrm{e}^{-\frac{R}{L}t} = I_0\mathrm{e}^{-\frac{t}{\tau}} \quad (t > 0) \tag{6.2.5}$$

由式 $u_L = L\dfrac{\mathrm{d}i_L}{\mathrm{d}t}$ 可得电感两端电压的零输入响应表达式为

$$u_L = -u_R = -RI_0\mathrm{e}^{-\frac{t}{\tau}} \quad (t > 0) \tag{6.2.6}$$

式中，$\tau = \dfrac{L}{R}$，也具有时间的量纲，其意义与 $\tau = RC$ 相同，称为一阶RL电路的时间常数。

根据式（6.2.5）和式（6.2.6），画出电感上的零输入响应电压和电流的曲线如图6.2.6所示。由于零输入响应是由储能元件的初始储能所产生的，随着时间的增加，储能逐渐被电阻所消耗，因此，零输入响应总是按指数规律逐渐衰减到零。

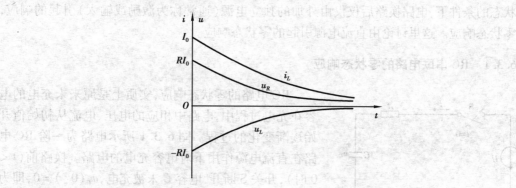

图6.2.6　一阶RL电路的零输入响应曲线

【例6.2.2】　电路如图6.2.7所示，开关在 $t = 0$ 时闭合。已知开关闭合前电路处于稳态，试求S闭合后电感的电流和电压。

解　根据换路定律，可知：

$$i_L(0_+) = i_L(0_-) = 5\ \mathrm{A}$$

画出换路后的电路图如图6.2.7（b）所示，得时间常数 $\tau = \dfrac{L}{R} = \dfrac{0.5}{2} = 0.25\ \mathrm{S}$

于是可以知道电感电压和电流为

$$i = I_0\mathrm{e}^{-\frac{t}{\tau}} = 5 \cdot \mathrm{e}^{-4t}$$

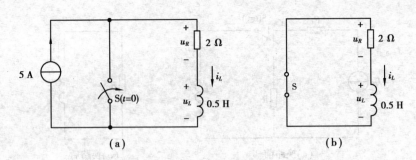

图 6.2.7　例 6.2.2 题图

$$u_L = -R \cdot I_0 \mathrm{e}^{-\frac{t}{\tau}} = -10\mathrm{e}^{-4t}$$

[思考与分析]

6.2.1　什么是一阶电路？一阶电路有什么特点？

6.2.2　什么是零输入响应？零输入响应的本质是什么？

6.2.3　如何计算零输入响应的时间常数？零输入响应的时间常数 τ 的物理意义是什么？请简述时间常数与过渡过程的关系。

6.2.4　零输入响应的特性曲线是什么形状？请写出零输入响应的通式。

6.3　一阶电路的零状态响应

一阶电路中，如果储能元件的初始储能为零（即 $u_C(0_-) = 0$，$i_L(0_-) = 0$），称为零状态。在零状态的条件下，电路换路后仅仅由外加的独立电源（通常称为激励或输入）引起的响应，称为零状态响应。这里讨论由直流电源引起的零状态响应。

6.3.1　RC 串联电路的零状态响应

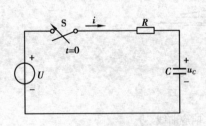

图 6.3.1　一阶 RC 电路的零状态响应

RC 电路的零状态响应，实质上是原来未充电的电容在充电过程中，电路中相应的电压、电流从初始值开始逐渐变化的过程。图 6.3.1 所示电路为一阶 RC 电路在直流电源作用下对电容充电的电路。换路前（$t < 0$ 时），开关 S 断开，电容 C 未被充电，$u_C(0_-) = 0$，即为零状态。$t = 0$ 时，开关 S 闭合，电路发生换路，直流电源与 RC 串联电路接通，对电容进行充电。由换路定律可知，开关转换瞬间，电容电压不能突变，即 $u_C(0_+) = u_C(0_-) = 0\text{ V}$，所以电容电压只能从零开始逐渐增加。随着充电过程的进行，电容极板上聚集的电荷越来越多，电容的电压逐渐升高。当电容电压上升到电源电压（即 $u_C = U$）时，电容充电完毕，电容如同开路，暂态过程结束。此后，电路中的电流与电压不再变化，电路进入新的稳态，此时对应的电压、电流值称为稳态值，若用 f 代表电流或电压，则其稳态值记作 $f(\infty)$，即 $u(\infty)$ 或 $i(\infty)$。

下面对 RC 电路的零状态响应作定量分析：

列出换路(开关 S 闭合)后电路的 KVL 方程

$$Ri + u_C = U$$

其中,$i = C\dfrac{\mathrm{d}u_C}{\mathrm{d}t}$,代入上式可得

$$RC\frac{\mathrm{d}u_C}{\mathrm{d}t} + u_C = U$$

解微分方程并将初始值 $u_C(0_+) = u_C(0_-) = 0\text{ V}$ 代入得

$$u_C = U(1 - \mathrm{e}^{-\frac{t}{RC}}) \qquad (6.3.1)$$

式(6.3.1)中 $\tau = RC$ 称为时间常数,则上式可写为

$$u_C = U(1 - \mathrm{e}^{-\frac{t}{\tau}}) \quad (t > 0) \qquad (6.3.2)$$

上式可写成更常用的表达式

$$u_C = u_C(\infty)(1 - \mathrm{e}^{-\frac{t}{\tau}}) \quad (t > 0) \qquad (6.3.3)$$

电阻电压为

$$u_R = U - u_C = U\mathrm{e}^{-\frac{t}{\tau}} \quad (t > 0) \qquad (6.3.4)$$

充电电流为

$$i = \frac{u_R}{R} = \frac{U}{R}\mathrm{e}^{-\frac{t}{\tau}} \quad (t > 0) \qquad (6.3.5)$$

根据 u_C, u_R 和 i 的数学表达式,分别画出它们随时间变化的关系曲线,如图 6.3.2 所示。RC 电路的零状态响应是电源 U 通过电阻 R 对电容从零开始充电的过程。在充电过程中,电容电压、电阻电压和充电电流均随时间按指数规律变化。它们变化的快慢,即电容充电过程的长短取决于时间常数 τ 的大小,τ 越大过渡过程越长,反之亦然。

如图 6.3.3 所示为时间常数 τ 不同时电容电压的曲线。根据式(6.3.2)计算出 u_C 随时间变化的过程并列于表 6.3.1 中。

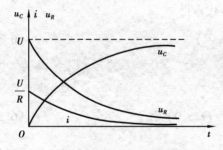 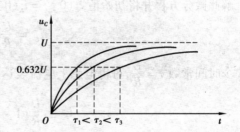

图 6.3.2 电容充电时电压和电流波形   图 6.3.3 时间常数 τ 不同时电容电压的波形

表 6.3.1 电容充电时电压 u_C 随时间变化过程

时间 t	0	τ	2τ	3τ	4τ	5τ	∞
电容电压 u_C	$0U$	$0.632U$	$0.865U$	$0.950U$	$0.982U$	$0.993U$	U

由表 6.3.1 和图 6.3.2 可以看出:

(1)时间常数 τ 的数值等于 u_C 由初始值上升到稳定值的 63.2% 所需的时间。

(2)电压曲线开始时变化较快,而后逐渐缓慢。从理论上讲,电路只有经过 $t = \infty$ 的时间

121

才能达到稳定值,电容的充电过程才结束。但在实际工程上可认为经过 $t = (3 \sim 5)\tau$ 的时间就已达到稳定状态了,电容的充电过程基本结束。

6.3.2 RL 串联电路的零状态响应

与 RC 串联电路的零状态响应类似,RL 串联电路的零状态响应过程实际上是电感储存磁场能的物理过程。如图 6.3.4(a)所示,换路前(开关 S 断开)电路已达稳态,电感的初始储能为零即 $i_L(0_-) = 0$。换路后(开关 S 闭合),直流电压 U 与 RL 串联电路接通,由于电感电流不能跃变,所以电路中电流的初始值等于电感电流的初始值,即 $i_L(0_+) = i_L(0_-) = 0$。

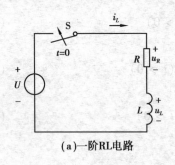
（a）一阶RL电路

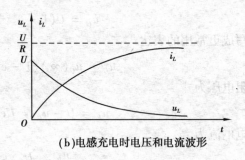
（b）电感充电时电压和电流波形

图 6.3.4 一阶 RL 电路的零状态响应

列出换路后电路的 KVL 方程

$$u_L + Ri_L = U$$

其中 $u_L = L\dfrac{\mathrm{d}i_L}{\mathrm{d}t}$,代入上式可得

$$L\frac{\mathrm{d}i_L}{\mathrm{d}t} + Ri_L = U$$

解此微分方程并将初始值 $i_L(0_+) = i_L(0_-) = 0$ 代入得

$$i_L = \frac{U}{R}(1 - \mathrm{e}^{-\frac{R}{L}t}) \qquad (6.3.6)$$

令时间常数 $\tau = \dfrac{L}{R}$,可得电感上电流表达式

$$i_L = \frac{U}{R}(1 - \mathrm{e}^{-\frac{t}{\tau}}) \quad (t > 0) \qquad (6.3.7)$$

上式可写成更常用的表达式

$$i_L = i_L(\infty)(1 - \mathrm{e}^{-\frac{t}{\tau}}) \quad (t > 0) \qquad (6.3.8)$$

电阻电压为

$$u_R = Ri_L = U(1 - \mathrm{e}^{-\frac{t}{\tau}}) \quad (t > 0) \qquad (6.3.9)$$

电感电压为

$$u_L = U - u_R = U\mathrm{e}^{-\frac{t}{\tau}} \quad (t > 0) \qquad (6.3.10)$$

根据式(6.3.8)和式(6.3.10),画出电感电流 i_L 和电感电压 u_L 的波形如图 6.3.4(b)所示:电感电流 i_L 由初始值逐渐增加,而电感电压 u_L 逐渐减少;当 $t \to \infty$ 时,电路达到稳定,电感

两端的电压趋近于零,电感 L 相当于短路,其电流趋近于稳定值 $\dfrac{U}{R}$。

【例6.3.1】 电路如图6.3.5所示,$t=0$ 时开关 S 闭合。已知 $u_C(0_-)=0$,求 $t\geq0$ 时的 u_C、i_C 和 i_R。

解 因为 $u_C(0_-)=0$,故换路后电路属于零状态响应。电容电压可直接用公式 $u_C=u_C(\infty)(1-\mathrm{e}^{-\frac{t}{\tau}})$ 求出。

因为电路稳定后电容相当于开路,所以

$$u_C(\infty)=\frac{6}{3+6}\times15=10\ \mathrm{V}$$

时间常数

$$\tau=RC=\frac{3\times6}{3+6}\times10^3\times5\times10^{-6}$$
$$=10\times10^{-3}\ \mathrm{S}$$

电容电压

$$u_C(t)=10(1-\mathrm{e}^{-100t})\ \mathrm{V}\quad(t>0)$$

电容电流

$$i_C(t)=C\frac{\mathrm{d}u_C}{\mathrm{d}t}=5\mathrm{e}^{-100t}\ \mathrm{mA}\quad(t>0)$$

电阻电流

$$i_R(t)=\frac{u_C}{6}=\frac{5}{3}(1-\mathrm{e}^{-100t})\ \mathrm{mA}\quad(t>0)$$

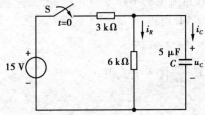

图6.3.5 例6.3.1题图

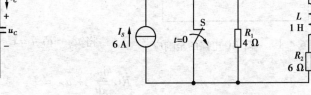

图6.3.6 例6.3.2题图

【例6.3.2】 如图6.3.6所示电路,换路前电路已达稳态,在 $t=0$ 时开关 S 打开,求 $t\geq0$ 时的 i_L 和 u_L。

解 因为 $i_L(0_+)=i_L(0_-)=0$,换路后电路的响应为零状态响应。电感电流表达式可直接用公式 $i_L=i_L(\infty)(1-\mathrm{e}^{-\frac{t}{\tau}})$ 求出。

因为电路稳定后电感相当于短路,所以

$$i_L(\infty)=\frac{R_1}{R_1+R_2}I_S=\frac{4}{4+6}\times6=2.4\ \mathrm{A}$$

时间常数

$$\tau=\frac{L}{R}=\frac{L}{R_1+R_2}=\frac{1}{4+6}=0.1\ \mathrm{S}$$

电感电流

$$i_L = i_L(\infty)(1 - e^{-\frac{t}{\tau}}) = 2.4(1 - e^{-10t})A \quad (t \geqslant 0)$$

电感电压

$$u_L = L\frac{di_L}{dt} = 24e^{-10t}V \quad (t \geqslant 0)$$

[思考与分析]

6.3.1 什么是零状态响应？零状态响应的本质是什么？

6.3.2 零状态响应的特性曲线是什么形状？请写出零状态响应的通用形式。

6.3.3 零状态响应的时间常数 τ 的物理意义是什么？

6.4 一阶电路的全响应和三要素法则

6.4.1 一阶电路的全响应

如果电路中储能元件的初始状态不为零,同时又有外加激励电源的作用,那么,由储能元件的初始储能和独立电源共同引起的响应称为全响应。

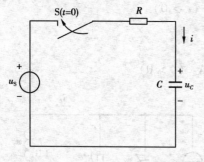

图 6.4.1 一阶 RC 电路的全响应

下面仅以 RC 电路为例讨论全响应的分析计算方法。

在图 6.4.1 所示电路中,设电路在换路前($t < 0$)电容有初始储能,设 $u_C(0_-) = U_0$,在 $t = 0$ 时,开关 S 闭合,电路发生换路,接入直流电源 U_S。

当 $t > 0$ 时,由 KVL 可得

$$u_R + u_C = U_S$$

将 $u_R = Ri, i = C\frac{du_C}{dt}$ 代入上式得

$$RC\frac{du_C}{dt} + u_C = U_S$$

结合初始条件 $u_C(0_+) = u_C(0_-) = U_0$ 及时间常数 $\tau = RC$,解此微分方程可得电容电压的全响应为

$$u_C = U_0 e^{-\frac{t}{\tau}} + U_S(1 - e^{-\frac{t}{\tau}}) = u_C^{(1)} + u_C^{(2)} \tag{6.4.1}$$

由式(6.4.1)可以看出,RC 电路的全响应 u_C 可分为两部分:零输入响应 $u_C^{(1)} = U_0 e^{-\frac{t}{\tau}}$,是由初始储能产生的;零状态响应 $u_C^{(2)} = U(1 - e^{-\frac{t}{\tau}})$,是由外加电源产生的。即一阶动态电路的全响应可看作是零输入响应和零状态响应的叠加,所以一阶电路全响应可以描述为

全响应 = 零输入响应 + 零状态响应

式(6.4.1)还可以变换成

$$u_C = U_S + (U_0 - U_S)e^{-\frac{t}{\tau}} = u'_c + u''_c \tag{6.4.2}$$

式(6.4.2)中第一项 u'_c 为稳态分量(或称强迫分量),第二项 u''_c 为暂态分量(或称自由分量),所以一阶电路全响应又可描述为

全响应 = 稳态分量 + 暂态分量

将全响应分解为零输入响应和零状态响应,可以明显地反映响应与激励之间的因果关系;而将全响应分解为稳态分量和暂态分量,能明显地反映电路的工作状态,便于分析暂态过程的特点。

图 6.4.2 所示曲线是全响应的两种分解,由此可见,无论哪一种分解方法,全响应总是从初始值按指数规律变化到稳态值的。

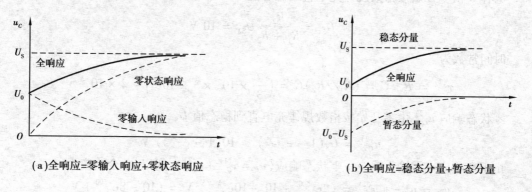

(a)全响应=零输入响应+零状态响应　　　　(b)全响应=稳态分量+暂态分量

图 6.4.2　一阶 RC 电路全响应的两种分解

【**例 6.4.1**】　图 6.4.3(a)所示电路中,换路前电路已稳定,$t=0$ 时将开关由 1 端换接到 2 端。已知:$U_{S1}=3$ V,$U_{S2}=15$ V,$R_1=1$ kΩ,$R_2=2$ kΩ,$C=3$ μF,求 $t \geqslant 0$ 时的 u_C,i_C 和 u_{R1}。

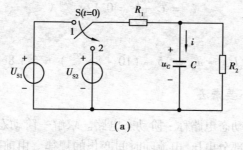

(a)

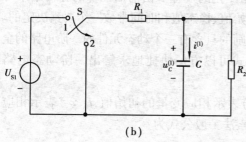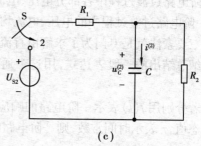

(b)　　　　　　　　　　　　　　(c)

图 6.4.3　例 6.4.1 图

解　换路前,电容有初始储能,且换路后有激励 U_{S2},故响应为全响应。可将其分解为零输入响应和零状态响应的叠加,如图 6.4.3(b)和(c)所示。

(1)零输入响应如图 6.4.3(b),电容有初始储能

$$u_C^{(1)}(0_+) = U_0^{(1)} = \frac{R_2}{R_1+R_2}U_{S1} = 2 \text{ V}$$

时间常数为

$$\tau^{(1)} = R^{(1)}C = (R_1 /\!/ R_2)C = \left(\frac{2}{3} \times 10^3 \times 3 \times 10^{-6}\right) = 2 \times 10^{-3}\text{S}$$

零输入响应 $u_C^{(1)}$ 由初始值 2 V 开始按指数规律衰减

$$u_C^{(1)} = U_0^{(1)} \mathrm{e}^{-\frac{t}{\tau^{(1)}}} = 2\mathrm{e}^{-500t}\text{ V} \quad (t \geqslant 0)$$

(2)零状态响应如图 6.4.3(c),设电容初始值为零,有外加激励 U_{S2}:

电容 C 由零开始按指数规律充电直到稳态值 U_S

$$U_S = \frac{R_2}{R_1 + R_2}U_{S2} = 10\text{ V}$$

时间常数为

$$\tau^{(2)} = R^{(2)}C = (R_1 /\!/ R_2)C = \left(\frac{2}{3} \times 10^3 \times 3 \times 10^{-6}\right) = 2 \times 10^{-3}\text{ S}$$

零状态响应 $u_C^{(2)}$ 由零开始按指数规律充电直到稳态值 U_S

$$u_C^{(2)} = U_S(1 - \mathrm{e}^{-\frac{t}{\tau^{(2)}}}) = 10(1 - \mathrm{e}^{-500t})\text{ V}$$

由于全响应 = 零输入响应 + 零状态响应($u_C = u_C^{(1)} + u_C^{(2)}$),所以 u_C 全响应为

$$u_C = u_C^{(1)} + u_C^{(2)} = (2\mathrm{e}^{-500t} + 10 - 10\mathrm{e}^{-500t})\text{ V} = (10 - 8\mathrm{e}^{-500t})\text{ V}$$

(3)在 6.4.3(a)图中求 i_C 和 u_{R1}:

电流全响应为

$$i_C = C\frac{\mathrm{d}u_C}{\mathrm{d}t} = 0.12\mathrm{e}^{-500t}\text{A}$$

电阻 R_1 上的电压为

$$u_{R1} = U_{S2} - u_C = 15 - (10 - 8\mathrm{e}^{-500t}) = 5 + 8\mathrm{e}^{-500t}\text{ V}$$

6.4.2　一阶电路的三要素法

含有一个储能元件的动态电路称一阶动态电路。求解一阶动态电路的响应,实质上是求解一阶电路过渡过程中各部分电压、电流随时间变化的规律。由前面几节的分析结果可以看出,一阶电路过渡过程中的电压、电流均是由初始值、稳态值和时间常数三个要素决定的。

三要素法就是专门为了求解由直流电源激励的只含有一个动态元件的一阶电路的全响应而归纳总结出的一般表达式,用这个通用表达式可以方便快捷地求解出一阶动态电路的全响应。

若分别用 $f(t)$ 表示一阶电路的响应,$f(0_+)$ 表示相应变量的初始值,$f(\infty)$ 表示相应变量的稳态值,τ 表示时间常数,则一阶电路的三要素法一般公式为:

$$f(t) = f(\infty)(1 - \mathrm{e}^{-\frac{t}{\tau}}) + f(0_+)\mathrm{e}^{-\frac{t}{\tau}} \tag{6.4.3}$$

即

$$f(t) = f(\infty) + [f(0_+) - f(\infty)]\mathrm{e}^{-\frac{t}{\tau}} \tag{6.4.4}$$

显然,只要求出了电路某一支路的电压或电流的三要素,就可以根据式(6.4.3)或式(6.4.4)求得该电压或电流的全响应,我们将这种利用三要素分析暂态电路的方法称为三要素法。实际上,从 RC 电路的暂态分析可知,零输入响应和零状态响应是全响应的两个特例。所以,三要素法不仅可以用来求解一阶电路的全响应,也可以用来求解一阶电路的零输入响应和零状态响应。

利用三要素法求解一阶电路的步骤总结如下：

（1）求初始值 $f(0_+)$。

①画出换路前（即 $t=0_-$ 时）的等效电路（注意电容元件视为开路，电感元件视为短路），求换路前的 $u_C(0_-)$，$i_L(0_-)$。

②根据换路定律求出 $u_C(0_+)=u_C(0_-)$，$i_L(0_+)=i_L(0_-)$。

（2）求稳态值 $f(\infty)$。

画出换路后（即 $t=\infty$ 时）的等效电路（注意电容元件视为开路，电感元件视为短路），再根据电阻电路的解题规律求稳态时的 $u_C(\infty)$，$i_L(\infty)$。

（3）求时间常数 τ。

同一电路中各响应的 τ 是一样的，RC 电路的时间常数 $\tau=RC$。RL 电路的时间常数 $\tau=\dfrac{L}{R}$，其中 R 为从储能元件两端看换路后电路中所有电源都不作用时的等效电阻（即换路后储能元件两端的戴维南等效电阻）。

（4）将三要素代入式（6.4.3）或式（6.4.4），求出电路的响应 u 或 i。

（5）最后根据电路的结构，求出电路中其余的响应。

下面我们通过实例简要说明三要素法的应用。

【例6.4.2】 电路如图6.4.4所示，在 $t=0$ 时开关闭合。已知：$U_S=9$ V，$R_1=6$ Ω，$R_2=3$ Ω，$C=0.5$ F，求 $t>0$ 时的电容电压 u_C。

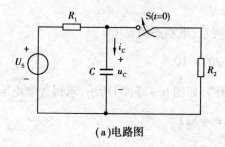 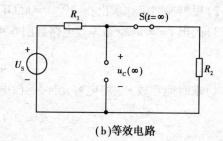

(a)电路图　　　　　　　　　　　　　　(b)等效电路

图6.4.4　例6.4.2图

解 （1）先求换路前电容电压值：$u_C(0_-)=U_S=9$ V

（2）根据换路定律：$u_C(0_+)=u_C(0_-)=9$ V

（3）画出换路后 $t=\infty$ 的等效电路图6.4.4(b)，得

$$u_C(\infty)=\frac{R_2}{R_1+R_2}U_S=\frac{3}{6+3}\times9=3 \text{ V}$$

（4）求时间常数 $\tau=RC$：开关闭合后，从电容两端看，电阻 R_1 和 R_2 相当于并联

$$\tau=RC=\frac{R_1+R_2}{R_1R_2}C=\frac{3\times6}{3+6}\times0.5=1 \text{ S}$$

（5）代入三要素公式得

$$\begin{aligned}u_C(t)&=u_C(\infty)+[u_C(0_+)-u_C(\infty)]e^{-\frac{t}{\tau}}\\&=3+(9-3)e^{-t}\\&=3+6e^{-t}(t>0)\end{aligned}$$

【例6.4.3】 如图6.4.5(a)所示电路，在 $t=0$ 时开关 S 闭合，闭合前电路已达稳态。求

$t \geqslant 0$ 时电路的响应：u_C，i_C 和 i。

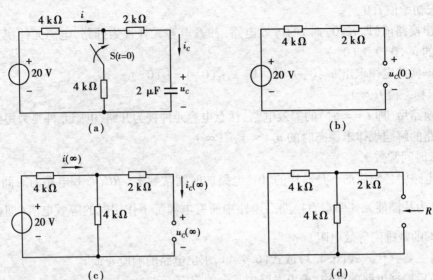

图 6.4.5　例 6.4.3 图

解　(1)画出 $t = 0_-$ 等效电路如图 6.4.5(b)所示，求初始值 $u_C(0_-)$。

$$u_C(0_-) = 20 \text{ V}$$

(2)根据换路定律求出：$u_C(0_+) = u_C(0_-) = 20 \text{ V}$。

(3)画出 $t = \infty$ 时稳态等效电路如图 6.4.5(c)所示，求稳态值 $u_C(\infty)$。

$$u_C(\infty) = \frac{4}{4 + 4} \times 20 = 10 \text{ V}$$

(4)求时间常数 τ。将电容元件断开，电压源短路，如图 6.4.5(d)所示，求得等效电阻为

$$R = 2 + \frac{4 \times 4}{4 + 4} = 4 \text{ k}\Omega$$

则时间常数 τ 为

$$\tau = RC = 4 \times 10^3 \times 2 \times 10^{-6} = 8 \times 10^{-3} \text{ S}$$

(5)将三要素代入式(6.4.4)，求出电路的响应。

$$u_C(t) = u_C(\infty) + [u_C(0_+) - u_C(\infty)] e^{-\frac{t}{\tau}}$$

$$= 10 + (20 - 10) e^{-\frac{t}{8 \times 10^{-3}}}$$

$$= 10(1 + e^{-125t}) \text{ V} \quad (t > 0)$$

(6)最后在图 6.4.5(a)中求 i_C 和 i。

$$i_C = C \frac{\mathrm{d}u_C}{\mathrm{d}t}$$

$$= 2 \times 10^{-6} \frac{\mathrm{d}}{\mathrm{d}t} [10(1 + e^{-125t})]$$

$$= -2.5 \times 10^{-3} e^{-125t} \text{ A}$$

$$= -2.5 e^{-125t} \text{ mA} \quad (t > 0)$$

$$i = i_C + \frac{2i_C + u_C}{4}$$

$$= 2.5 - 1.25\mathrm{e}^{-125t}\,\mathrm{mA} \quad (t > 0)$$

【例 6.4.4】　如图 6.4.6(a)所示电路,开关 S 断开前电路已处于稳态,在 $t = 0$ 时开关 S 断开。试用三要素法求 $t \geqslant 0$ 时电路的响应 i_L, u_L。

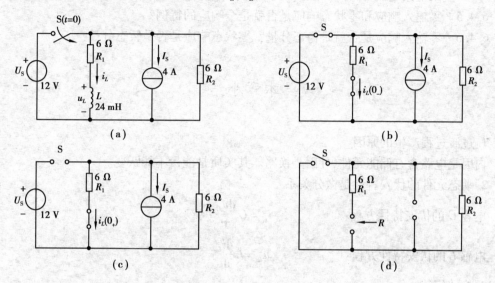

图 6.4.6　例 6.4.4 图

解　(1)画出 $t = 0_-$ 等效电路如图 6.4.6(b)所示,求初始值 $i_L(0_-)$。

$$i_L(0_-) = \frac{U_\mathrm{S}}{R_1} = 2\ \mathrm{A}$$

(2)根据换路定律求出:

$$i_L(0_+) = i_L(0_-) = \frac{U_\mathrm{S}}{R_1} = 2\ \mathrm{A}$$

(3)画出 $t = \infty$ 时稳态等效电路如图 6.4.6(c)所示,求稳态值 $i_L(\infty)$。

$$i_L(\infty) = -\frac{R_2}{R_1 + R_2}I_\mathrm{S} = -2\ \mathrm{A}$$

(4)求时间常数 τ。将电感元件断开,电压源短路、电流源开路,如图 6.4.6(d)所示,求得等效电阻为

$$R = R_1 + R_2 = 12\ \Omega$$

则时间常数 τ 为

$$\tau = \frac{L}{R} = 0.002\ \mathrm{S}$$

(5)将三要素代入式(6.4.4),求出电路的响应。

$$i_L = i_L(\infty) + [i_L(0) - i_L(\infty)]\mathrm{e}^{-\frac{t}{\tau}} = (-2 + 4\mathrm{e}^{-500t})\,\mathrm{A} \quad (t > 0)$$

$$u_L = L\frac{\mathrm{d}i_L}{\mathrm{d}t} = -48\mathrm{e}^{-500t}\,\mathrm{V} \quad (t > 0)$$

[思考与分析]

6.4.1 什么是全响应？

6.4.2 一阶动态电路的三要素是什么？如何求解它们？

6.4.3 写出一阶动态电路三要素法则的两种通用表达式。

6.4.4 某电路电流为 $i = 10 + 2e^{-20t}$ A，它的三要素各是多少？

6.4.5 零输入响应和零状态响应是否就是全响应的特例？

6.4.6 零输入响应是否就是稳态分量？零状态响应是否是暂态分量？

本章小结

1. 过渡过程产生的原因

内因是电路含有储能元件，外因是换路。其实质是能量不能跃变。

2. 动态元件的伏安特性是微分关系

电容 C 的伏安特性方程：
$$i_C = C \frac{du_C}{dt}$$

电感 L 的伏安特性方程：
$$u_L = L \frac{di_L}{dt}$$

3. 换路定律

换路时，若想储能元件提供的能量为有限值，则各储能元件的能量不能跃变。具体表现在电容电压不能跃变，电感电流不能跃变，即

$$\left. \begin{array}{l} u_C(0_+) = u_C(0_-) \\ i_L(0_+) = i_L(0_-) \end{array} \right\}$$

4. 零输入响应

零输入响应是激励为零时由电路的初始储能产生的响应，它是齐次微分方程满足初始条件的解。

RC 串联电路：
$$u_C = U_0 e^{-\frac{1}{\tau}t} \quad (t > 0)$$

RL 串联电路：
$$i_L = \frac{U_0}{R} \cdot e^{-\frac{t}{\tau}} \quad (t > 0)$$

5. 零状态响应

零状态响应是电路的初始状态为零时由激励产生的响应，它是非齐次微分方程满足初始条件的解。

RC 串联电路：
$$u_C = U(1 - e^{-\frac{t}{\tau}}) \quad (t > 0)$$

RL 串联电路：
$$i_L = \frac{U}{R}(1 - e^{-\frac{R}{L}t}) \quad (t > 0)$$

6. 全响应

电路的全响应是指电路的初始状态不为零，且在外加激励电源的作用下产生的响应。可以知道，它等于零输入响应和零状态响应之和。

7. 三要素

利用三要素公式,可以简便地求解一阶电路的暂态响应。三要素公式为:

$$f(t) = f(\infty) + [f(0_+) - f(\infty)]e^{-\frac{t}{\tau}}$$

求三要素的方法如下所述:

(1)初始值 $f(0_+)$:可用换路定律和 $t = 0_-$ 时的等效电路求得。

(2)稳态值 $f(\infty)$:在直流电源作用下,电路达到稳态时,电容可看作开路,电感可看作短路,此时电路称为电阻电路,进而可求得稳态响应。

(3)时间常数 τ:对于 RC 电路,$\tau = RC$;对于 RL 电路,$\tau = \dfrac{L}{R}$。式中 R 为断开动态元件后的戴维南等效电阻。

习 题 6

6.1 如图 6.1 所示电路,已知:开关 S 闭合前电路处于稳态,在 $t = 0$ 时开关 S 闭合。试求换路后的初始值 $u_c(0_+)$,$i_c(0_+)$。

6.2 在图 6.2 所示电路中,开关 S 位于 1 端,在 $t = 0$ 时由 1 合向 2。设换路前电路已处于稳态,试求换路后的初始值 $i_L(0_+)$。

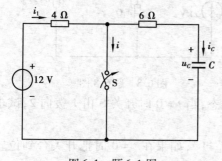

图 6.1 题 6.1 图

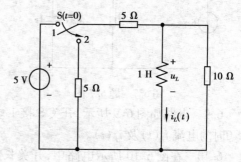

图 6.2 题 6.2 图

6.3 如图 6.3 所示电路,电路已处于稳态,开关 S 在 $t = 0$ 时打开引起换路,求初始 $u_c(0_+)$。

6.4 如图 6.4 电路中,已知:$U_S = 100$ V,$R_1 = 30$ Ω,$R_2 = 20$ Ω,$C = 100$ μF,$t = 0$ 时开关 S 闭合,S 闭合前电路已达稳态。试求:换路后的三要素 $u_c(0_+)$,$u_c(\infty)$ 和 τ。

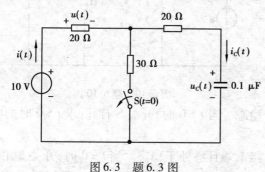

图 6.3 题 6.3 图

图 6.4 题 6.4 图

6.5 如图 6.5 所示电路中,已知:$U_S = 10$ V,$R_1 = 2$ Ω,$R_2 = 8$ Ω,$L = 1$ H。试求换路后的三要素 $i_L(0_+)$,$i_L(\infty)$ 和 τ。

6.6 电路如图 6.6 所示,$t = 0$ 时开关 S 闭合。设开关闭合前电路已达稳态,求 S 闭合后的 $u_C(t)$ 和 $i_C(t)$。

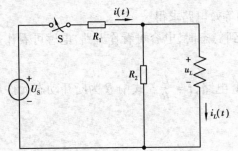 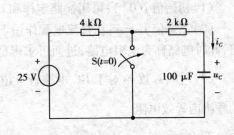

图 6.5 题 6.5 图　　　　　　　　图 6.6 题 6.6 图

6.7 如图 6.7 所示电路,$t < 0$ 时已处于稳态。当 $t = 0$ 时开关 S 打开,试求 $t > 0$ 时的 $u_C(t)$ 和 $i_C(t)$。

6.8 在图 6.8 中,开关 S 在位置 1 已久,$t = 0$ 时合向位置 2,求换路后的 $i_L(t)$ 和 $u_L(t)$。

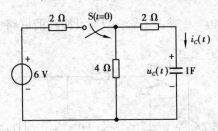 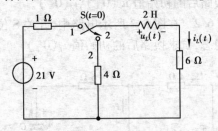

图 6.7 题 6.7 图　　　　　　　　图 6.8 题 6.8 图

6.9 电路如图 6.9 所示,开关 S 接 1 端且处于稳态,当 $t = 0$ 时开关 S 由 1 拨向 2,试求 $t > 0$ 时的电流 $i_L(t)$ 及 $i_R(t)$。

6.10 在图 6.10 所示电路中,开关长期合在位置"1",如果在 $t = 0$ 时把开关合到位置"2",试求 $u_C(0_+)$ 和 $t > 0$ 时的电容电压 u_C。

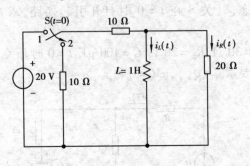 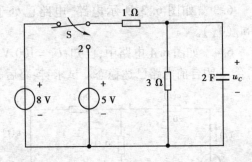

图 6.9 题 6.9 图　　　　　　　　图 6.10 题 6.10 图

6.11 电路如图 6.11 所示,$t < 0$ 时已处于稳态。当 $t = 0$ 时,开关 S 打开,求 $t > 0$ 时的电压 $u_C(t)$ 和 $i_C(t)$。

6.12 电路如图 6.12 所示,$t < 0$ 时开关 S 接 1 端且已处于稳态。当 $t = 0$ 时,开关 S 由 1

扳向 2,求 $t>0$ 时的 $i_L(t)$ 和 $u_L(t)$。

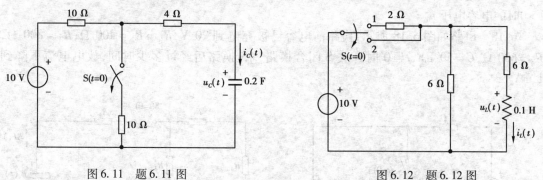

图 6.11 题 6.11 图   图 6.12 题 6.12 图

6.13 电路如图 6.13 所示,电路原处于稳态,在 $t=0$ 时将 S 闭合,用三要素法求电路的全响应 $u_L(t)$ 和 $i_L(t)$。

6.14 已处于稳态的电路如图 6.14 所示,已知电源电压为 $U=10$ V,$R=2$ kΩ,$C=5$ μF。在 $t=0$ 时将开关 S 由 b 合向 a,电容器开始放电。试求:(1)$t \geqslant 0$ 时电容的电压 u_C 及电流 i_C 的变化规律,并画出电压、电流响应曲线;(2)电容电压减为原来的 $\frac{1}{e}$ 所用的时间;(3)电容放电的最大电流。

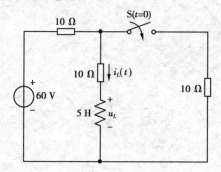
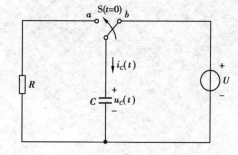

图 6.13 题 6.13 图   图 6.14 题 6.14 图

6.15 电路如图 6.15 所示,已知:开关闭合前电容电压 $u_C(0_-)=2$ V,$U=9$ V,$R_1=3$ Ω,$R_2=6$ Ω,$C=50$ μF,请用三要素法求换路后电容的电压 $u_C(t)$ 及电流 $i_C(t)$。

6.16 如图 6.16 所示电路中,已知开关 S 闭合前电路处于稳态,求开关闭合后($t>0$ 时)的 $u_C(t)$。

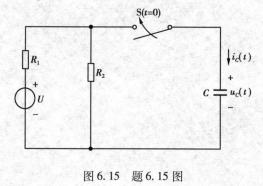
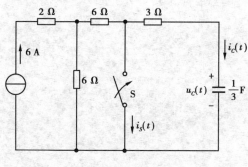

图 6.15 题 6.15 图   图 6.16 题 6.16 图

6.17 电路如图 6.17 所示,在 $t=0$ 时换路,已知换路前电路已达稳态。试求:$u_C(0_+)$ 和 $t>0$ 时的电容电压 u_C。

6.18 电路如图 6.18 所示,换路前电容已被充电到 20 V,$R_1 = R_2 = 400\ \Omega$,$R_3 = 800\ \Omega$,$R_4 = 600\ \Omega$,$C = 50\ \mu F$,$t=0$ 时开关 S 闭合换路,求:换路后经过多少时间,放电电流下降到 1 mA?

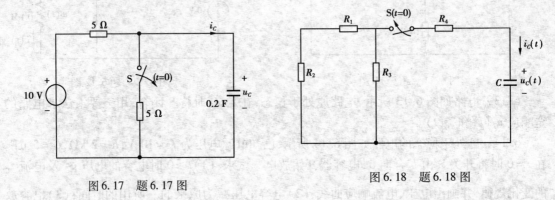

图 6.17 题 6.17 图   图 6.18 题 6.18 图

第7章
安全用电常识

7.1 电气事故

安全用电是劳动保护教育和安全技术的主要组成部分。在追求减轻劳动强度、提高劳动生产效率的同时,必须尽一切可能保护劳动者的人身安全。能否安全用电与用电者的安全技术水平和用电的安全意识有着十分密切的联系。

7.1.1 电气事故的常见类型

常见电气事故的主要类型有触电事故,电气火灾和爆炸事故,雷电事故,静电事故,电磁场伤害事故等,下面分别给予介绍。

1) 触电事故

触电事故即电流伤害事故,是指人体触及电流所发生的人身伤害事故。一般情况为人体与带电体直接接触而触电;而在高压触电事故中,往往是人体接近带电体至一定距离时,其间发生击穿放电而造成触电;另外,还有可能是人体接触到平时没有电压,但由于绕组绝缘损坏而呈现电压的电气设备的金属结构和外壳,从而造成触电。

2) 电气火灾和爆炸事故

由于电气方面的原因引起的火灾和爆炸称为电气火灾和爆炸,它在所有火灾和爆炸事故中占很大的比例。线路、开关、保险、插销、照明器具、电炉等电气设备都可引起火灾,特别是这些电气设备在工作时与可燃物接触或接近时极易引起火灾。在高压电气设备中,电力变压器、电力电容器、多油断路器不仅有较大的火灾危险性,而且还有爆炸的危险。电气火灾和爆炸事故不仅会直接造成电气设备的损坏和人身的伤亡,而且还可能造成大规模或长时间停电,以致带来不可估量的间接损失。

3) 雷电事故

雷电是大气中的放电现象,它电压极高,电流极大,是引起大气过电压的原因。雷击是一种自然灾害,它危及面广,破坏性大。当电气设备遭受雷击时,电气设备的绝缘极易被击穿,绝缘损坏引起的短路火花与雷电的放电火花常常会造成爆炸而引起伤亡事故。

4）静电事故

静电事故是指生产过程中产生的有害静电造成的事故,它与雷电事故相比,一般多在局部场所造成危害。静电放电不仅会给人一定程度的电击,还可能直接导致微电子芯片或电路的毁坏,甚至可能引起爆炸性混合物发生爆炸而导致严重的危害。石油、化工、橡胶等行业的静电事故较多。

5）电磁场伤害事故

电磁场所产生的辐射能量被人体吸收过多会对人体造成不同程度的伤害。如果人长期在高频电磁场内工作,容易引起中枢神经系统失调,主要表现为神经衰弱症候群,如头痛、头晕、乏力、失眠、记忆力减退等。

由此可见,电气事故的种类很多,不仅涉及作业人员自身安全,还关联他人和周围设施安全,我们应该最大限度地提高安全技术水平,提高安全操作技能和安全意识。

7.1.2　电气事故产生的根源

为了预防和避免发生电气事故,我们就要找出它产生的根源,在实践中分析和总结规律。电气事故发生的主要原因有以下几个方面:

1）管理不善

如某些单位的电气管理部门不重视或不落实电气安全管理技术规范,用电、供电制度不完善,对职工的安全教育培训不深入,使职工缺乏电气安全意识和技术,指使非电工人员从事电气设备安装、架设和检修工作等。

2）疏于防护

在电气作业时,电工人员没有按程序做好停电、验电、挂标志牌等准备工作,以及没有正确穿戴防护服装和严格使用绝缘工具等。

3）安全技术措施不当

安装使用未经检验的不合格的电气设备,或者在安装架设电气设备和线路时没有采取相应的技术措施,例如没有保护接地或接零、机床照明未采用安全电压等。

4）检查维修不善

例如电气线路老化而不更换,设备损坏长期不修理等。

5）缺乏知识,违章作业

有些电工缺乏电气安全方面的知识,或者为了省事而不认真按规程标准作业。例如将低压线架在高压线上方,雷雨天不穿绝缘靴巡视室外高压设备等。

7.1.3　电流对人体的危害及常见触电方式

1）电流对人体的危害

（1）电流大小对人体的影响。

通过人体的电流越大,人体的生理反应就越明显,感应就越强烈,引起心室颤动所需的时间就越短,致命的危害就越大。按照通过人体电流的大小、强度和人体所呈现的不同状态,电流大致分为:感知电流,即引起人的感觉的最小电流;摆脱电流,即指人体触电后能自主摆脱电源的最大电流;致命电流,即指在较短的时间内危及生命的最小电流,工频电流 50 mA 称为致命电流。

（2）电流频率。

一般认为为 40~60 Hz 的交流电对人体的伤害最大,随着频率的增加,危险性将降低。当电源频率大于 20 000 Hz 时,所产生的损害明显减小,但高压高频电流对人体仍然是十分危险的。

（3）通电时间。

通电时间越长,人体电阻因出汗等原因导致通过人体的电流增加,触电的危险性亦随之增加。引起触电危险的工频电流和通过电流的时间关系可用式(7.1.1)表示

$$I = \frac{165}{\sqrt{t}} \tag{7.1.1}$$

式中　I——引起触电危险的电流,mA;

　　　t——通电时间,s。

（4）电流路径。

电流通过头部可使人昏迷;通过脊髓可能导致瘫痪;通过心脏会造成心跳停止,血液循环中断;通过呼吸系统会造成窒息。因此,从左手到胸部是最危险的电流路径;从手到手、从手到脚也是很危险的电流路径;从脚到脚是危险性较小的电流路径。

2）人体电阻及安全电压

（1）人体电阻。

人体电阻包括内部组织电阻(称体电阻)和皮肤电阻两部分。内部组织电阻是固定不变的,并与接触电压和外部条件无关,一般为 800 Ω 左右。皮肤电阻随皮肤表面的干湿、洁污状况、接触面积等不同而变化,人体的最小电阻一般为 800~1 000 Ω。

（2）电压的影响。

从安全的角度看,确定对人体的安全条件通常不采用安全电流而采用安全电压,因为影响电流变化的因素很多,而电力系统的电压是较为恒定的。经过实验证实,电压对人体的影响及允许接近的最小安全距离如表 7.1.1 所示。

表 7.1.1　电压对人体的影响及允许接近的最小安全距离

电压/V	对人体的影响	电压/V	设备不停电时的安全距离/m
10	全身在水中时跨步电压界限为 10 V/m	10 及以下	0.7
20	湿手的安全界限	20~35	1.0
30	干燥手的安全界限	44	1.2
50	对人生命无危害界限	60~110	1.5
100~200	危险性急剧增大	154	2.0
200 以上	对生命产生威胁	220	3.0
1 000	危险并被带电体吸引	330	4.0
1 000 以上	危险并有被弹开的可能	500	5.0

3）常见的触电方式

（1）电击。

电击是指人体内部器官受到电伤害。人体受到电击时,电流通过人体内部,如果电流超过

一定数值,就使人与导体接触部分的肌肉痉挛、发麻,持续下去,人体电阻迅速降低,电流随之增加,最后便全身肌肉痉挛,呼吸困难,心脏麻痹,以致死亡。所以,电击的危害性很大。

(2)电伤。

电伤是指电弧作用下或熔丝熔断时,人体外部受到的电损伤。属于电伤的有灼伤、电烙印及皮肤金属化。灼伤是电流的热效应造成的,是在电流直接经过人体或不经过人体时发生的。电烙印是由电流的化学效应和机械效应所引起的,通常是在人体与导电部分有良好的接触下产生的。皮肤金属化是在电流的作用下,使熔化和蒸发的金属微粒渗入皮肤表面层,使皮肤的伤害部分呈粗糙的坚硬表面,日久会逐渐脱落。

4)触电急救

触电者的现场急救,是抢救过程中关键的一步,如处理及时和正确,则因触电而呈假死的人就有可能获救。在触电急救中,我们可以遵循八字方针:迅速、准确、就地、坚持。

(1)使触电者迅速脱离电源。

触电时间越长,伤害越重,所以要注意准确快速地操作,就是要将与触电者接触的那一部分带电设备的开关及时断开,或者设法使触电者与带电设备脱离。触电者未脱离电源前,救护人员不得直接用手触及触电者。在脱离电源时,救护人既要救人,又要注意保护自己,防止触电。为使触电者与带电体解脱,最好用一只手进行救护。如果触电者触及低压带电设备,救护人员应设法迅速切断电源,例如拉开电源开关或拔下电源插头,或者使用绝缘工具、干燥木棒等不导电物体解脱触电者。救护者可抓住触电者干燥而不贴身的衣服将其拖开,也可戴绝缘手套或将手用干燥衣物等包起绝缘后解脱触电者,可站在绝缘垫上或于木板上进行救护。如果触电者触及高压带电设备,救护人员应迅速切断电源或用适合该电压等级的绝缘工具(戴绝缘手套、穿绝缘靴并用绝缘棒)解脱触电者。救护人员在抢救过程中,应注意保持自身与周围带电部分必要的安全距离。如果触电者处于高处,解脱电源后触电者可能从高处坠落,因此要采取相应的安全措施,以防触电者摔伤或致死。

(2)对触电者进行就地抢救。

①如果触电者神志尚清醒,则应使之就地平躺严密观察,暂时不要让其站立或走动。

②如果触电者已神志不清,则应使之就地仰面平躺,且确保呼吸道通畅,并用 5 s 时间呼叫伤员或轻拍其肩部,以判定其是否意识丧失,禁止摇动伤员头部呼叫伤员。

③如果触电者失去知觉,停止呼吸,但心脏微有跳动(可用两指去试伤员喉结旁凹陷处的颈动脉有无搏动)时,应在通畅呼吸道后,立即施行口对口或口对鼻的人工呼吸。

④如果触电者伤害相当严重,心跳和呼吸均已停止,完全失去知觉时,则在通畅其呼吸道后,立即同时进行口对口(鼻)的人工呼吸和胸外按压心脏的人工循环。如果现场仅有一人抢救时,可交替进行人工呼吸和人工循环,先胸外按压心脏 4～8 次,然后口对口(鼻)吹气 2～3次,再按压心脏 4～8 次,又口对口(鼻)吹气 2～3 次……如此循环反复进行。

⑤急救过程必须坚持进行,在医务人员未来接替救治前,不应放弃现场抢救,更不能擅自判定伤员死亡,只有医生有权作出伤员死亡的诊断。只要正确及时地坚持施行人工救治,触电假死的人被抢救成活的可能性是非常大的。

7.2 雷电保护

打雷闪电是一种常见的自然现象,雷电不但会引起人身伤亡,而且可能会引起火灾和爆炸。所以,了解雷电的形成和一般的防雷措施是很有必要的。

1)雷电的形成

雷电是带有电荷的雷云对大地之间产生急剧放电的一种自然现象,通常伴有雷鸣和电闪。雷云的形成通常认为是地面的水蒸气在热的天气里蒸发上升,在高空低温影响下,水汽凝成冰晶;冰晶受到上升气流的冲击而破碎分裂,气流夹带一部分带正电荷的冰晶上升,形成"正雷云",而另一部分带负电荷的冰晶则下降,形成"负雷云",随着高空气流的流动,正雷云和负雷云都在高空漂浮不定,根据观测,在地面上产生雷击的雷云多为负雷云。当空中雷云靠近大地时,雷云与大地之间形成一个很大的雷电场,由于静电感应作用,使地面出现与雷云电荷极性相反的电荷。当雷云与大地之间某一方位的电场强度达到 $25 \sim 30$ kV/m 时,雷云就会开始向这一方向放电,形成一个导电的空气通道,称为"雷电先导"。大地感应出的异性电荷集中在上述方位的尖端上方,在雷电先导下行至距离地面 $100 \sim 300$ m 时,也形成一个上行的迎雷先导,当上下先导相互接近时,正负电荷强烈中和会产生高达几万至几十万安的雷电流,并伴有强烈的雷鸣电闪。这就是直击雷的主放电阶段,其时间短。接下来剩余电荷会沿着主放电继续向大地放电,形成连续的轰隆声,这是直击雷的余辉放电阶段。

2)在不同场合下常见的防雷措施

(1)架空线路的防雷措施。

①装设避雷线。

②装设避雷器或保护间隙。

③提高线路本身的绝缘水平。

④利用自动重合闸。

(2)变电所的防雷措施。

①装设避雷针,用来保护整个变电所的建筑物,使之免遭直接雷击。

②高压侧装设阀式避雷器或保护间隙,这主要用来保护主变压器,要求避雷器或保护间隙尽量靠近变电所安装,其接地线应与变压器低压中性点及金属外壳连在一起接地。

③低压侧装设阀式避雷器或保护间隙,这主要用在雷区以防止雷电波由低压侧侵入而击穿变压器绝缘。

(3)建筑物的防雷措施。

①对直击雷的防雷措施。

②对高电位侵入雷的防护措施。

7.3 接地与接零

7.3.1 接地

接地是指将所有金属构架（构件）、管道、电缆金属屏蔽层、穿线铁管连在一起，与屏蔽笼及总接地网就近连接。常见接地方式有保护接地、防雷接地、防静电接地、防电蚀接地等。

1) 保护接地

将设备的外露导体部分接地，称为保护接地。其目的是为了防止电气设备在绝缘损坏或产生漏电时，使平时不带电的外露导体部分带电而对人体产生的触电威胁。保护接地可与电源的中性点相连，也可与电源中性点绝缘。

2) 防雷接地

将雷电导入大地，防止雷电流对人体或建筑物造成破坏而采用的接地方式，称为防雷接地。防雷接地的接地电阻与保护接地相比，要求不高，但它对因雷电电流可能引起的电击要特别注意，因此防雷接地的设计和施工要特别慎重。

3) 防静电接地

将静电电荷引入大地，防止由于静电积聚而对人体和设备造成的危害，称为防静电接地。工业项目建设中，有些管道要进行防静电接地，还有如油罐、天然气罐等也要进行防静电接地。

4) 防电蚀接地

在地下埋设其他金属体作为牺牲阳极或牺牲阴极，目的是为了保护与之连接的金属体，这称为防电蚀接地。例如某机场的金属输油管，途经一个采石场，采石场的牵引车用直流电拖动，直流电流在地下从输油管上流过会引起输油管产生电腐蚀。为了防止输油管产生电蚀导致漏油，除了加强输油管的绝缘、防止外来电流侵入管道外，对金属管道采取防电蚀接地，即牺牲接地体，也可确保金属管道不发生电蚀。

7.3.2 电气设备的接地范围

根据安全用电规程规定，下列电气设备的金属外壳应该接地：电机、变压器、照明器具、携带式及移动式用电器具等的底座和外壳（如手电钻、电冰箱、电风扇、洗衣机）等；交流、直流电力电缆的接线盒；终端头的金属外壳；电线、电缆的金属外皮；控制电缆的金属外皮；穿线的钢管；电力设备的传动装置；互感器二次绕组的一个端子及铁芯；配电屏与控制屏的框架；室内、外配电装置的金属构架和钢筋混凝土构架；安装在配电线路杆上的开关设备、电容器等电力设备的金属外壳；在非沥青路面的居民区中，高压架空线路的金属杆塔、钢筋混凝土杆；中性点非直接接地的低压电网中的铁杆、钢筋混凝土杆；装有避雷线的电力线路杆塔；避雷针、避雷器、避雷线和角形间隙等。

7.3.3 接地装置

1) 接地装置的组成

接地装置由接地体和接地线组成。接地体可分为人工接地体和自然接地体。

2) 对接地装置的要求

为了保证接地装置起到安全保护作用,接地装置一般应满足以下要求:

(1) 低压电气设备接地装置的接地电阻不宜超过 4 Ω。

(2) 低压线路零线每一重复接地装置的接地电阻不应大于 10 Ω。

(3) 在接地电阻允许达到 10 Ω 的电力网中,每一重复接地装置的接地电阻不应超过 30 Ω,但重复接地不应少于 3 处。

3) 对接地线的要求

接地线与接地体连接处一般应焊接。如果采用搭接焊,其搭接长度必须为扁钢宽度的 2 倍或圆钢直径的 6 倍。假如焊接困难,可用螺栓连接,但应采取可靠的防锈措施。

7.3.4　低压系统接地制式

在供配电系统中为实现更高的可靠性、安全性,常用到防止触电的保护接地系统,主要有 IT 系统和 TT 系统。下面就这两种系统的工作特点及应用问题作一些简单的介绍。

1) IT 系统的保护接地

电源中性点不接地的三相三线制低压系统中,用电设备外壳与大地作电气连接,构成 IT 系统(见图 7.3.1),通常称为保护接地。

在石油化工、矿井船舶等工业生产中,根据其易燃易爆气体较多、要求连续供电的特点而采用 IT 系统,不仅可提高供电的可靠性,而且也能起到触电保护的作用。为了及时发现和排除故障,防止同时出现两相接地故障,IT 系统必须装设绝缘监视设备。

应当指出,IT 系统不可配出 N 线。若配出 N 线并采取设备外壳接零,一旦出现设备外壳带电,就会通过零线形成单相短路,并在短路点产生电火花,引起火灾;同时,某一相的大电流也会促使系统的保护装置迅速动作,从而中断了正常供电,这就丧失了 IT 系统固有的优点。

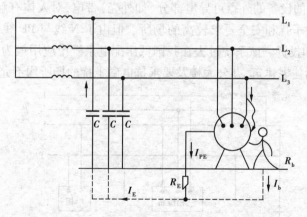

图 7.3.1　IT 系统

2) TT 系统的保护接地

电源中性点直接接地的三相四线制系统中,将设备外壳经各自的 PE 线(公共保护接地线)分别接地,构成 TT 系统,亦称保护接地,如图 7.3.2 所示。保护接地作为安全措施已被广泛用于中性点直接接地的三相四线制系统中,尤其在供电范围广、负荷不平衡、零线电压较高的情况下采用。这种系统在国外应用比较广泛,国内也有推广的趋势。

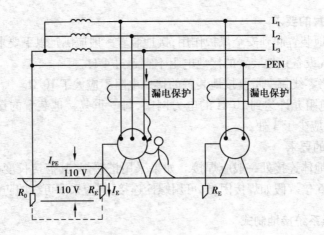

图 7.3.2　TT 系统

7.3.5　接零

在电源中性点直接接地的三相四线制供电系统中,将电气设备的外壳直接与系统的零线连接,构成 TN 系统,通常称为保护接零。保护接零可使人体免遭触电的危险。为保证设备动作可靠,防止触电危险,在中性点直接接地 1 000 伏以下的系统中必须采取保护接零。目前,我国城乡一般的工业企业普遍采用这种系统。

TN 系统按其 PE 线的形式不同分为三种形式:TN-C 系统、TN-S 系统和 TN-C-S 系统。

1) TN-C **系统**

该系统中的 N 线与 PE 线合为一根 PEN 线,所有设备的外露可导电部分均接 PEN 线,如图 7.3.3 所示。PEN 线中可能有电流通过,因此 PEN 线可能对某些设备产生电磁干扰。如果 PEN 断线,接 PEN 线的设备的外露可导电部分(如外壳)带电,对人体有触电危险。因此该系统不适用于对抗电磁干扰和安全要求较高的场所。但由于 N 线与 PE 线合一,从而可节约有色金属(导线材料)和投资。该系统过去在我国低压配电系统中应用最为普遍,但现在在安全要求较高的场所包括住宅建筑、办公大楼及要求抗电磁干扰的场所均不允许采用了。

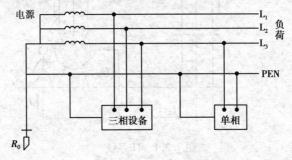

图 7.3.3　TN-C 系统

2) TN-S **系统**

该系统中的 N 线与 PE 线完全分开,所有设备的外露可导电部分均接 PE 线,如图 7.3.4 所示。PE 线中无电流通过,因此对接 PE 线的设备不会产生电磁干扰。如果 PE 线断线,正常情况下也不会使接 PE 线的设备的外露可导电部分带电;但在有设备发生一相接壳故障时,将使其他接 PE 线的设备外露可导电部分带电,使人体有触电危险。由于 N 线与 PE 线分开,与上述 TN-C 系统相比,在有色金属消耗量和投资方面均有增加。该系统现广泛应用在对安全要求及抗电磁干扰要求较高的场所,如重要办公地点、实验场所和居民住宅等处。

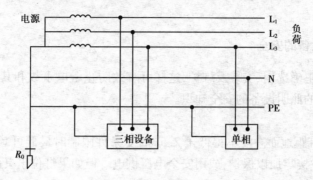

图 7.3.4　TN-S 系统

3) TN-C-S 系统

TN-C-S 系统中,N 线与 PE 线可根据负载特点与环境条件合用一根或分开敷设 PEN 线,PEN 线不准再合并(见图 7.3.5)。它的优点在于解决了 TN-C 系统线路末端零线对地电压过高的问题,兼有前两系统的特点,适用于配电系统末端环境条件恶劣或有数据处理的场合。

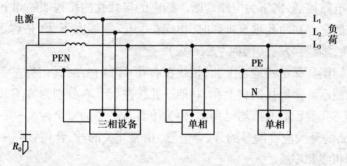

图 7.3.5　TN-C-S 系统

顺便指出,保护接零的 TN 系统中,已接零的设备外壳可以同时接地,这属于带重复接地的接零系统,对安全是有益无害的。但在由同一台变压器供电的系统中,不能混用接零保护和接地保护。否则采用接地保护的设备发生碰壳故障时,所有采用接零保护的设备外壳可能会带上接近 110 V 的危险电压。

电源中性点直接接地可以是 TT 接地制式,也可以是 TN 接地制式。通常只需要在断电的情况下测量 N 排和 PE 排之间的绝缘电阻,就可判别是哪一种制式。如果是 TN 接地制式,由于 N 排和 PE 排在电源端是做电气连接的,因此在变电所测量 N 排和 PE 排之间的绝缘电阻应该在 1 Ω 以内。如果是 TT 接地制式,则与工作接地相连的 N 排和与保护接地相连的 PE 排,两者之间是绝缘的。

7.4　电气安全技术

7.4.1　照明设备的安全

用电设备必须正确选用、安装及维护,这样可有效防止触电事故和其他电气事故的发生。下面介绍一些常见的照明设备的安全知识。

1)照明灯具

(1)室内照明灯距地面高度不得低于 2.5 m,受条件限制时最低可减为 2.2 m,低于此高度时,应进行接地或接零加以保护,或用安全电压供电。但如果灯位于桌面上方或其他人不能够碰到的地方时,允许高度可减为 1.5 m。

(2)安装室外照明灯时,一般高度不低于 3 m,否则应加保护措施,同时尽量防止风吹而引起的摇动。

2)开关插座

(1)各种开关、插座的安装要牢固,位置准确。拉线开关一般距地 2.5 m;明装插座距地 1.8 m;暗装插座距地 0.3 m;明装和暗装扳把开关距地面 1.4 m。安装时,其开关方向应一致,一般扳把向上为电路接通,向下为电路切断。插座的接线孔的排列顺序如下:

①单相两孔插座。在两孔垂直排列时,相线在上孔,零线在下孔(俗称下零上火);水平排列时,相线在右孔,零线在左孔(俗称左零右火)。

②单相三孔插座。保护接地在上孔,相线在右孔,零线在左孔(俗称左零右火上地)。

③三相四孔插座。保护接地在上孔,其他三孔按左、下、右分别为 A,C,B 的三相线。

④圆形单相三孔等距插头座均已淘汰,因为不具备必要的安全性,一律不得使用。

(2)照明线路的开关应有明显的开、合位置,相邻开关的开、合位置应一致。另外,照明开关应能同时切断相线和零线。

(3)车间照明线路的绝缘电阻不得低于每伏工作电压 1 000 Ω,在特别潮湿的环境,可以放宽至每伏工作电压 500 Ω。

(4)修理用照明插座电源电压必须是安全电压。

7.4.2　常用仪器、仪表的安全使用

1)使用电流表、电压表时应注意的事项

(1)电流表必须串联接入电路,如直接串联或与分流电阻并联后串入。

(2)电压表必须并联接入电路,如直接并联或与分压电阻串联后并入。

(3)注意电流表、电压表量程的选择,避免烧坏仪表。

(4)直流仪表应注意极性的选择,避免指针反偏甚至打坏指针。

2)使用万用表时应注意的事项

(1)测量前需检查转换开关和表笔是否拨在和插在所测挡的位置上,不得放错。

(2)在测量电流或电压时,如果对被测量大小无法估计,应将量程放在最高挡试测上,以

防指针打坏。测试完后再拨到合适的量程上测量,以减小误差。注意,不可带电转换量程。

(3)测量直流量时,应注意被测量的极性。

(4)测量500 V以上高压时,要注意人身安全。

(5)测量电流时,仪表应串联在电路中,测量电压时应并联在电路中。

(6)测量电阻时,万用表应先调零,若不能调零,则说明内部电池不足或内部接触不良。另外,被测电阻至少有一端与电路断开,并应切断电路电源。

(7)测量完毕,应将转换开关拨到交流电压最高挡或者空挡上,以免下次使用时失误造成仪表损坏。

3)使用兆欧表时应注意的事项

(1)测量设备的绝缘电阻时,必须先切断设备的电源。对含有较大电容的设备(如电容器、变压器、电机及电缆线路),必须先进行放电。

(2)兆欧表应水平放置,未接线之前,应先摇动兆欧表,观察指针是否在"∞"处,再将L和E两接线柱短路,慢慢摇动兆欧表,指针应指在"0"处。经开、短路试验证实兆欧表完好后,方可进行测量。

(3)兆欧表的引线应用多股软线,且两根引线切忌绞在一起,以免造成测量数据不准确。

(4)兆欧表测量完毕,应立即使被测物放电,在兆欧表的摇把未停止转动和被测物未放电前,不可用手去触及被测物的测量部位或进行拆线,以防止触电。

(5)被测物表面应擦拭干净,不得有污物(如漆等),以免造成测量数据不准确。

7.4.3 防止触电的安全措施

1)停电操作及安全措施

(1)断开

电源检修电气线路时,应先断开低压开关,后断开高压开关。对多回路的线路要防止从低压侧向被检修设备反送电。

(2)验电

用电压等级相符的验电器对检修设备的进出线两相分别验电,确认无电方可工作。

(3)装接地线

对已断开电源的输出端各相,以及被检修线路各相都要装设携带型临时接地线。装接地线,应先接接地端,后接导体端。拆接地线,应先拆导体端,后拆接地端。装拆接地线时,应戴绝缘手套握住临时接地线的绝缘杆操作,人体不得碰触接地线并有人监护。

(4)在六级以上大风、大雨及雷电等情况下,严禁登杆作业及倒闸操作。

(5)登杆工作前必须检查杆根是否牢固,新立杆在完全牢固以前严禁攀登。

(6)在杆上作业时,地面应有人监护;材料、工具要用吊绳传递;杆下2 m内不准站人,现场工作人员应戴安全帽。

(7)杆上作业必须使用安全带。安全带应系在电杆及牢固的构件上,不得拴在横担木上,应防止安全带从杆顶脱出。

(8)使用梯子时要有人扶持或有防滑措施。

2)带电操作的防触电措施

(1)带电操作必须遵循有关的安全规定,由经过培训、考试合格的电工进行,并派有经验的电气专业人员监护。

(2)使用绝缘良好的工具,穿无破损、油污的绝缘鞋并站在干燥的绝缘物上。

(3)应先分清相线、零线。断开导线时,应先断开相线,后断开零线。不能用绝缘钳同时钳断相线和零线,以免发生短路。搭接导线时,应先接零线,后接相线,切不可使人体同时接触两根导线。

(4)对已断开的相线和带电体应采取绝缘或隔离措施。

(5)检修架设在高压电杆上的低压线路时,检修人员离高压线的距离应符合表7.4.1所示距离。

表 7.4.1　安全距离

电压等级/kV	安全距离/m	电压等级/kV	安全距离/m
15 以下	0.70	44	1.20
20 ~ 35	1.00	66 ~ 110	1.50

7.4.4　电气安全管理

电气安全管理的内容很多,主要可以归纳为以下几方面的工作。

1)管理机构和管理人员

应当根据本部门电气设备的构成和状态,本部门的用电特点和操作特点,以及根据本部门电气专业人员的组成和素质,建立相应的管理机构,并确定管理人员和管理方式。安全管理部门应与动力部门(或电力部门)等互相配合,安排专人负责这项工作。

2)规章制度

合理的规章制度是保证安全、促进生产的有效手段,主要规章制度有安全操作规程、运行管理规程、电气安装规程、维护检修规程等,它们与整个企业的安全运转有直接关系。

安全操作规程包括变配电室值班和巡视安全规程,变配电设备和内外线检修安全操作规程,电气设备维修安全操作规程,电气试验安全操作规程,还有非专业电工工种的手持电动工具安全操作规程、电焊安全操作规程、电炉安全操作规程、电动机安全操作规程等。

应根据企业性质和环境特点建立相应的电气设备运行管理规程和电气设备安装规程,以保证电气设备长期保持在良好、安全的工作状态。

按照维护检修规程做好电气设备的维护检修工作是保持电气设备安全运行的重要环节。对于重要设备,应建立专人管理的责任制。例如控制范围较宽的开关设备、临时线路和临时性设备等比较容易发生事故的设备,都应建立专人管理的责任制。特别是临时线路和临时性设备,应当结合具体情况明确地规定允许长度、使用期限、安装要求等项目。

为了保证运行和检修工作的顺利进行,必须坚持执行必要的安全工作制度,如工作票制度、操作票制度、工作监护制度等。电气装置施工和验收必须符合国家标准。企业标准不应低于部门标准,部门标准和地方标准不应低于国家标准。如果某项国家标准尚未制订,可以参照国际上的通用标准。

3）安全检查

电气安全检查的内容包括：检查电气设备选型是否正确、安装是否合格、安装位置是否合理；电气设备的绝缘是否老化或破损，绝缘电阻是否合格；电气设备裸露带电部分是否采取了防护措施，所用屏护装置是否符合安全要求；安全间距是否足够；保护接地或保护接零是否正确和可靠；保护装置是否符合安全要求；电气连接部位是否完好；电气设备和电气线路温度是否太高；携带式照明灯和局部照明灯是否采用了安全电压或其他安全措施；熔断器熔体的选用及其他过流保护的整定是否正确；安全用具和防火器材是否齐全；各项运行维修制度和管理制度是否健全等。

对于使用中的电气设备，应定期测定其绝缘电阻；对于各种接地装置，应定期测定其接地电阻；对于安全用具、避雷器、变压器油及其他一些保护电器，也应定期检查。对于新安装的电气设备，特别是自制的电气设备的验收工作应严格坚持原则，一丝不苟。

4）安全教育

通过安全教育使工作人员懂得用电的基本知识，掌握安全用电的基本方法，从而能安全、有效地进行工作。独立工作的电气专业工作人员，应当熟知电气安全操作规程及其他相关联的规程，更应当懂得电气装置在安装、使用、维护、检修过程中的安全要求，以及触电急救和电气灭火的方法，并通过培训和考试取得操作合格证。新参加电气工作的人员、实习人员和临时参加劳动的人员，都必须经过安全知识教育后方可到现场随同参加指定的工作，不得单独工作。对于外单位派来支援的电气工作人员，工作前应向其介绍现场电气设备和接线情况及有关安全措施。

5）安全资料

做好很多技术性资料的收集和保存，对于安全工作也是十分必要的。对重要设备应单独建立资料；每次检修和试验记录、设备事故和人身事故的记录都应作为资料保存。工作中应当注意收集各种安全标准、规范和法规及国内外电气安全信息，并分类保存。

本章小结

用电安全状态与安全技术水平和安全意识有着十分密切的联系，随着我国用电量的增加，电气事故也呈现上升趋势。

1. 电气事故类型

常见的电气事故的主要类型有触电事故、雷电事故、静电事故、电磁场伤害事故等最大限度提高安全技术水平，安全操作技能和安全意识。

2. 电气事故产生的根源

电气事故发生的主要原因有以下几个方面：

（1）管理不善

（2）失于防护

（3）安全技术措施不当

(4)检查维修不善

(5)缺乏知识,违章作业

3.电流对人体的危害及常见触电方式

(1)电流对人体的危害

致命电流,即指在较短的时间内危及生命的最小电流,工频电流 50 mA 称为致使电流。

(2)常见的触电方式

电击和电伤。

4.触电急救

触电者的现场急救,是抢救过程中关键的一步,如处理及时和正确,则因触电而呈假死的人有可能获救。在触电急救中我们可以遵循八字方针:迅速、准确、就地、坚持。

5.雷电保护

雷电的形成规律和一般的防雷措施。

6.接地

接地是指将所有金属构架(构件)、管道、电缆金属屏蔽层、穿线铁管连在一起,与屏蔽笼及总接地网就近连接。常见接地方式有保护接地、防雷接地、防静电接地、防电蚀接地。低压系统接地制式主要有 IT、TT 系统。

7.接零

接零是指将与带电部分相绝缘的电气设备的金属外壳或构架,与中性点直接接地系统中的零线相连接。在中性点直接接地 1 000 V 以下的系统中必须采取保护接零。

TN 系统按其 PE 线的形式不同分为三种形式:TN—C 系统、TN—S 系统和 TN—C—S系统。

8.电气安全技术

(1)照明设备的安全

(2)常用仪器、仪表的安全使用

(3)防止触电的安全措施

9.电气安全管理

(1)管理机构和管理人员

(2)规章制度

(3)安全检查

(4)安全教育

习 题 7

7.1 电气事故的主要类型有哪些?各有什么特点?

7.2 电气事故产生的根源是什么?

7.3 建筑物防雷措施有哪些?

7.4 什么是安全电压?人体电阻由哪两部分组成?

7.5 对低压系统接地制式如何判断？

7.6 什么叫接地？什么叫接地装置？什么是接地电流和对地电压？

7.7 什么叫保护接零？

7.8 在 TN 系统中为什么要采取重复接地？

7.7 常见的触电方式有哪几种？

7.10 触电急救应遵循什么方针？

7.11 什么是安全电压？一般正常环境条件下的安全特低电压是多少？

7.12 电气安全宏观管理的内容很多,主要可以归纳哪几方面的工作？

附 录

之之

各章要点与考核要求

第1章　电路的基本概念和基本定律

[本章要点]

电路的组成和作用；

电路模型；

电路的主要物理量及其参考方向；

电阻元件及欧姆定律；

电能与电功率；

电压源与电流源；

受控电源简介；

电路的三种状态和电气设备的额定值；

基尔霍夫定律。

[学习目的和要求]

了解电路组成和作用；

了解电路模型的概念；

了解电路的主要物理量；

理解电流、电压的参考方向及关联参考方向的含义；

理解电位与电压的相互关系；

理解电功率正负值的物理含义；

理解电路的三种状态和电气设备的额定值的意义；

掌握欧姆定律及基尔霍夫定律；

理解实际电源的两种电路模型。

[考核要求]

1. 电路和电路模型及其主要物理量

（1）识记：电路的定义；电路的三大组成部分；电路模型的概念；实际电路模型化的概念；电流、电压、电位、电功率的概念。

（2）领会：电压及电流的参考方向；实际方向与参考方向的关系；关联参考方向与非关联参考方向；电功率正负值的物理意义；欧姆定律中正负号的物理意义；电压与电位间的关系。

（3）应用：元件上电流及电压的计算；元件上功率的计算；电功率与电阻的关系；元件属于电源或负载的判断。

2. 电路的三种状态和电气设备的额定值

（1）识记：电路的三种状态。

（2）领会：电路三种状态下电流、电压的特点。

（3）应用：根据额定值正确选用电气设备。

3. 电路元件及电路定律

（1）识记：理想电路元件与实际电路元件；电阻元件；受控电源的概念及其四种模型；欧姆定律；基尔霍夫定律。

（2）领会：实际电源的两种电路模型；基尔霍夫定律的普遍性。

（3）应用：熟练列写 KCL 和 KVL 方程。

第 2 章　直流电路的分析计算

[本章要点]

电阻的串、并联及分压、分流公式；

实际电压源与实际电流源的等效变换；

支路电流法；

叠加定理；

戴维南定理；

最大功率传输定理；

电路中电位的计算。

[学习目的和要求]

了解电阻的串联和并联连接；

熟悉分压、分流公式；

熟悉实际电压源与实际电流源的等效变换条件；

会进行实际电压源与实际电流源相互间的等效变换；

熟悉支路电流法、叠加定理、戴维南定理的定义及适用范围；

会用支路电流法、叠加定理、戴维南定理分析计算复杂电路；

了解负载获得最大功率的条件及最大功率的计算；

了解电子线路中电路的简化画法；

会进行电路中各点电位的计算。

[考核要求]

1. 电阻的串、并联及分压、分流公式

（1）识记：电阻的串联和并联连接。

（2）领会：分压及分流公式。

（3）应用：会用分压、分流公式计算简单的直流电路，会用分压、分流公式扩大电压表与电流表的量程。

2. 电路的分析方法

(1)识记:支路电流法、叠加定理、戴维南定理的内容及适用条件,实际电压源与实际电流源的等效变换条件。

(2)领会:支路电流法、叠加定理、戴维南定理的解题步骤;电子线路中的习惯画法;负载获得最大功率的条件。

(3)应用:用支路电流法、叠加定理、戴维南定理对电路进行分析计算;计算电路中各点的电位;计算电路中负载获得的最大功率。

第3章 正弦交流电路

[本章要点]

正弦交流电的基本概念;

正弦量的相量表示法;

单一参数电路元件的正弦交流电路;

RLC 串联电路;

功率因数及其提高。

[学习目的和要求]

理解正弦交流电的三要素和有效值的概念;

掌握正弦交流电的相量表示法;

掌握单一参数电路元件中电流与电压的关系以及功率的计算;

掌握 RLC 串联电路元件中电流与电压的关系以及功率的计算;

理解提高功率因数的意义和方法。

[考核要求]

1. 正弦交流电的基本概念

(1)识记:瞬时值、最大值、有效值的概念及符号区分;最大值与有效值的数量关系;周期、频率、角频率的概念及相互关系;相位、相位差的概念;同相与反相的概念、超前与滞后的含义。

(2)领会:正弦交流电的瞬时值表达式;正弦交流电的波形图;正弦量的三要素。

(3)应用:会用波形图、瞬时值表达式和三要素表示正弦量。

2. 正弦量的相量表示法

(1)识记:相量的定义。

(2)领会:用相量图和复数式表示正弦量的方法。

(3)应用:会用相量图和复数运算求电路中的合成电流或合成电压。

3. 单一参数电路元件的电路

(1)识记:纯电阻、纯电感、纯电容电路中正弦电压与正弦电流之间的相位关系、波形图和相量图;感抗和容抗的概念及计算;有功功率和无功功率的概念及单位。

(2)领会:纯电阻、纯电感、纯电容电路的相量模型;纯电阻、纯电感、纯电容元件伏安关系的相量形式。

(3)应用:纯电阻、纯电感、纯电容电路中电流、电压、功率的计算。

4. RLC 串联电路

(1)识记:感性电路、容性电路、阻性电路的区别与判断;视在功率的概念;电路中总有功功率、总无功功率、总视在功率与各部分有功功率、无功功率、视在功率之间的关系。

（2）领会：复数阻抗的概念；总电压与分电压的关系；欧姆定律的相量形式；阻抗三角形、电压三角形、功率三角形所反映的各种关系。

（3）应用：会计算 RLC 串联电路；会采用并联电容法提高功率因素。

5.功率因数及其提高

（1）识记：功率因数的定义。

（2）领会：提高功率因数的意义和方法。

（3）应用：补偿电容器的容量选择。

第4章　谐振电路

［本章要点］

串联谐振的条件；

串联谐振的基本特征；

串联谐振的选择性；

并联谐振的条件；

并联谐振的基本特征；

并联谐振的选择性。

［学习目的和要求］

知道串联谐振的条件；

熟悉并理解串联谐振的基本特征；

了解阻抗频率特性；

了解电流谐振曲线；

会计算谐振电路的通频带；

知道并联谐振的条件；

熟悉并理解并联谐振的基本特征；

了解并联谐振的选择性；

知道串、并联谐振的实际应用。

［考核要求］

1.串联谐振电路

（1）识记：串联谐振的条件。

（2）领会：串联谐振的基本特征。

（3）应用：会利用串联谐振条件判断电路是否发生串联谐振；能计算出串联谐振频率；会实现串联谐振的方法。

2.串联谐振的选择性

（1）识记：阻抗频率特性、电流谐振曲线。

（2）领会：谐振电路通频带公式。

（3）应用：能运用谐振电路通频带公式计算串联谐振电路的通频带；会分析品质因数、通频带与电路选择性的关系。

3.并联谐振电路

（1）识记：并联谐振的条件。

（2）领会：并联谐振的基本特征。

（3）应用：会利用并联谐振条件判断电路是否发生并联谐振，能计算出并联谐振频率。

第5章　三相正弦交流电路

[本章要点]

三相电源；

三相负载的星形连接；

三相负载的三角形连接；

三相负载的功率。

[学习目的和要求]

了解三相对称电压的定义，能写出它们的相量表达式并绘出相量图；

了解正相序与负相序的含义；

掌握三相四线制供电系统中相电压与线电压及两者之间的关系；

能根据电源和负载的额定电压正确选择连接方式；

理解对称三相交流电路中电压与电流的基本关系；

掌握对称三相交流电路中电压、电流和功率的计算；

了解三相功率的测量；

理解三相四相制电路中中线的作用。

[考核要求]

1. 对称三相电源

（1）识记：对称三相交流电压的概念；瞬时值表达式、波形图、相量式和相量图；相序的概念；各电源线的名称、文字符号和工程中惯用的涂色；我国低压供电系统中相电压与线电源的常用数值。

（2）领会：三相四线制供电系统中相电压与线电压及两者之间的关系；电压（电流）的相值和线值的关系。

（3）应用：会进行电源的三相四线制连接；能写出对称三相电路电压和电流的相量表达式，绘出相量图；

2. 三相负载的星形连接

（1）识记：负载的星形连接；负载相电压与线电压的关系；负载相电流与线电流的关系；中线电流与各线电流的关系。

（2）领会：中线上不允许安装开关和熔断器的原理；变三相四线制为三相三线制的条件。

（3）应用：会进行负载的星形连接；对称三相四线制中负载电压、电流的计算。

3. 三相负载的三角形连接

（1）识记：负载的三角形连接；负载相电压与线电压的关系。

（2）领会：负载线电流与相电流的一般关系以及负载对称时的特定关系。

（3）应用：会进行负载的三角形连接；对称三相三线制中负载电压、电流的计算。

4. 三相负载的功率

（1）识记：三相总有功功率与各相有功功率的关系、总无功功率与各相无功功率的关系；总视在功功率与总有功功率、总无功功率的关系。

（2）领会：对称三相负载总有功功率的相值计算公式和线值计算公式，三相功率的测量。

(3)应用:对称三相电路中负载功率的计算。

第6章　一阶动态电路的分析

[本章要点]

换路定律与初始值的计算;

一阶电路的零输入响应、零状态响应、全响应;

一阶电路三要素。

[学习目的和要求]

了解产生过渡过程的原因;

理解初始值、稳态值、时间常数的概念;

掌握换路定律;

了解时间常数对过度过程的影响;

掌握分析一阶电路的三要素法则;

了解 RC 电路和 RL 电路过渡过程的特点;

了解零输入响应、零状态响应、全响应的概念。

[考核要求]

1.过渡过程的产生

(1)识记:过渡过程的概念;电感和电容中能量不能跃变。

(2)领会:电路中存在过渡过程的条件。

2.换路定律

(1)识记:换路定律及其数学表达式。

(2)领会:电容电压和电感电流不能跃变。

(3)应用:会用换路定律确定初始值。

3.分析一阶电路的三要素法则

(1)识记:初始值、稳态值、时间常数的概念及其物理意义。

(2)领会:过渡过程三要素法则及其数学表达式。

(3)应用:用三要素法则分析一阶电路过渡过程的基本步骤。

4.RC 电路的过渡过程

(1)识记:RC 电路中时间常数的计算式。

(2)领会:电容充电和放电时电容电压和电流的变化规律;时间常数对电容充放电时间长短的影响。

(3)应用:用三要素法则求解 RC 电路的过渡过程。

5.RL 电路的过渡过程

(1)识记:RL 电路中时间常数的计算式。

(2)领会:RL 电路过渡过程中电流的变化规律;RL 电路断开瞬时产生高电压的原因;时间常数对过渡过程时间长短的影响。

(3)应用:用三要素法则求解 RL 电路的过渡过程。

第7章　安全用电常识

[本章要点]

电气事故;

雷电保护；

接地与接零；

电气安全技术。

[学习目的和要求]

了解电气事故的常见类型；

了解电流对人体的危害及常见触电方式；

了解雷电的形成规律和一般的防雷措施；

了解常见接地方式及电气设备的接地范围；

了解接地、接地装置的概念；

了解低压系统接地制式；

了解接零的概念及常见的接零方式；

了解常见的照明设备的安全知识；

了解安全电压的基本概念；

了解常用仪器、仪表的安全使用常识；

了解触电急救措施。

[考核要求]

(1)识记：电气事故的常见类型；电流对人体的危害及常见触电方式；安全电压的基本概念。

(2)领会：电磁场对人体的伤害及其防护；一般的防雷措施；接地、接地装置与接零的概念；低压系统接地制式。

(3)应用：常见的照明设备的安全知识；常用仪器、仪表的安全使用常识；触电急救、安全管理知识。

部分习题答案

习题1

1.1　$(1)I_{ab}=1$ A$,I_{ba}=-1$ A$;(2)I_{ab}=-1$ A$,I_{ba}=1$ A

1.2　$(a)U_{ab}=-10$ V$;(b)U_{ab}=-15$ V

1.3　$(1)V_b>V_c>V_a;(2)V_b=8$ V$,V_c=3$ V

1.4　$U_{ab}=25$ V$,U_{bc}=-30$ V$,U_{ac}=-5$ V

1.5　$(1)S$ 打开时:$(a)V_a=10$ V$,V_b=0$ V$,U_{ab}=15$ V$;(b)V_a=15$ V$,V_b=10$ V$,U_{ab}=0$ V;
　　$(2)S$ 闭合时:$(a)V_a=6$ V$,V_b=6$ V$,U_{ab}=0$ V$;(b)V_a=9$ V$,V_b=0$ V$,U_{ab}=9$ V

1.6　$(a)P=-20$ W,发出功率,相当于电源$;(b)P=30$ W,吸收功率,相当于负载

1.7　(a)电压源发出 6 W 功率,电流源发出 12 W 功率,电阻吸收 18 W 功率;(b)电压源
　　发出 60 W 功率,电流源吸收 12 W 功率,电阻吸收 48 W 功率

1.8　图略

1.9　(b)为理想电压源;(c)为理想电流源

1.10　$i_4=1$ A

1.11　$U=6$ V

1.12　$U_2=-5$ V$,U_2=15$ V

1.13　$I_1=1$ A$,I_2=-2$ A$,I=3$ A

1.14　$U_{ab}=12$ V

1.15　$I_1=-3$ A$,I=6$ A

1.16　$(a)U=10-5I;(b)U=-10-5I;(c)U=10+5I;(d)U=-10+5I$

1.17　$(a)U_{ab}=15$ V$;(b)U_{ab}=15$ V$;(c)U_{ab}=45$ V$;(d)U_{ab}=58$ V$;(e)U_{ab}=83$ V

1.18　$R=17.5$ $\Omega,U_{ab}=-65$ V

1.19　$P_1=1.96$ W,能正常工作,额定负载$;P_2=2.5$ W,不能正常工作,过载

1.20　$I_b=57$ μA$,I_c=2.85$ mA$,I_e=2.907$ mA

习题2

2.1　$(1)U_2=\dfrac{20}{3}$ V$,I_1=\dfrac{5}{6}$ A$;(2)U_2=8$ V$,I_1=1$ A$;(3)U_2=0$ V$,I_1=0$ A

2.2　$(a)U_1=U;(b)I_1=I$

2.3　$(a)R_{ab}=7$ kΩ$;(b)R_{ab}=1$ Ω$;(c)R_{ab}=3$ Ω$;(d)R_{ab}=30$ Ω$;(e)R_{ab}=\dfrac{10}{3}$ Ω$;(f)R_{ab}=$
　　$\dfrac{5}{4}R$

2.4　$I_2=1$ A$,R_2=10$ Ω

2.5　$R_1=4.2$ $\Omega,R_2=378$ $\Omega,R_3=37.8$ $\Omega,R_1+R_2+R_3=420$ $\Omega,R_4=9.8$ kΩ$,R_5=90$ kΩ,
　　$R_6=150$ kΩ

2.6　$R_0\rightarrow0,R_0\gg R_L$

2.7 (a)$U_s = 2$ V,$R_0 = 2$ Ω;(b)$U_s = 2$ V,$R_0 = 8$ Ω;(c)$U_s = 22$ V,$R_0 = 2$ Ω

2.8 (a)$I_s = 2$ A,$R_0 = 3$ Ω;(b)$I_s = 2$ A,$R_0 = 5$ Ω;(c)$I_s = 1.5$ A,$R_0 = 4$ Ω;(d)无法等效为电流源

2.9 (a)$U_s = 15$ V,$R_0 = 5$ Ω;(b)$U_s = 8$ V,$R_0 = 2$ Ω;(c)$U_s = 10$ V,$R_0 = 2$ Ω;(d)无法等效为电压源

2.10 (a)$U_s = 10$ V,$R_0 = 4$ Ω;(b)$I_s = 3$ A,$R_0 = 2$ Ω;(c)$I_s = 0.5$ A,$R_0 = 2$ Ω;(d)$I_s = 1.5$ A,$R_0 = 1$ Ω

2.11 略

2.12 $P = 6$ W

2.13 $I_1 = -6$ A,$I_2 = 2$ A,$I_3 = 4$ A

2.14 $I = 4$ A

2.15 $I = 0$ A

2.16 (a)$R_0 = 6$ Ω,$U_s = 6$ V;(b)$R_0 = 3$ Ω,$U_s = 6$ V

2.17 $I_g = 1$ mA

2.18 aa'处断开时,$R_0 = 20$ Ω,$U_s = 10$ V;bb'处断开时,$R_0 = \dfrac{80}{3}$ Ω,$U_s = 60$ V

2.19 $R_L = 20$ Ω,$P_{max} = 5$ W

2.20 (a)$R_L = 5$ Ω,$P_{max} = 1.25$ W;(b)$R_L = 9$ Ω,$P_{max} = 9$ W

2.21 (1)$I = 0$ A,$U_{ab} = 2$ V;(2)$U_{ab} = 0$ V,$I = -1$ A

2.22 $V_a = 10$ V,$U_{ab} = 25$ V

2.23 (a)$V_a = 2$ V;(b)$V_a = 7$ V

习题 3

3.1 (1)$\dot{I} = \dfrac{5}{\sqrt{2}} \angle 0°$ A,(2)$\dot{U} = 100 \angle 60°$ V,(3)$\dot{E} = \dfrac{500}{\sqrt{2}} \angle -60°$ V

3.2 $\dot{U}_A = 220 \angle 0°$ V, $\dot{U}_B = 220 \angle -120°$ V, $\dot{U}_C = 220 \angle 120°$ V

3.3 $u = 314 \sin(\omega t)$ V,$i_1 = 10 \sin(\omega t + 115°)$ A,$i_2 = 4 \sin(\omega t - 130°)$ A

3.4 $e = 220 \sqrt{2} \sin \left(100\pi t + \dfrac{\pi}{6} \right)$ V

3.5 $u = 220 \sqrt{2} \sin$ V,$\dot{U} = 220 \angle 0°$ V;$i_1 = 10 \sqrt{2} \sin(\omega t + 90°)$ A, $\dot{I}_1 = 10 \angle 90°$ A;$i_2 = 10 \sin(\omega t - 45°)$ A, $\dot{I}_2 = 5 \sqrt{2} \angle -45°$ A

3.6 $I = 0.37$ A

3.7 $u_1 + u_2 = 220 \sqrt{6} \sin(\omega t + 90°)$ V,$u_1 - u_2 = 220 \sqrt{2}$ V

3.8 $i_1 + i_2 = \sqrt{41} \sin(\omega t - 21.3°)$ A

3.9 (1)$I_R = 10$ A,$I_L = 10$ A,$I_C = 10$ A,$i_R = 10 \sqrt{2} \sin(314t)$ A,$i_L = 10 \sqrt{2} \sin(314t - 90°)$ A,$i_C = 10 \sqrt{2} \sin(314t + 90°)$ A

(2)$I_R = 10$ A,$I_L = 1$ A,$I_C = 100$ A, $i_R = 10 \sqrt{2} \sin 3\ 140t$ A,$i_L = \sqrt{2} \sin(3\ 140t - 90°)$ A,$i_C = 100 \sqrt{2} \sin(3\ 140t + 90°)$ A

3.10　$U_L = 3\sqrt{2}$ V

3.11　$A_1 = 5$ A，$A_2 = 5\sqrt{2}$ A

3.12　$U = 40$ V

3.13　$u = 250\sqrt{2}\sin(1\,000t - 53.1°)$ V

3.14　（a）7 A；（b）5 A；（c）7 A；（d）1 A

3.15　$X_L = 10\ \Omega$，$|Z| = 10\sqrt{2}\ \Omega$，$I = 11\sqrt{2}$ A，$\cos\varphi = 0.707$，$P = 2\,420$ W，$Q = 2\,420$ Var，

　　　$S = 2\,420\sqrt{2}$ VA

3.16　$|Z| = 20\ \Omega$，$\varphi = 60°$，$R = 10\ \Omega$，$10\sqrt{3}\ \Omega$

3.17　$I = 20$ A

3.18　$R = 30\ \Omega$、$L = 127$ mH

3.19　$Z = 10 - \text{j}31.2\ \text{k}\Omega = 32.8\angle -72.2°\text{k}\Omega$，$\dot{I} = 30.5\angle 72.2°$ μA，$\dot{U}_R = 0.305\angle 72.2°$

　　　V，$\dot{U}_C = 0.905\angle -17.8°$ V

3.20　（1）$|Z| = 30\ \Omega$；（2）$I = 4$ A；（3）$U_R = 48$ V，$U_L = 192$ V，$U_C = 96$ V

3.21　（1）$|Z| = 10\ \Omega$；（2）$I = 22$ A；（3）$U_R = 132$ V，$U_L = 264$ V，$U_C = 88$ V；（4）$P = 2\,904$

　　　W，$\cos\varphi = 0.6$

习题4

4.1—4.4　略

4.5　$f_0 = 541$ kHz，$Q = 43$，$I_0 = 0.125$ A，$U_R = 2.5$ V，$U_L = 107.5$ V，$U_C = U_L = 107.5$ V

4.6　$f_0 = 800$ kHz，$Z = \dfrac{L}{RC} = 20$ kΩ，$I_0 = 0.75$ mA，$Q = 100$，$I_L = I_C = 75$ mA

4.7　$L = 12.7$ μH

4.8　（1）$f_0 = 199$ kHz，$Q = 100$；（2）$U_C = 2.5$ V；（3）$U_C = 0.119$ V

4.9　串联谐振：$f_0 = 1\,100$ kHz，$Z_0 = R = 25\ \Omega$

　　　并联谐振：$f_0 = 1\,100$ kHz，$Z_0 = \dfrac{L}{RC} = 117$ kΩ

　　　比较：串、并联谐振频率相同；串联阻抗最小，并联阻抗最大。

4.10　$R = 5\sqrt{2}$，$X_L = 2.5\sqrt{2}$，$X_C = 5\sqrt{2}$

习题5

5.1　$\dot{U}_{AY} = 220\angle 0° + 220\angle -120° = 220\angle -60°$ V；

　　　$\dot{U}_{YC} = -220\angle -120° - 220\angle 120° = 220\angle 0°$ V；

　　　$\dot{U}_{AC} = 220\angle 0° - 220\angle 120° = 380\angle -30°$ V

5.2　$U_{AB} = 380$ V，$U_{BC} = 220$ V，$U_{AC} = \sqrt{220^2 + 380^2} = 440$ V

5.3　$\dot{I}_{AN} = 22\angle -30°$，$\dot{I}_{BN} = 22\angle -150°$，$\dot{I}_{CN} = 22\angle 90°$

5.4　$\dot{I}_1 = \dfrac{380\angle 30°}{5\angle 36.9°} = 76\angle -6.9°$ A，$\dot{I}_2 = \dfrac{380\angle -90°}{5\angle 36.9°} = 76\angle -126.9°$ A，$\dot{I}_3 =$

$\dfrac{380\angle 150°}{5\angle 36.9°}=76\angle -113.1°$ A

5.5 （1）相电压等于 220 V，相电流为 10 A，中线电流为 0 A；（2）去掉中线，不改变结果

5.6 $\dot{I}_A=10\sqrt{3}\angle 0°$ A，$\dot{I}_B=10\sqrt{3}\angle -120°$ A，$\dot{I}_C=10\sqrt{3}\angle 120°$ A；$\dot{I}_{AB}=10\angle 30°$ A，

$\dot{I}_{BC}=10\angle -90°$ A，$\dot{I}_{CA}=10\angle 150°$ A

5.7 A_1 读数为 $38\sqrt{3}$ A；A_2 读数为 38 A

5.8 （1）$I_L=I_P=22$ A，$P=10\ 266$ W；

（2）$I_P=38$ A，$I_L=38\sqrt{3}$ A，$P=30\ 627$ W；

（3）比较（1）和（2）的结果能得到以下结论：在相同的电源线电压作用下，负载由Y连接改为△连接，线电流增加到原来的 3 倍，功率也增加到原来的 3 倍。

5.9 $10\sqrt{3}$ A；7 794 W。

5.10 （1）电流表的读数为 6 A；（2）$P=3\ 168$ W

5.11 $P=1\ 650$ W，$\cos\varphi=0.5$

5.12 $I_l=17.5$ A，$Z=12.6\angle 30°=(10.9+\text{j}6.3)$ Ω

5.13 $P=4\ 023$ W

5.14 $\cos\varphi=0.707$；$P=3\ 257$ W

5.15 $\dot{I}_A=30\angle -30°$ A ，$P=7\ 794$ W

5.16 $\cos\varphi=0.76$，$Q=3\ 422$ var，$S=35\ 265$ VA

5.17* $P_1=1\ 000$ W，$P_2=2\ 000$ W

习题 6

6.1 $u_c(0_+)=12$ V；$i_c(0_+)=-2$ A

6.2 $i_L(0_+)=1$ A

6.3 $u_C(0_+)=6$ V

6.4 $u_C(0_+)=100$ V，$u_C(\infty)=40$ V，$\tau=1.2\times 10^{-3}$ s

6.5 $i_L(0_+)=0$，$i_L(\infty)=5$ A，$\tau=\dfrac{1}{1.6}$ H $=0.625$ H

6.6 $u_C(t)=25\text{e}^{-5t}$ V，$i_C(t)=-12.5\text{e}^{-5t}$ mA

6.7 $u_c(t)=4\text{e}^{-0.2t}$ V，$i_c(t)=-0.67\text{e}^{-0.3t}$ A

6.8 $i_L(t)=3\text{e}^{-5t}$ A，$u_L(t)=-30\text{e}^{-5t}$ V

6.9 $i_L(t)=2\text{e}^{-10t}$ A，$i_R(t)=-\text{e}^{-10t}$ A

6.10 $u_C(0_+)=6$ V，$u_C(\infty)=\dfrac{15}{4}$ V，$\tau=\dfrac{3}{2}$ s，$u_C=\dfrac{15}{4}+\dfrac{9}{4}\text{e}^{-\frac{2}{3}t}$

6.11 $u_C(t)=10-5\text{e}^{\frac{-t}{2.8}}$ V，$i_C(t)=0.36\text{e}^{\frac{-t}{2.8}}$ A

6.12 $i_L(t)=\dfrac{5}{3}-\dfrac{2}{3}\text{e}^{-60t}$，$u_L(t)=10-4\text{e}^{-60t}$ V

6.13 $i_L(t)=2+\text{e}^{-3t}$ A，$u_L(t)=15\text{e}^{-3t}$ V

6.14 （1）$u_C(t)=10\text{e}^{-100t}$ V；$i_C(t)=-0.005\text{e}^{-100t}$ A；（2）$t=10$ ms；（3）$i_{C\max}=0.005$ A

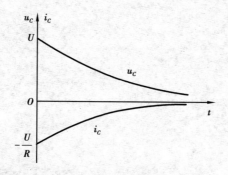

题 6.14 图答案图

6.15　$u_C(t) = 6 - 4\mathrm{e}^{-10\,000t}\,\mathrm{V}, i_C(t) = 2\mathrm{e}^{-10\,000t}\,\mathrm{A}$

6.16　$u_C(t) = 36\mathrm{e}^{-t}\,\mathrm{A}$

6.17　$u_C(0_+) = 5\,\mathrm{V}, u_C(\infty) = 10\,\mathrm{V}, \tau = 1\,\mathrm{s}, u_C = 10 - 5\mathrm{e}^{-t}\,\mathrm{V}$

6.18　$t = 150\,\mathrm{ms}$

习题 7

7.1 ~ 7.12　略

参考文献

[1] 席时达.电工技术基础[M].北京:机械工业出版社,2007.

[2] 周元兴.电工电子技术[M].2 版.北京:机械工业出版社,2008.

[3] 沈裕钟.电工学[M].4 版.北京:高等教育出版社,2001.

[4] 潘兴源.电工电子技术基础[M].2 版.上海:上海交通大学出版社,2003.

[5] 秦曾煌.电工学[M].5 版.北京:高等教育出版社,2001.

[6] 刘永波.电工技术[M].北京:机械工业出版社,2006.

[7] 王新新,包中婷,刘春华.电工基础[M].北京:电子工业出版社,2004.

[8] 李若英.电工电子技术[M].2 版.重庆:重庆大学出版社,2005.

[9] 黄学良.电路基础[M].北京:机械工业出版社,2008.

[10] 李瀚荪.电路分析基础[M].4 版.北京:高等教育出版社,2006.

[11] 胡翔骏.电路分析[M].2 版.北京:高等教育出版社,2007.

[12] 蔡元宇.电路及磁路[M].3 版.北京:高等教育出版社,2008.

[13] 赵月恩.电路与电子技术[M].北京:人民邮电出版社,2009.

[14] 沈国良.电工基础[M].北京:电子工业出版社,2008.

[15] 田丽洁.电路分析基础[M].北京:电子工业出版社,2009.

教师信息反馈表

为了更好地为教师服务,提高教学质量,我社将为您的教学提供电子和网络支持。请您填好以下表格并经系主任签字盖章后寄回,我社将免费向您提供相关的电子教案、网络交流平台或网络化课程资源。

请按此裁下寄回我社或在网上下载此表格填好后 E-mail 发回

书名:		版次	
书号:			
所需要的教学资料:			
您的姓名:			
您所在的校(院)、系:		校(院)	系
您所讲授的课程名称:			
学生人数:	_____ 人 _____ 年级	学时:	
您的联系地址:			
邮政编码:		联系电话	(家)
			(手机)
E-mail:(必填)			
您对本书的建议:		系主任签字 盖章	

请寄:重庆市沙坪坝正街 174 号重庆大学(A 区)
重庆大学出版社教材推广部

邮编:400030
电话:023-65112084　023-65112085
传真:023-65103686
网址:http://www.cqup.com.cn
E-mail:fxk@cqup.com.cn